HELLO

조용필
키드

HELLO
조용필 키드

제1판 제1쇄 인쇄 2013년 11월 4일
제1판 제1쇄 발행 2013년 11월 11일

지은이 안덕훈
펴낸이 소종민

마케팅 (주)작은숲
디자인 비단길&봉구네
제작 (주)아이엠피

펴낸곳 도서출판 무늬
등록번호 제441-2010-000003호
주소 363-831 충북 청원군 문의면 노현리 557
전화 043-283-2595
팩스 043-283-2591
홈페이지 http://cafe.daum.net/muneui
이메일 muneui@hanmail.net
파주사무소 413-120 경기도 파주시 문발로 119(문발동) 306호
파주전화 070-4067-8560

© 안덕훈

ISBN 978-89-969846-1-0　　03810
값은 뒤표지에 있습니다.

HELLO 조용필 키드

안 덕 훈 장 편 소 설

HELLO CHOYOUNGPIL KID

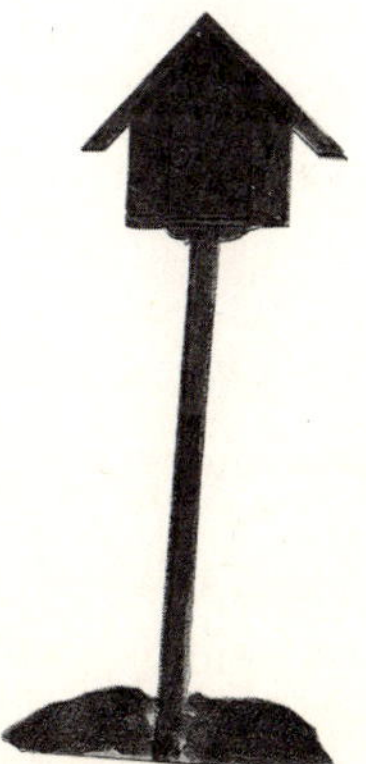

차례

꺼칠이
바보

ALBUM01

연락선 타고 떠난
내 형제여

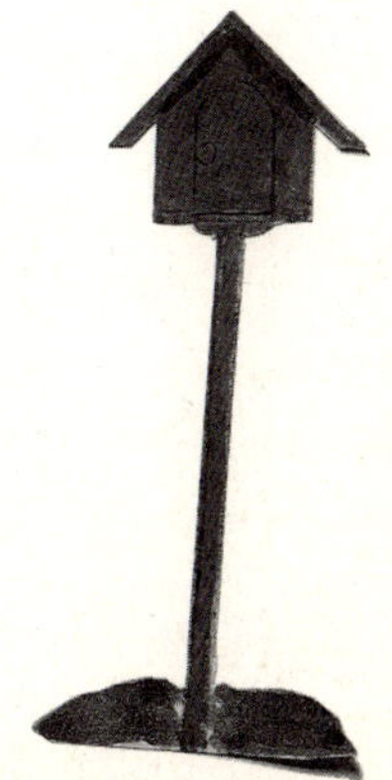

간혹 술자리에서 어릴 적 고향이야기가 화제에 오르면 나는 슬그머니 뒷전으로 빠져 사람들의 말에 고개만 끄덕이는 처지가 된다. 특히 남도 깡촌이나 산골 감자바우 출신이 좌중을 휘어잡는 분위기가 되면 말 섞을 엄두조차 내지 못한다. 그치들이 뱉어내는 무용담이란 게 대부분 허풍이라는 사실을 뻔히 알지만 그걸 뒤집을 반증이 마땅찮은 나로서는 그저 입을 다무는 수밖에 도리가 없다. 마을 어귀를 휘돌아나가는 시퍼런 개천 물에 알몸으로 뛰어들어 맨손으로 물뱀 모가지를 움켜쥐었다는 빤한 거짓말이나, 논배미에 대놓은 물이 꽝꽝 얼어붙은 섣달 추위에 작대기 하나로 논바닥을 헤집고 겨울잠 자는 종개를 한 가마니씩 잡았다는 뻥을 해대도 짐짓 놀라는 체하며 고개를 끄떡이고 만다.

나라고 고향에 대한 기억이 없을 리 있겠는가. 비록 물뱀이 헤엄치고 종개가 겨울잠을 들기엔 너무 번잡한 서울 달동네지만 다른 이들의 고향이야기를 곁다리로 듣다보면 어슴푸레 떠오르는 아련한 풍경이 있으니 내 유년의 뜰 '넓은 마당'이 바로 그곳이다. 내가 살던 산동네와 비교적 형편이 좋았던 아랫동네를 나누는 중간에 마치 비무장 지대처럼 자리 잡고 있던 넓은 마당. 그 마당은 내 또래 예닐곱 살 아이들에겐 유일했던 자유공간이었다. 그곳은 외지에서 우리 동네를 찾아오려면 반드시 거쳐야 하는 장소이기도 했다. 버스종점에서 차를 내려 언덕길을 오르다 숨이 턱밑에 차오를 쯤 만나게 되는 넓은 마당, 어른이나 아이들이나 그 누구라도 숨을 고르고 고개를 돌려 올라온 높이를 가늠하던 그곳을 모두들 넓은 마당이라고 불렀다. 그곳은 지금 생각해도 참으로 묘한 곳이었다. 좁다란 비탈길이 한없이 이어질 것만 같은 오르막 중턱에 어떻게 그런 편편한 광장이 생겨날 수 있었을까. 그것도 조그만 틈새라도 있으면 무허가 판자집이 비집고 들어서던 달동네에 말이다. 사실 말이 좋아 넓은 마당이지 나중에 성인이 되어 우연히 찾았던 그곳은 기억처럼 그리 넓은 곳은 아니었고 그저 어른 걸음으로 성큼성큼 예닐곱 발자국 정도면 끝이 나고 마는 조금 깊다 싶은 골목길에 불과했다. 하지만 오래된 기억속의 넓은 마당은 그야말로 광장이었다. 무엇보다 그 마당에는 없는 것이 없었다. 외상거래가 가장 많았던 싸전 부흥상회와 구멍가게 겸 잡화점이었던 문화식품, 노인들의 모임 장소였던 재건 복덕방, 중요한 나들이가 생긴 아저씨 아줌마들이 들러가는 복지

이발관과 과붓집미장원 그리고 그 옆으로 간판도 없이 색 바랜 파라솔이 전부였던 뽑기집 등등…….

마치 정상 정복을 위한 베이스캠프처럼 동네 사람들은 그 마당에서 만나고 헤어지고 떠나고 배웅했으며, 아이들은 그 마당을 경계로 산동네와 아래동네로 편이 나뉘어져 놀이든 싸움이든 할 수 있었으니 나의 성장의 반은 적어도 그 마당에서 이루어진 셈이다. 이른 아침 산업역군들이 넓은 마당을 가로질러 언덕을 내려가면 넓은 마당은 남은 사람들의 놀이터가 된다. 재건 복덕방엔 곰방대를 든 노인들이, 문화식품엔 시어머니들이, 과붓집 미장원엔 며느리들이 하나둘 모여든다. 산업역군 대열에 끼지 못한 사내 몇몇이 쭈뼛거리며 문화식품을 찾아와 외상을 긋고 소주 한 병 꿰차고 사라지면 잠시 수다를 멈췄던 시어머니들은 혀를 끌끌 차며 잠시 전 사내에 대한 입소문을 주고받는다.

그렇다고 넓은 마당이 동네 사랑방 역할에만 머문 것은 아니었다. 유년기의 내 기억을 얼마나 신뢰할 수 있을지는 모르겠으나 그곳에서는 때때로 장엄한 애국가가 울려 퍼졌다. 향토예비군들이 시커먼 복장으로 모이면 '전우의 시체를 넘고 넘어'로 시작하는 군가도 흘러나왔다. 유신선포를 지지하는 주민들의 모임이 있었고, 대통령 영부인이 총에 맞아 사망한 뒤 궐기대회도 열렸다. 땅굴이 발견 될 때마다, 간첩 사건이 발표될 때마다 엇비슷한 행사가 넓은 마당에서 열렸다. 대부분 그런 일들은 챙 넓은 모자를 눌러 쓰고 완장을 찬 사람들이 맨 앞에 서서 통·반 별로 참석자를 확인하거나 큰 소리로 구호를 외치는 등 사람들을 통솔하는 방식으로 이루어졌다.

하지만 뭐니 뭐니 해도 넓은 마당에서 아이들에게 가장 관심을 끌었던 곳은 뽑기집이었다. 지금 생각하면 야박하기 짝이 없는 주인 영감이었지만, 그래도 당당하게 우리 주장을 해댈 수 있는 유일한 어른은 그 절름발이 영감뿐이었다. 적어도 십 원짜리 동전 한 닢이 호주머니 속에 있는 한 아이들과 절름발이 주인영감은 서로 거래의 상대일 뿐, 여느 어른들처럼 꾸짖거나 지루한 훈계 따위를 하는 일이 없었다. 다만 아이들과의 다툼이 종종 있었는데 그것은 완성한 별 모양의 진위 여부를 놓고 벌이는 영감과 아이들의 논쟁이었다. 야박한 영감은 뽑기 모양틀을 벗어난 아주 작은 흠집도 용납하지 않았다. 그러다보니 제대로 된 별 모양의 설탕과자를 만들어 또 한 번 보너스를 얻어내기는 쉬운 일이 아니었다. 그 시절 시커멓게 그을린 뽑기집 국자의 넓적한 아가리는 작지만 무엇이든 담을 수 있는 세계였다. 메케한 연탄가스에도 아랑곳하지 않고 우리는 국자 속에 녹아내리는 흑설탕과 달고나의 흰 덩어리에 몰두했다. 나는 흑설탕을 끓여 녹인 액체에 소다를 넣고 별모양을 찍어내는 뽑기보다는 깍두기만한 크기의 흰색 덩어리를 녹여 소다가루로 부풀려 먹는 달고나를 더 좋아했다. 어차피 절름발이 영감을 상대로 이길 수 없는 승부를 하기보다는 십 원이 지닌 교환가치를 최대한 활용하는 방편을 택했던 것이리라.

흰색 거품을 내며 녹아내리는 달고나의 짜릿한 기억. 주인영감이 눈곱만큼 떨어뜨려주는 소다가루에 몇 곱절로 부풀어 오르는 신비스런 모습, 대나무 젓가락 끝으로 맛보는 달착지근 고소한 맛. 물뱀의 모가지를 수백 번 비틀었대도, 종개 꼬챙이구이로 온 마을 잔치를 했대도 그치들은 결코 경험할 수도 상상할 수도 없을 내 고향의 맛이었다.

주인영감은 계절이 바뀌고 몇 해가 지나도록 변함없는 모습으로 넓은 마당을 지켰다. 아침부터 끼니대신 마신 소주병이 연탄화덕 옆에 서너 병 쌓이는 저녁 무렵이 되어도 느릿느릿 절뚝절뚝거리는 그의 몸짓에는 변함이 없었다. 다만 늦은 저녁 아이들이 돌아가고 화덕에 남은 연탄재를 거두며 절름발이 영감은 노래를 흥얼거렸다.

영원히 변치말자 맹세했건만
눈물로 헤어지는 쓰라린 심정
아ㅡㅡ
보슬비에 젖어가는
목포행 완행열차ㅡㅡ아 [1]

"에～ 이 썩을 놈으 세상……."

영감은 노래말끝마다 꼭 '썩을 놈으 세상'이라고 추임새를 넣었다. 고향이 목포라고 했던가. 소문에 의하면 육이오 때 의용군에 나가 다리를 잃었다고도 하고, 도망간 마누라 찾아 나섰다가 기둥서방이 휘두른 도끼에 찍혔다고도 했지만 사실을 확인할 길은 없었다. 항상 '썩을 놈으 세상'을 한탄하며 목포행 완행열차를 불렀던 절름발이 영감, 그도 젊어서는 산업역군으로 언젠가 고향으로의 금의환향을 꿈을 꾸었을 터. 하지만 그는 생의 마지막 순간까지 고향행 완행열차를 탈 수 없었다. 단칸방 오막살이에서 연탄가스 중독으로 그가 숨을 거두고 뽑기집에 모여들던 아이들도 하나둘 영감을 잊어갔다.

넓은 마당. 그곳은 나 스스로 걸음을 떼기 시작하여 이마에 여드름이 돋기 전까지 내가 경험할 수 있는 가장 넓은 세계였다. 내가 원하는 모든 것이 그곳에 있었고, 반대로 그곳에 없는 것은 원할 수도 없었으니까. 하지만 나 역시 영감이 떠난 마당을 더 이상 기웃댈 이유는 없었다.

문득 산동네 골목 풍경 두 장면이 떠오른다.

---

1) 대전블루스 : 최지수 작사, 김부해 작곡 〈조용필 1집〉 앨범 수록

내 친구 준이

부산에서 온 내 친구 준이,

준이를 잊을 수 없는 건 단지 그 애와 한 골목에 살았던 인연 때문만은 아니다. 당시 서울의 달동네 사정이 대부분 그랬겠지만 전세 사글세를 포함해 열댓 가구가 한 폭 정도의 좁은 통로를 중심으로 문을 마주대고 늘어선 골목에는 한 달이 멀게 이삿짐이 꾸려져 나가고 다음날이면 새 이삿짐이 들어오곤 했다. 새 이삿짐이 들어올 때마다 골목에서는 새로 이사 온 사람들과 이전부터 골목에 살던 사람들과의 상견례가 이루어지곤 했는데, 그 자리에서 아이들은 새로 골목에 입성한 집의 아이가 몇 학년인지 사내애라면 싸움은 잘하게 생겼는지, 계집아이라면 깍쟁이인지 순둥이인지 나름대로의 탐색전이 벌어졌다. 몸뻬나 월남치마 차림으로 겨드랑이 사이에 양손을 끼우고 느릿느릿 이삿짐으로 가까이 모이는 골목 아줌마들은 제일 먼저 이삿짐을 한눈에 훑어보고 나서 고개를 끄덕이며 그 집의 형편을 짐작하곤 했다. 우선 TV가 있는지 전축이 있는지, 장롱이 자개장인지 화장대는 있는지 그 다음 바깥양반이 노가다(막노동)인지 하이칼라인지에 따라 나름의 등급이 매겨졌다. 그리고 이삿짐이 정리되고 저녁때쯤 새로 이사 온 집에서 떡 접시라도 돌리고 나서야 한 골목의 일원으로 인정되는 것이 달동네의 불문율이었다. 준이가 이사온 집은 골목 입구 두 번째 쌀집 할아버지 댁 바깥채였다.

준이네는 이사 오는 첫날부터 사람들을 놀라게 했다. 맨 먼저 우리를 놀라게 했던 건 보통의 세입자들의 살림과는 비교가 되지 않을 만큼 고급스러운 이삿짐 세간이었다. 어쩌면 이삿짐이라기보다는 부잣집 새댁의 혼수살림 같았다고나 할까. 당시로서는 귀했던 테레비가 포장도 뜯지 않은 채 짐차에서 내려지고 번쩍거리는 전축 또한 새것이나 다름없었다. 큼지막한 학이 가운데 떡하니 버티고 앉은 자개장이 옮겨지고 짐꾼 두 명이 맨 안쪽에 있었던 냉장고를 낑낑거리며 내릴 때 아이 어른 할 것 없이 모여 있던 사람들의 입은 떡 벌어지지 않을 수 없었다. 게다가 이삿짐이 어느 정도 옮겨진 후에야 택시를 타고 나타난 준이와 그 애 엄마의 모습이 얼마나 놀라웠던지……. 골목 입구까지 택시가 들어오는 것 자체가 드문 일인지라 빵빵 소리를 내며 울리는 경적소리에 주변에 구경 나온 사람들의 시선이 모였다. 그리고 택시 뒷문을 열고 내리는 준이와 준이엄마에게서 풍겨 나오는 아우라는 순식간에 골목의 분위기를 압도했다. 준이엄마의 뾰족구두가 흙바닥을 피해 군데군데 박힌 보도블록 위를 또각또각 디딜 때마다 사람들의 초점이 박자를 맞추듯 끄덕끄덕 높게 솟은 구두 뒷굽을 따랐다. 레드카펫을 밟고 행사장 들어서는 주연배우처럼 준이엄마가 도도한 모습으로 골목을 들어서자 그녀와 대비되어 더욱 꾀죄죄한 몰골이 되어버린 아줌마들이 양손을 겨드랑이에 낀 채 종종걸음으로 양옆으로 물러나 길을 터 주었다.

만일 선녀가 하늘에서 내려온다면 저런 모습이 아닐까. 내가 그때까지 세상에서 가장 아름다운 여인으로 생각했던 1학년 처녀 담임선생님을 처음 보았을 때도 분명 그 정도는 아니었다. 파릇파릇한 소름이 허벅지를 타고 올라와 등줄기를 타고 온몸에 아스라이 퍼져나갔다.

"짐 쫌 살살 다루이소."

아! 준이 엄마의 날카로우면서도 세련된 목소리…….

자칫 촌스러울 수도 있는 강한 억양의 부산 사투리마저도 그런 발음을 처음 들었던 나에겐 마치 영어나 프랑스 말만큼이나 이국적으로 들렸던 것이다.

사실 그날 준이 엄마가 나에게 남겼던 강렬한 이미지는 지금 생각해 보면 상당부분 과장된 측면이 있다. 같은 모습을 보고도 우리 엄마를 비롯한 동네 아주머니들은 '이사 오는 날 뾰족 구두를 신은 게 꼴사납다'라든가, '시뻘겋게 바른 꾸찌베니(립스틱)

가 꼭 화냥년 같더라', '부산 촌년이 서울에서 기죽지 않으려고 용을 쓴다…….' 등등 준이 엄마가 없는 자리에서 대부분 부정적인 평가를 한 것만 보더라도 내가 그 순간 느꼈던 감정은 다분히 주관적인 것이었는지도 모를 일이다. 하지만 다른 사람들의 그러한 이야기는 당시로서 나에게 신데렐라를 질투하는 이복 언니들의 강짜와 같은 것으로 생각되었다. 나는 준이 엄마로부터 받은 충격 때문에 한참 뒤에야 비로소 준이의 존재에 관심을 둘 수 있었다. 단정하게 머릿기름을 바르고 청색 반바지에 하늘색 타이즈를 입은 그 애의 발에는 내가 그토록 신고 싶었던 왕자표 운동화가 빛나고 있었다. 준이가 한 발짝 한 발짝 발을 떼어놓을 때마다 금색 왕관을 쓰고 칼을 찬 왕자 마크가 번뜩거렸다. 순간 준이에게 묘한 적의가 느껴졌다.

"잘 부탁합니데이."

모여든 사람들을 향해 준이 엄마가 인사를 하고 동네 아줌마들이 떨떠름한 표정으로 마지못해 고개를 꾸벅일 때 나에겐 문득 이런 생각이 들었다.

숲 속 먼 나라의 왕비가 임금의 노여움을 사서 왕자를 데리고 평민들이 사는 마을로 잠시 몸을 숨기려고 온 것이 분명해. 지금은 자신들의 신분을 감추고 있지만 언젠가 왕비와 왕자는 다시 왕궁으로 돌아가게 되겠지. 당연히 그동안 자신에게 친절을 베푼 마을 사람들에겐 상을 내릴 것이고……. 어느 틈에 준이에 대한 적대감도 눈 녹듯 사그라지고 있었다.

"이사를 했으믄 시루떡이나 돌릴 일이제 이거이 뭐여?"

"글쎄 말여유, 보아허니 예편네가 겉멋만 잔뜩 들었드라구유."

내 생애 카레라이스라는 걸 먹어본 게 그때가 처음이었다. 아마 나뿐 아니라 골목 사람들 모두 그날 저녁 생소한 음식을 억지로 입에 넣고 삼켜야 할지 도로 뱉어야 할지를 고민했을 것이다.

"멋쟁이네 바깥양반은 사우디에 가서 돈 많이 번다고 하는 갑데요."

"사우디믄 노가다 아니여?"

"노가다면 다 같은 노가단 줄 알어요? 돈을 싸래기 자루에 긁어 담는다는 싸우디도 몰라요? 싸우디! 당신은 꿈도 못 꾸는……."

어머니의 눈매가 가늘어지자 아버지는 더 이상 말이 없었다. 어머니가 전해들은 이야기에 따르면 준이네, 즉 멋쟁이네는 원래 부산 출신으로 남편은 몇 년 전 사우디 건설현장에 나가 일하고 있는데, 서울로 오게 된 것은 준이의 교육 문제 때문이라고 했다. 준이 아빠가 사우디에서 돈을 많이 벌어 부쳐주기 때문에 충분히 주택집(당시 고급주택을 이르는 말) 정도는 사고도 남겠지만 서울 어느 동네가 자식교육에 적합한지 아직 모르고 집이란 한번 사고 나면 다시 팔기도 어려운 것이라 우선 세를 살면서 서울 지리도 익힌 다음 좋은 곳이 나타나면 그때 정식으로 집을 사서 다시 이사할 예정이라고 했다. 따지고 보면 아무리 서울 지리를 모른다 할지라도 '주택집'을 살 수 있을 만큼 부자라면 달동네에 셋방을 얻지는 않았으리라. 그러나 당시 사우디라고 하면 우리 같은 사람에게는 마치 금맥이라도 퍼 올릴 수 있는 신비의 나라로 알려져 있었고, 당장 그날 이삿짐과 멋쟁이 준이 엄마의 모습에 한바탕 놀라 자빠진 마당이라 그 골목에서 멋쟁이네의 말을 의심하는 사람은 아무도 없었다. 게다가 흔한 시루떡 대신 이름도 낯선 카레라이스라는 음식을 돌리는 그녀의 세련된 모습에 말은 안 해도 골목 아줌마들은 이미 주눅이 들어 있었다.

"그기 마음에 드나? 주께 니 가져라."

은빛으로 반짝반짝 광택을 내는 라이터 뚜껑을 여닫으며 한참 그것을 만지작거리던 나는 준이의 말에 깜짝 놀라 그 애의 눈을 똑바로 쳐다보았다. 기름만 채워 넣으면 금방이라도 새끼손가락만한 빨간 불꽃을 쏘아 올릴 미제 라이터였다. 물론 초등학교 오학년이던 나에게 라이터는 필요한 물건이 아니었다. 게다가 어른들에게 들키기라도 하는 날이면 호된 꾸중도 감수해야 하는 위험한 물건이기도 했다. 하지만 딱지나 구슬 말고는 마땅한 장난감이 없었던 시절, 그 정도의 물건이라면 최고의 장난감이 되기에 충분했다. 은색 라이터, 그것만 가지고 있으면 낡은 축구공 하나

로 골목대장이 되다시피 한 방앗간 집 짱구의 코를 납작하게 만
들 수 있겠다는 생각이 문득 떠올랐다.

"진짜루?"

"내년에 울 아빠 오믄 많이 가져올낀데 뭐 그라믄 더 좋은 것
도 줄끼다."

준이가 달동네 골목 공동체의 새로운 일원으로 인정받게 되는
과정은 보통의 아이와는 사뭇 다르게 파격적이었다. 한바탕 주먹
싸움을 벌여 상대방의 코피를 터뜨리든 아니면 골목아이들 앞에
서 울음소리로 자신의 패배를 인정하든 아이들 사이에서 명확한
서열이 정해지고 나서야 모든 놀이에 끼워주는 것이 상례였으나
준이의 경우는 그러한 절차가 흐지부지 생략되었다. 이상하게도
골목 아이 누구도 준이에게 싸움을 걸려고 하지 않았다. 골목 끝
집 싸움대장 꺼칠이마저도 준이에게 알랑방귀를 뀌어대는 걸 보
면서 참 신기한 일이라는 생각이 들었다.

골목 아이들이 준이를 그렇게 대했던 데는 이유가 있었다. 내
호주머니 속에 은색 라이터가 숨겨져 있었던 것처럼 다른 아이들
의 은밀한 장소에도 준이로부터 얻은 무언가가 숨겨져 있었던 것
이었다. 한참 후에야 알게 된 사실이지만 그러한 사정은 아이들
에게만 국한된 것은 아니었다. 우리 엄마는 준이 엄마 멋쟁이네
에게서 목화꽃 무늬가 새겨진 동그란 분 한 통을 받았고, 뒷집 주
정뱅이 김씨네 아줌마는 구슬달린 핸드백을 얻었다고 했다. 물론

그러한 사실들은 일 년여가 지난 후에야 비로소 알게 된 비밀이었지만 아무튼 달동네 골목은 어른 아이 할 것 없이 준이네의 입성을 아무런 저항 없이 인정한 것은 물론 좀 더 준이네와 가까워지려고 애를 쓰는 형국이 되어 있었다.

그러나 내가 준이와 유독 친하게 지냈던 것은 그에게서 받은 라이터 때문만은 아니었다. 준이가 다른 아이들과 우호적인 관계를 유지하기 위해서는 한두 달 간격으로 이전과 비슷한 수준의 물량공세가 필요했지만 적어도 나는 그날 라이터 이외에 다른 어떤 물건도 준이에게서 받은 적이 없었다. 사실을 고백하건데 나의 관심은 오히려 준이 엄마에게 있었다. 이사 오던 날 준이 엄마가 내 가슴에 남긴 강한 인상은 내가 사춘기에 접어들어 여자에 대한 구체적인 감정이 생기기까지 오랫동안 하나의 환상으로 남아 있었을 만큼 강렬한 것이었다. 말하자면 나에게 있어서 성적인 아름다움의 이데아였다고 할까. TV나 성인잡지를 통해 접하는 요염한 자태의 연예인이나 시장 통 입구 술집이 즐비한 우범지역에서 가끔 부딪치는 짙은 화장의 누나들을 볼 때면 나는 준이엄마와 그녀들을 잠시 비교하다가도 더러운 오물을 털어내듯 이내 고개를 흔들곤 했다.

"준이 아빠 오시믄 우리 동네잔치 한번 해야겠네. 안 그래 준이엄마?"

어느덧 동네 사랑방이 된 준이네 집에는 저녁마다 골목 아이들과 아줌마들이 모여들었다. '요괴인간' '바다의 왕자 마린보이' '마징가제트' 같은 만화영화 방송시간인 초저녁에는 아이들이, '임금님의 첫사랑' 등의 연속극이 시작되는 조금 늦은 저녁에는 아줌마들이 모여들었다. 준이네가 이사 오기 전 골목에서 유일하게 TV를 얻어 볼 수 있었던 방앗간 집에는 더 이상 아쉬운 부탁을 하지 않아도 되었다. 그동안 방앗간 집 TV를 얻어 보기 위해서 얼마나 까다로운 절차를 거쳐야 했던가. 발을 깨끗이 씻어야 했던 것만 하더라도 여간 귀찮은 게 아니었다. 아이들이 각자 자기 집에서 발을 씻고 오면 방앗간 집 아들 짱구 녀석에게 검사를 받아야 했다. 처음엔 녀석이 코를 킁킁거리며 직접 냄새를 맡더니 나중에는 자기가 지목한 아이를 시켰다. 남의 발 냄새를 맡는 게 그리 달가운 일은 아니었지만 아이들은 서로 발 냄새 맡기를 자청했다. 발 냄새 검사원으로 지목된다는 것은 그날 TV 시청을 보장받은 일이기도 했기 때문이었다. 어렵게 TV를 보게 되더라도 저녁식사 시간이 되면 으레 집으로 돌아가야만 했다. 그 뿐인가. 그 집 아저씨가 들어와 헛기침을 하며 아랫목에 자리를 잡으면 괜스레 주눅이 들어 고개가 숙여지곤 했으며, 오랜만에 김일, 천규덕, 여건부가 나오는 프로레슬링 중계가 있는 날이면 짱구 녀석은 평소보다 더욱 거들먹거렸다. 녀석의 그 꼴사나운 모습이라니. 하지만 이젠 준이네 덕에 그런 수모는 겪지 않아도 되는 것이다.

그러는 사이 얼굴도 모르는 준이 아빠는 준이네 식구는 물론 골목 아줌마들을 포함한 우리들의 우상이 되어 있었다. 준이 아빠가 돌아오면 아이들은 준이를 통해 말로만 듣던 신기한 물건들을 얻을 수 있을 것이고, 아줌마들은 그동안 부러움의 눈길로 바라보았던 멋쟁이네가 쓰던 물건들을 물려받을 수 있을 거라는 기대로 부풀어 올랐다. 골목 전체가 준이 아빠의 귀국을 학수고대하고 있었지만 나는 준이네 화장대에 놓인 그의 사진을 볼 때마다 뭔가 불안한 기분을 지울 수 없었다. 끝없이 펼쳐진 모래사장 한가운데 군용 전투화 모양의 신발을 신고 회색모자에 까만색 라이방(선글라스)을 낀 낯선 사내. 멀리서 잡은 카메라 앵글 탓에 얼굴은 자세히 보이지 않았지만 새까만 안경 속엔 번뜩거리는 독사눈이 금방이라도 튀어나와 나를 노려볼 것만 같은 느낌에 준이네 방에 들어설 때마다 그 사진을 똑바로 쳐다보지 못했다. 나에게 있어서 준이 엄마가 숲 속 먼 나라에서 온 비련의 왕비였다면 준이 아빠는 언젠가 말발굽을 크게 울리며 이곳을 찾아내어 나의 소중한 왕비와 그의 아들 준이를 무참히 끌고 가버릴 무섭고도 냉정한 폭군이었다.

아! 정작 그날이 닥쳐오면 나는 그녀를 위해 무엇을 할 수 있을까? 성난 왕이 왕비와 어린 왕자를 끌고 가지 못하도록 내가 할 수 있는 일을 찾아 무엇이든 해야 할 터인데, 아직 어린 나에겐 힘이 없다. 언젠가 병사들을 이끌고 이 골목을 쳐들어 올 폭군을 생각할 때면 움켜쥔 나의 작은 주먹 틈새로 끈끈한 땀이 배었다. 나는 그에게 맞서 두 팔을 벌리고 골목을 가로막으리라. 날을 바짝 세운 병사들의 창이 내 심장을 겨누고, 백마 위에 거만하게 앉은 그가 칼을 번쩍 들어 올릴 때 나는 가만히 눈을 감으리라. 폭군은 자신을 태운 야생마를 거세게 몰아 철갑을 두른 발굽으로 나를 짓밟고 큰 길로 치달아 나가겠지. 그러면 거친 폭군의 손에 끌려가는 그녀는 피 흘리며 쓰러진 나의 모습을 보면서 하염없는 눈물을 흘리게 될 거야……

"우리 준이랑 예서 저녁밥 같이 묵그라."

TV를 보던 아이들도 모두 돌아가고 연속극도 끝나 아줌마들도 집으로 돌아간 늦은 저녁이었다. 준이 엄마가 차려온 소반위에는 함박눈 같은 햅쌀밥과 정갈한 반찬이 놓여 있었다. 그때까지 쌀밥은 추석이나 제삿날 같은 특별한 경우에만 먹는 별식으로 알고 있었던 나는 짐짓 놀라지 않을 수 없었다. 게다가 접시에 놓인 생물 고등어가 세 토막으로 나뉘어져 있는 것을 보아하니 분명 내 몫이 한 토막일 터인데, 우리집 같으면 여섯 식구가 한 젓가락씩 비린내만 맡기 마련인 귀한 고등어 한 토막이 오롯이 내 몫이라니. 더욱 놀라웠던 것은 그런 밥상을 앞에 두고 준이가 밥맛이 없다고 투정을 한다는 사실이었다. 준이 엄마는 뼈를 발라내고 뽀얀 생선살을 준이의 밥 위에 놓아주며 준이가 한 숟갈 넘길 때마다 사랑스런 눈길로 등을 토닥여 주었다. 그 모습을 멍하니 바라보는 나에게 그녀는 준이에게 했던 것과 똑같이 두툼한 고등어 살을 밥 위에 올려주었다. 눈물이 핑 돌았다.

"우리 준아 밥 잘 먹어 엄마가 참 좋테이. 아빠 오시면 우리 준아 장난감 많이 사주라케야제."

"아빠 겨울 되모 진짜 오나?"

밥상을 치우고 나서 그녀는 준이를 끌어안았다. 야들야들한 보라색 원피스가 그녀의 등에 밀착되면서 브래지어 끈이 도드라져 보였다.

"그라고 보이 우리 준이랑 훈이 니캉 많이 닮았네. 넘들이 보믄 형제라카겠다. 우예튼동 우리 준이랑 사이좋게 지내그래이."

준이 엄마는 나머지 한 손을 뻗어 나의 어깨와 목덜미를 함께 끌어안았다. 한쪽 뺨에 닿던 그녀의 보드랍고 몰캉한 겨드랑이 살, 코앞에 드러난 새하얀 살결의 목선, 나의 혼을 빼앗을 만큼 짙은 분 냄새……. 쏟아지려는 눈물을 참느라 나의 눈이 자꾸만 홉떠졌다. 그래 내 생각이 맞았어! 우리 골목에 왕비가 찾아온 거야. 예쁘고 착하기만 한 왕비는 자신과 왕자의 운명도 모른 채 난폭한 왕을 기다리지만 내가 꼭 지켜주어야지. 언젠간 자신을 위해 목숨을 바친 흑기사의 마음을 알 수 있을 테니까. 바보같은 내 사랑…….

그 일이 있고나서 총싸움, 칼싸움, 축구, 야구(실은 찜뽕) 심지어 다방구 등 편을 갈라 하는 놀이마다 내가 어떻게든 준이와 같은 편이 되었던 건 당연한 일이었다. 특히 당시 최고의 인기를 누리던 전쟁 드라마 '전우'를 흉내 낸 전쟁놀이에선 아이들 누구나 하고 싶어 했던 소대장 역할을 내가 먼저 준이에게 양보했다. 그리고 나는 소대장 대신 괴뢰군의 총탄에 비참하게 죽어가는 김일병 역할을 자청하곤 했다. 그러한 나의 마음을 알았던지 총상을 입은 내가 배를 움켜쥐고 괴로운 표정으로 죽어갈 때면 준이의 눈이 시뻘겋게 달아오르기도 했다. 그런 그 아이의 눈은 폭군에게 끌려가는 왕자의 애타는 눈빛에 다름 아니었으리라.

그 겨울의 첫눈이 내렸다.

그해 겨울은 그 후 내 인생을 통틀어 가장 헛헛했던 계절이 아니었나 싶다. 친구이자 형제였던 준이에게는 더 혹독한 시절이었겠지만…….

그 사건의 전조는 첫눈 오는 날 우연히도 내게 다가왔다. 준이 아빠가 귀국하기 얼마 전이었다. 준이가 시골 할머니 댁에 가서 다음 날 돌아온다는 사실을 알면서도 내가 왜 준이집을 찾아 갔던 걸까. 첫눈치고는 송이가 꽤 굵었고 골목길은 이미 질퍽하게 녹아 젖어 있었다. 마당을 가로질러 준이네 집 방문을 가만히 열었을 때 화들짝 놀라던 그녀, 그리고 한 명의 낯선 사내. 방안에서 어떤 일이 벌어졌었는지에 대해서는 여기에서 말하고 싶지 않다. 속옷 단추도 채우지 못한 채 쫓아 나와 내 팔을 움켜잡고 손에 거금 천원을 쥐어주며 손가락으로 입을 막던 준이 엄마에 대해서도 말하고 싶지 않다. 다만 잠시 갈등을 느끼긴 했지만 손에 쥐어진 천 원짜리 지폐를 질퍽한 골목 바닥에 미련 없이 내던지고 우리 집으로 한걸음에 내달려 대문 밖 담 밑에 쪼그리고 앉아 소리를 죽이며 눈물을 흘렸던 내 유년의 비감 한 장면쯤은 밝혀도 좋으리라. 소담스런 첫눈을 아낌없이 쏟아내는 낮은 하늘과 새하얀 눈발을 쉼 없이 빨아대면서도 시커먼 흙탕만 토해놓는 좁다란 대지를 번갈아 보면서 나는 어느덧 사춘기의 그늘로 성큼 들어서고 있었다.

"이눔의 자식이 진눈깨비 오는디 거지새끼마냥 지지리 궁상이여 궁상이."

엄마의 억센 손에 끌려 집으로 들어가면서 나는 오늘의 일을 죽는 날까지 입 밖에 내지 않으리라 결심했다. 비록 나를 배신하였으되 내 사랑에 대한 나의 마음은 변함없으리라는 다짐이었다.

"멋쟁이네 신랑이 사우디서 왔다데."

"사우디서 돈 많이 벌었으믄 곧 아랫동네로 이사 가겠네."

첫눈 내리던 날 몸살이 들어 겨울방학이 시작되고도 며칠이 지났건만 좀체 나아지지 않았다. 준이 아빠가 돌아온 사실도 엄마와 아버지의 대화를 곁다리로 듣고서야 알 수 있었으니 몸살이 심하긴 심했던 모양이다. 조금 의아했던 건 그렇게 기다리던 아빠가 왔으면 당장이라도 우리 집에 와서 자랑을 할 법도 하건만 내 이름을 부르는 준이의 목소리는 들리지 않았다.

"돈이야 벌었겠지만 그 꼴을 해 왔으니 시방 돈이 먼 소용이겠소."

나를 의식했던지 어머니의 목소리가 갑자기 줄어들더니 마치 귀엣말을 하듯 아버지에게 고개를 돌려 속닥였다. 마침 신열이 오르며 몸살기운이 머리로 치올랐던 나는 더 이상 준이네 일에 관심을 둘 수 없었다.

"메칠 내로 회사에서 준이 아빠 보상금 나온다카이 내사 득달같이 갚아 드릴낍니더. 고맙심더 훈이 엄마."

"고맙기는. 그나저나 준이 아빠가 안됐구먼 그 더운 나라에서 고생했을 거인데."

그녀의 입술이 예전의 빛깔을 잃고 바싹 말라 있었다. 화장기가 사라진 눈매에도 준이 엄마 특유의 날카로운 매력이 더 이상 남아 있지 않았다. 혹시 무자비한 폭군에게 해코지라도 당한 건 아닐까.

엄마에게서 고개를 돌린 준이 엄마가 누워 있는 나를 물끄러미 바라보았다. 그 눈빛의 의미가 비밀을 지킨 나에 대한 감사의 뜻이었는지 아니면 이별을 고하는 말을 대신한 것이었는지는 지금도 알 수 없다. 나의 몸살에 일부 책임이 있는 그녀가 한번쯤 내 이마를 짚어주지나 않을까 기대했지만 내 사랑 준이 엄마와 나 사이에 더 이상의 인연은 없었다.

사단이 벌어진 것은 준이 엄마가 다녀간 지 불과 일주일도 지나지 않아서였다. 우리 집 문을 박차고 들어서는 뒷집 김씨네 아줌마의 얼굴이 노랗게 변해 있었다.

"머, 멋쟁이가 샛서방하고 야반도주를 했대요."

회사에서 나온 준이 아빠의 사고 보상금은 물론 그동안 이집 저집에서 빌린 돈까지 몽땅 챙겨서 도망갔다는 내용의 말을 뱉어내는 아줌마의 입이 마치 중계방송을 하는 아나운서의 입처럼 빠르게 씰룩거렸다.

"아이고 내 돈 십오만 원. 그 돈이 어떤 돈인데."

엄마도 얼굴빛을 바꾸며 주저앉았다. 십오만 원이라면 당시 우리 집 사정으로는 엄청난 거금이었으나 준이 엄마에게 돈을 융통해준 골목집들 중에서는 비교적 적은 편이었다.

준이네 집 앞엔 이미 골목 사람들이 모두 모여 있었다. 그럴 리가 없어 내가 죽을 때까지 비밀을 지켜주려고 했는데 내 사랑 그녀가 이렇게 나를 떠날 리가 없어…….

　나는 빈틈없이 겹겹이 포개진 아줌마들의 엉덩이를 비집고 들어가 준이네 방을 들여다보았다.

　아! 그때의 충격

　그 순간의 충격을 지난 첫눈이 내리던 날의 그것에 비하랴. 그날의 처참했던 방안의 모습을 새삼 구구절절이 이야기하고 싶지는 않다. 내 마음속에 투쟁의 불길을 타오르게 했던 나의 연적 준이 아빠 그가 방에 있었다. 비록 사고를 당했다는 얘기는 들었지만 그래도 그의 위엄은 아직 남아 있을 줄 알았다. 적어도 전투에서 상처는 입었으되 노병은 죽지 않는다는 표정은 엿볼 수 있으리라 생각했었다. 그러나 그는 더 이상 내가 상상하던 폭군이 아니었다. 십년 동안 와신상담 칼을 간 칼잡이가 반신불수의 원수를 만났을 때 심정이 나의 마음과 같을까?

　밤부터 때 아닌 겨울비가 내렸다. 아침이 되면 잠시 그칠 듯 머뭇거리다가도 저녁이 되면 다시 추적추적 골목을 적셨다. 비가 내리면 술에 취한 준이 아빠가 잘려나간 한쪽 다리 대신 목발을 짚고 밤새도록 달동네 골목을 찔꺼덕 찔꺼덕 걸어 다녔다. 끝집 꺼칠이네 집 앞부터 신작로와 이어진 방앗간집 입구까지 찔꺼덕 찔꺼덕 한참 걸려 돌아오면 준이의 목소리가 들렸다.

　"아부지예 그만 들어가시소."

　준이 아빠는 대답대신 소주를 목젖 가득 들이 붓고는 노래를 불렀다.

왕년의 산업역군이 술에 취해 노래를 부른다. 외화 벌이의 첨병이었던 그가 다리를 잃고 고향이 그리워 노래 부른다.

"여편네가 사기쳐 묵은 것두 복창이 터져 죽것는디 빙신새끼가 오밤중에 뭔 지랄이여 지랄이."

가끔 창문을 열고 소리 지르는 사람이 없었던 건 아니었지만, 달동네 골목 사람들은 그해 겨울, 비 오는 밤마다 준이 아빠의 취한 노래 소리를 들으며 잠을 설쳐야 했다.

그해 겨울이 다 가기도 전에 준이네는 골목을 떠났다. 이삿짐은 단출했다. 짐칸에 반도 채우지 못한 삼륜차 조수석에 준이가 먼저 타고 목발을 짚으며 준이 아빠가 간신히 오르자 시동이 걸렸다. 닫힌 조수석 문짝에 준이 아빠의 바지 자락이 펄럭거리며 끼어 있었지만 그것도 모른 채 차는 무심하게 골목길을 빠져나갔다. 준이가 나를 향해 뒤를 돌아다보았던가? 그것까지는 기억나지 않는다. 나는 은색 라이터를 주머니 속에서 만지작거리며 한참을 그 자리에 서 있었다.

입속에서는 어느새 익숙해진 노래가 나도 모르게 맴돌았다.

꽃피는 동백섬에 봄이 왔건만
형제 떠난 부산항에 갈매기만 슬피 우네
오륙도 돌아가는 연락선마다
목메어 불러 봐도 대답 없는 내 형제여
돌아와요 부산항에 그리운 내 형제여

가고파 목이 메어 부르던 이 거리는
그리워서 헤매이던 긴긴날의 꿈이었지
언제나 말이 없는 저 물결들도
부딪쳐 슬퍼하며 가는 길을 막았었지
돌아왔다 부산항에 그리운 내 형제여 2)

----

2) 돌아와요 부산항에 : 황선우 작사 작곡 〈조용필 스테레오 힛트 앨범 제1집〉 수록

김씨 아저씨의 리사이틀

그날 초등학교 동창 모임에 참석하게 된 건 이번에 새로 동창회 총무를 맡은 꺼칠이 녀석 때문이었다. 처음 꺼칠이의 전화를 받았을 때만 해도 시간이 나면 가겠노라고 의례적인 답변으로 대답을 대신하고 당일 날 적당한 핑계를 둘러댈 작정이었다. 그런데 녀석이 모임이 있기 사흘 전부터는 아침저녁으로 전화를 걸어와 확인을 하더니 당일 날은 거의 시간대 별로 나의 일정을 확인하는 지경에 이르렀다. 게다가 우리 어머니가 달동네 언덕에서 미끄러졌을 때 제일 먼저 발견하여 병원에 모시고 간 게 누구냐며 이미 20여 년이 지난 일을 들먹이고 드는 데는 도리가 없었다. 말이 나왔으니 말이지 그동안 꾸준히 모임을 해 왔다면 모를 일이지만 사십을 넘긴 나이에 새삼 초등학교 동창회가 뭐란 말인가. 다 그런 것은 아니겠지만 듣자하니 갱년기에 접어든 유부남 유부녀들이 초등학교 동창회를 빌미로 노래방이다, 나이트클럽이다 떼로 몰려다니며 고삐 풀린 망아지처럼 취해서 추접스런 짓을 하기 일쑤고 심지어는 어릴 적 연정을 품었던 사이끼리 만나 불륜을 저지르는 경우도 있다고 하니 아무리 생각해도 내키지 않는 자리었다.

"야 훈아! 미순이도 나온댄다."

"미순이가 누군데?"

내가 미순이를 모를 리 있겠는가. 하지만 짐짓 모른 체 대꾸했다.

"야 인마 니네 바로 뒷집에 살던 미순이를 몰라?"

"으음 그 미순이? 그런데 뭐……."

"자식! 증말 그럴래? 하기야 너한테는 상관없을지도 모르지, 미순이 혼자 헛물컨 거니까. 알지?"

"무슨 소리야?"

"아무튼 꼭 나와야 돼, 너한테 특별히 할 말도 있고. 알지?"

"특별히 할말?"

"아무튼 나와 보면 알아. 알지?"

속셈이 빤히 들여다보였다. 녀석이 얼마 전 보험대리점을 차리고 나에게 전화를 했을 때 아직 붓고 있는 적금 만기일을 핑계로 넘어갔지만 놈의 포위망이 언젠가는 다시 조여 오리라 짐작했었다. 보험계약 한 건 올리기 위해 미순이까지 팔아먹는 녀석의 수법이 괘씸하기도 했지만 달리 생각하면 꺼칠이의 오지랖 덕분에 어릴 적 친구들을 만날 기회를 갖게 된 셈이니 굳이 녀석을 나쁘게만 생각할 일도 아니라는 생각이 들었다. 일과를 마친 나는 터 덜터덜 약속장소를 향했다.

 오랜만에 찾아간 달동네 주변은 내가 그곳을 떠나고 산천이 변할 만큼 시간이 흘렀지만 생각처럼 많이 달라지지는 않은 것 같았다. 택시를 타고 지나치며 얼핏 보았지만 학교 앞 문방구도 간판만 새로 달았을 뿐 그 자리에 고스란히 남아 있었고, 학교와 담 하나를 사이에 두고 있어 아이들이 그 앞을 지나갈 때마다 괜스레 고개를 숙여야 했던 파출소의 모습도 크게 변함이 없었다. 큰 길로 이어지는 교차로 모퉁이엔 동네에서 하나뿐이던 목욕탕 굴뚝도 그대로 남아 있었다. 지금은 문을 닫았는지 굴뚝 겉면에 세로로 크게 써놓았던 마크와 이름은 알아볼 수 없었다.

 학교 정문 앞을 막 지나 택시를 내렸다. 약속장소는 적어도 300여 미터는 더 가야 하는 지하철역 주변 큰길가였지만 왠지 그 정도 거리는 걷는 편이 더 좋겠다 싶었다. 학교 담 길을 따라 걸으며 나는 고개를 들어 건너편 언덕으로 눈길을 두었다. 이미 어두워진 시간이라 희미하기는 했지만 내 유년의 기억을 고스란히 담고 있는 달동네 마을의 윤곽이 한눈에 들어왔다. 언덕 꼭대기부터 중턱까지 집들이 빽빽하게 들어차 있는 건 예나 지금이나 마찬가지였지만 예전 하꼬방은 거의 사라지고 그 자리에 연립이나 다세대 주택들이 대신 자리 잡고 있었다. 저기 어디쯤 동네 아이들의 공동 놀이터였던 넓은 마당이 아직도 있을 터이고 거기에서 조금만 더 올라가면 그곳엔 내 유년의 흔적들이 고스란히 남아 있을지도 모를 일이었다.

모임 장소는 큰길가에 접한 대성가든이라는 고기집이었다. 나를 먼저 알아본 사람은 동창이면서 대성가든 주인이기도 한 순구였다. 아랫동네 정육점집 아들이었던 그에겐 퍽이나 어울리는 직업이란 생각이 들었다. 순구의 안내를 받아 내실로 들어서니 사십여 명은 족히 넘는 남녀들이 한데 뒤섞여 왁자지껄 떠들어 대고 있었다. 한쪽 구석엔 이미 빈 소주병이 두어 박스 쌓여 있는데, 테이블마다 빈 술병의 개수는 여전히 늘어나는 중이었다.
"어! 이게 누구야 너 훈이 아니야……."
"그래. 너 이름이 뭐더라?"
"나 태복이야 조태복."
"맞어. 태복이 반갑다."
이름을 기억하지 못한 게 조금은 미안해 머리를 긁적이며 악수를 하고 나자 주변에 있던 녀석들이 너도나도 악수를 청해왔다. 오줌싸개 용환이, 땜통 진호, 삶은계란 익현이, 이름은 가물가물해도 얼굴이 낯익은 놈들도 여럿 있었다. 길거리에서 만났으면 말 붙이기도 어색했을 것 같은 여자아이들도 삐져나온 아랫배를 감추며 아는 체를 했다. 3학년 때 짝꿍이었던 영미가 어색하게 악수를 청했다. 책상에 그어놓은 선을 넘어갔다고 내 팔꿈치를 꼬집어 여름 내내 고약을 붙이고 다니게 했던 일이 생각났었는가 보다. 울보 순미, 말총머리 혜경이도 보였다. 매번 아이들의 놀림감이 되었던 절름발이 뽑기집 딸 미자도 건너편에서 손을 흔들었다. 정작 나를 불렀던 꺼칠이 놈은 반대편 끝에서 서류를 꺼내들고 다른 녀석들 서너 명에게 침을 튀며 무언가를 한참 설명하고 있었다. 아마도 한 달 동안 올려야 하는 녀석의 계약 목표를 오늘 하루면 달성할 것 같아 보였다.

"나는 배운 게 도둑질이라구 노가다 판에서 산다."

늦은 탓에 내 몫이 되어버린 소주 석 잔을 벌주로 마시고 나자 태복이가 명함을 건네며 말을 붙였다. 비록 대기업은 아니었지만 이름 앞에 붙은 이사라는 직책이 명함의 무게를 더했다.

"너는 소설가에다 출판사 사장이라며? 대단하다 야!"

아마도 꺼칠이 녀석이 쓸데없는 소리를 한 모양이었다. 삼 년째 신간도서 한 권 내지 못한 처지에 출판사 사장이라니, 게다가 등단만 했을 뿐 이렇다 할 작품 하나 쓰지 못하고 있는 나를 두고 소설가라니. 나는 어쩔 수 없이 좀처럼 쓸 일 없었던 빛바랜 출판사 명함을 수첩에서 꺼냈다.

"야 훈아. 내가 보기엔 앞으로는 소설보다도 영화가 유망한 것 같더라. 조폭 영화 요즘 잘나가잖아. 그런 시나리오 하나 써서 대박 터지면 인생 확 피는 거지……"

나는 건성으로 태복이의 말을 들으며 제각기 떠들어대는 아이
들 사이로 눈길을 옮겼다. 살아온 지난날의 이력들이 그림자처럼
스며 있는 각자의 얼굴을 하나둘 더듬으며 나의 눈은 어느덧 미
순이를 찾고 있었다. '뼈덩니'라고 놀림을 받았던 미순이. 적잖은
세월이 지났지만 잊고 지낸 시간과는 무관하게 금방이라도 수줍
은 웃음을 지으며 얼굴을 내밀 것만 같았다. 왜였을까 미순이라
면 그 어린 맘에도 왠지 남처럼 느껴지지 않았었다. 물론 이성으
로서의 호감은 분명 아니었다. 마치 남모르게 따로 자란 남매 같
은 느낌이랄까. 그렇다고 미순이와 나 사이에 서로 추억할 만한
특별한 일이 있었나 하면 그것도 아니었는데. 반면 미순이가 나
를 좋아한다고 생각할 만한 일들은 가끔 있었다. 그런데 꺼칠이
녀석이 그런 것까지 어떻게 알고 있었을까.

골목을 통틀어 미순이네, 즉 뒷집 주정뱅이 김씨네의 집안 사
정을 우리 식구만큼 속속들이 알고 있는 사람은 아마도 없었을
것이다. 아니 엔간히 가까운 일가친척이라 해도 우리 식구들만큼
은 못했을 것이다. 미순이 동생 미영이가 산달이 되도록 뱃속에
서 꼼짝을 안하다가 보름 만에 거꾸로 태어났다는 사실은 알 만
한 사람들은 다 아는 이야기였다. 하지만 김씨네 부부가 맺어지
게 된 독특한 사연이라면 얘기가 달랐다. 처녀시절 아줌마는 시
골에서 무작정 상경하여 오류동 버스 안내양으로 일하고 있었고

두 살 더 많은 아저씨 역시 시골에서 올라와 오류동 근처 편물공장에서 요꼬(편물짜는 기계의 일본식 이름)를 돌리는 공원으로 일하고 있었다. 처녀총각이라고는 해도 두 사람 모두 중학교도 마치지 못하고 상경했으니 기껏해야 열예닐곱 정도의 어린 나이였을 것이다. 두 사람의 역사적 만남은 버스 안에서 이루어졌는데, 그게 다소 궁상스럽고 염치없는 방식의 조우였다. 당시 버스 운임은 후불제였던 터라 승객이 내릴 때 버스 안내양에게 지불하게 되어 있었다. 그런데 아저씨는 버스에서 내릴 때마다 주머니를 뒤지는 체하다가 요금을 내지 않고 줄행랑을 쳤다고 한다. 그게 단지 교통비를 아끼기 위한 이유였는지 아니면 아줌마에게 관심을 끌기 위한 아저씨 나름의 전략이었는지는 알 수 없다. 아저씨의 파렴치한 행각이 계속되자 약이 바싹 오른 아줌마는 한 달에 두 번뿐인 비번인 날을 골라 작정을 하고 사복 차림으로 버스에 올랐다. 근무 중인 동료 안내양 뒤에 숨어 마침 버스에 오른 아저씨의 일거수일투족을 살폈다. 버스가 오류동 종점 바로 전 정류장에 멈추자 아니나 다를까 아저씨는 차비를 내지 않고 줄행랑을 쳤다. 아줌마는 곧바로 뒤를 쫓았다. 시골 초등학교 시절 사백 미터 릴레이 마지막 주자였던 아줌마의 진가가 빛나는 순간이었다. 더 이상 도망칠 곳이 없는 막다른 골목에서 숨을 헐떡거리며 마주한 두 사람. 그곳에서 부부의 첫 대화가 이루어진다.

"에이 씨팔년."

"이런 좆 겉은 새끼가."

　이랬던 두 사람 사이에서 덜컥 아이가 생기게 된 사연을 이해하기에는 내 나이가 아직은 어렸다. 두 사람 역시 아이를 갖기에는 아직 어렸던 나이. 조금 앞질러 이야기 한다면 우여곡절 끝에 아이는 무사히 태어나게 된다. 물론 그 아이가 바로 미순이다. 여하튼 미순이 외가에서는 난리가 나고 겁에 질린 아저씨는 망우리 공동묘지로 도망쳐 며칠을 숨어 지내게 된다. 망우리에서 나흘을 굶고 피골만 앙상한 몰골로 미순이 외할머니에게 덜미를 잡혀온 김씨 아저씨. 이런 엄청난 비밀을 우리 집 식구 말고 그 누가 알랴. 게다가 미순이 외할머니가 김씨를 끌고 와서는 미순이 엄마 앞에 무릎을 꿇게 하고 김씨의 불알을 움켜쥐면서 '이걸 터쳐? 말어?' 하고 겁을 주었던 일. 그리고 그 꼴을 본 미순엄마가 '아이고 엄니!' 하고 통곡하면서 불알을 움켜쥔 어머니의 거친 손을 떼어놓았다는 과거지사는 그 골목의 어느 누구에게도 말할 수 없는 극비사항이었다. 그뿐이 아니었다. 김씨네 부부싸움이 벌어지면 '그눔의 불알 두 쪽 냅다 터쳐 버리게 됐어야 했는디…….' 라는 아줌마의 말이 노상 발단이 되어 김씨 아저씨의 주먹질이 시작된다는 사실. 이쯤 되면 미순이 엄마와 우리 엄마가 이웃사촌 이상의 각별한 사이였다거나, 서로 비밀을 털어놓을 만큼 동병상련의 고통을 함께한 관계가 아니었을까 생각할 수도 있겠다. 하지만 내가 기억하는 한 우리 엄마와 김씨네 아줌마는 눈에 보이

지 않는 치열한 경쟁관계였을 뿐 속 깊은 이야기를 나눌 만큼 살
가운 사이는 아니었다. 더구나 엄마에게 전해들은 바 없이도 막
내인 나를 포함하여 우리 식구들은 모두 그 집 비밀을 속속들이
알고 있었으므로 이유는 다른 데 있었다.

정작 신기한 일은 그럼에도 불구하고 김씨네 이야기가 소문으
로 새어나가지 않았다는 사실이다. 달동네 소문이란 게 보리 방
귀 냄새 퍼지듯 순식간에 골목을 넘어가기 마련이었지만 나를 포
함하여 우리 가족 중 그 누구도 김씨네의 은밀한 비밀을 입 밖에
낼 생각을 하지 않은 것이다. 말하자면 임금님의 당나귀 귀처럼
절대 금기였다고나 할까. 상상할 수도 없었던 일이지만 만일 금
기의 내용을 입 밖으로 내뱉는다면 그 순간 김씨네와 우리 가족
은 야반도주하듯 그 골목을 떠나야 한다는 사실을 모두들 잘 알
고 있었다. 김씨네 식구들 역시 우리 가족들의 말 못할 비밀을 속
속들이 알고 있었음이 분명했기 때문이었다. 우세스럽기로 치자
면 우리 집 비밀 또한 김씨네 못지않았을 터. 두 집 사이에는 별
다른 절차 없이도 일종의 암묵적인 불가침 조약이 맺어진 거였
다. 쌍방이 핵폭탄의 심지를 쥐고 있는데 감히 누가 먼저 불을 댕
길 수 있겠는가.

이유인 즉은 우리 집과 미순이네 집 구조에 있었다. 당시 하
꼬방이라 불리던 판잣집이란 게 지을 때부터 방음장치에는 신경
을 쓸 수 없었던 데다가 집 짓는 비용을 아끼기 위해서 그랬는지

미순이네와 우리 집은 블록 한 장으로 그저 칸만 구분되어 등을 마주대고 있는 형편이어서 새벽이면 김씨 아저씨의 방귀소리까지 선명히 들릴 정도였으니 애당초 비밀이란 게 있을 수 없었다.

주정뱅이로 온 동네에 소문난 김씨 아저씨는 취하지 않은 모습을 보기 힘들 정도로 술에 절어 살았다. 간혹 술을 마시지 않은 맨정신일 때도 술독이 미처 빠져나가지 못해 코끝에 번질거리는 개기름이 빨갛게 남아 있어서 이 양반이 지금 취한 건지 아니면 맨정신인지 말을 붙여보기 전에는 구분하기 어려울 정도였다. 대개는 통행금지 시간을 코앞에 두고 흥얼거리는 노래 소리와 함께 골목을 들어서기가 일쑤였지만, 가끔은 저녁밥을 먹기도 전에 취해 돌아오는 경우가 있었다. 그런 날이면 아저씨는 동네 어귀를 어슬렁거리며 복덕방이나 구멍가게, 이발소 등을 기웃거려보지만 동네 어른들 누구도 소문난 주정꾼인 그를 상대해 주지 않았다. 결국 공동변소 앞 공터에 주저앉은 아저씨 주변에는 골목 아이들만 모여들었다. 운 좋게 김씨의 지갑이 열리기라도 하면 골목 아이들에게는 때 아닌 용돈이 생기기도 하기 때문이었다. 술 취한 아저씨를 부추기는 역할은 역시 얼굴 두꺼운 꺼칠이의 몫이었다. 김씨 주변에 모여든 다른 아이들이 감히 근처에 가까이 다가가지 못하고 머뭇거리고 있으면 꺼칠이가 너스레를 떨며 넉살도 좋게 김씨의 어깨를 주무르며 분위기를 돋웠다.

"아저씨 우리 리사이틀 한번 보실래요?"

꺼칠이가 먼저 꼽추 춤을 추고, 방앗간 집 짱구가 개다리 춤을 추었다. 김씨 아저씨가 주섬주섬 주머니를 뒤져 동전을 꺼내면 구경만 하던 아이들의 눈빛이 반짝 빛나고 동전을 받은 아이는 빼앗길세라 득달같이 구멍가게로 달려가 한입 가득 군것질거리를 물고 나타났다. 어느새 소문을 듣고 모여든 아이들은 춤이 되었건 노래가 되었건 아니면 당수 시범이 되었건 각자 자신의 특기를 십 원짜리 동전 한 닢과 바꾸기 위해 치열한 경쟁을 벌였다. 하지만 누구에게나 그런 기회가 주어지진 않았다.

"아저씨 나훈아 노래는 재가 잘해요. 알죠? 한번 시켜 볼까요?"

어느 틈에 아저씨의 대변인이 된 꺼칠이는 자신에게 주어진 권력을 한껏 이용했다. 그러다 보니 평소 꺼칠이에게 밉보인 아이에겐 좀체 기회가 주어지지 않았다. 꺼칠이와 같은 반으로 자기보다 공부도 잘하고 특별히 말썽도 피우지 않아 툭하면 제 엄마에게 '훈이 좀 닮아봐라'라는 말로 비교의 대상이 되었던 나를 꺼칠이가 좋아했을 리 없었다. 하지만 나에겐 꺼칠이도 어쩌지 못하는 든든한 빽이 있었다. 아이들과 김씨 아저씨 사이에서 설레발을 떨며 골목 리사이틀 무대의 총감독 역할을 하던 꺼칠이도 미순이가 나타나 김씨 곁에 앉으면 눈치를 보지 않을 수 없었다. 미순이의 추천을 받은 나는 맹인가수 이용복의 노래를 불렀다.

물장구치고
다람쥐 쫓던
어린 시절에
그 사람처럼 커지고 싶던
그 마음 내 마음…….

미순이가 튀어나온 앞니를 살짝살짝 드러내며 이미자의 동백
아가씨를 부르면 그날의 리사이틀은 막바지에 이르고, 주섬주섬
자리를 털고 일어난 김씨 아저씨는 축 처진 한쪽 팔을 미순이 어
깨에 얹으며 리사이틀의 마지막 곡 '대전블루스'를 흥얼거렸다.

자—알 있그라 나는 간다.
이별의 말도 읍시
떠나가는 새벽열차
대전발 영시오십분……

모여 있던 아이들은 비척비척 걷는 김씨를 천천히 따라가며 그
의 노래가 끝날 때까지 대열을 지킨다. 그날 리사이틀의 스폰서
이자 마지막 무대의 주인공 김씨 아저씨에 대한 예의의 표현이었
다. 가끔 아저씨는 비틀거리는 걸음을 멈추고 미순이와 동생 미
영이를 끌어안은 채 골목 어귀에서 큭큭거리며 울음소리를 내기

도 했는데, 그럴 때면 미순이는 난감한 얼굴로 나를 돌아보다가
아버지의 냄새나는 가슴에 얼굴을 묻었다.

"잡놈의 인간 허구헌 날 술타령이여."

골목 끝 모서리를 지나 미순이 엄마의 찢어지는 목소리가 들리
면 리사이틀은 끝이 나고 아이들도 뿔뿔이 흩어졌다. 그렇게 김
씨 아저씨의 리사이틀이 막을 내리면 다음 이야기에 관심을 갖는
아이는 없었다. 오로지 골목 아이들 중 유일하게 나 혼자서 밤새
도록 벽을 통해 들려오는 아저씨와 아줌마 사이의 전쟁을 고스란
히 겪어야 했다. 그날 리사이틀에서 얻은 십 원짜리 동전을 만지
작거리며 밤새 공범의식에 시달려야 했다. 그것은 나만이 겪어야
했던 괴로움이었다.

술좌석은 점점 무르익어갔다.

'무르익었다'라는 표현이 적절한 것인지 의문스럽긴 하지만 어
쨌거나 내가 처음 그 자리에 들어섰을 때와는 사뭇 다른 분위기
로 변해 있었다. 자분자분 지난 이야기를 나누던 아이들의 목소
리가 필요 이상으로 커진 것도 그랬고, 주로 남자는 남자끼리, 여
자들은 여자끼리 모여 앉았던 자리가 어느 틈에 허물어진 것도
그랬다. 삶은계란, 귤껍데기, 땜통, 꼬질이 등 차마 입 밖에 내지
못했던 어린 시절 별명을 혀 꼬부라진 소리로 부르며 희희낙락하
는 모습이 비록 많은 부분 과장되고 어색하긴 했으되 어린 시절

추억 몇 장면을 떠올리게도 했다.

"꺼칠이 저 자식은 여기까지 와서 영업하냐?"

술좌석을 이리저리 옮겨 다니며 여전히 보험 책자를 들고 '알지?'를 거듭하는 꺼칠이의 모습이 눈에 거슬린 모양이었다. 취기가 오른 태복이의 입바른 소리에 마땅히 할 말이 없었던 나는 반쯤 남은 소주잔을 비웠다.

"꺼칠이 저 새끼는 예나 지금이나 얍삽한 건 여전해. 하기야 저 정도로 낯짝이 두꺼우니 돈 깨나 만지고 살지. 분당에 아파트가 두 채라매?"

꺼칠이에게 지금 살고 있는 집 말고도 아파트가 두 채나 더 있다는 말은 금시초문이었다. 나를 만날 때마다 죽는 소리를 하는 통에 붓고 있는 적금을 해약하고 보험을 들어줄까 고민했었던 지난 일이 떠올랐다.

"산동네에서 빌빌대던 촌놈이 출세했지."

취기 탓이었을까. 태복이의 산동네 운운하는 소리가 귀에 거슬렸다. 나와 꺼칠이는 산동네에서 줄곧 자랐지만 태복이는 아랫동네 출신이었던 것이다. 당시 산동네와 아랫동네의 차이는 단지 주소 앞에 산00번지라고 붙는 접두어의 유무 차이는 아니었다. 비교적 살림살이가 넉넉했던 아랫동네 출신 아이들은 학교에서도 산동네 아이들을 좀 깔보는 경향이 있었고, 반면 산동네 아이들은 상대적으로 거친 성격을 무기삼아 아랫동네 아이들을 혼내

주곤 했었다. 좀 더 심한 경우는 두 편으로 나뉘어 넓은 마당에서 한바탕 편싸움을 벌이는 경우도 종종 있었다.

"야, 태복아. 나도 산동네 출신이다."

나는 태복이와 눈을 마주치며 피식 웃어보였다.

미순이가 나타난 것은 거의 자리를 파할 무렵이었다. 2차로 노래방을 갈 것인지 아니면 나이트클럽으로 갈 것인지 합의를 이루지 못하고 제각각 목청을 높이고 있는 와중이었다.

"야! 김미순."

꺼칠이의 목소리에 모두의 눈길이 입구로 모아지는데, 거기에 미순이가 자주색 손가방을 가슴에 모으고 서 있었다. 어색한 웃음과 함께 벌어진 미순의 입술 사이로 앞니가 잠시 모습을 드러냈다. 좌우로 고개를 돌리며 눈인사를 나누는 그녀의 옆모습이 어째 힘겨워 보인다. 한눈에 보아도 초라한 입성이 미순이의 형편을 대충 짐작케 했다. 우선 밥이라도 먼저 먹게 해야 할 것 같았지만 이미 파장이 되어버린 분위기에서 식사를 권하기도 어울리지 않았다. 게다가 이놈 저놈 미순이를 둘러싸고 악수를 나누는 통에 멀찍이 떨어져 있던 나는 정작 눈도 마주치지 못했다. 미순이와 말을 섞은 건 2차 노래방으로 향하는 길에서였다.

"오랜만이야. 미순이 너 옛날 모습 그대로네."

"응 훈아. 와있었구나?"

조금 오른 술기운에 부러 과장된 목소리로 인사를 건넨 나에게 미순은 덤덤하게 대답했다. 사실 가까이에서 본 미순이의 얼굴은 나이보다 훨씬 더 들어보였다. 어두운 가로등 불빛에도 눈가에 잡힌 주름은 일렁이는 너울처럼 드러나 보였고, 귀밑 관자놀이 주변에는 새치라고 보기 어려울 만큼 희끗한 머리카락도 눈에 띄었다. '잘 살고 있니?'라는 의례적인 나의 질문에, 미순은 아들만 둘인데 큰아이가 이번에 고등학교에 들어가게 되었으며, 남편은 얼마 전까지 직장생활을 하다가 지금은 조그만 사업을 준비 중이라고 했다. 아이들 학원비도 보탤 겸 집안에 퍼질러 있는 것보다는 운동도 되고 좋을 것 같아서 지금은 대형 마트에서 파트타임으로 일한다고 묻지도 않은 말을 덧붙였다. 하지만 목소리는 그리 밝지 않았다. 어쩌면 남편의 실직과 살림살이 형편을 우회적으로 표현했으리라 생각하며 미순이의 짧은 보폭에 발걸음을 맞추었다. 미순이의 사정은 꺼칠이를 통해 조금은 알고 있던 터라 더 그랬는지도 모른다. 김씨 아저씨가 돌아가시고 홀로 남은 아주머니는 이태 뒤에 덜컥 간암에 걸렸다. 들어 두었던 보험 덕에 수술은 무사히 마칠 수 있었지만 그간의 사정이야 뻔했다. 여북하면 미순이와 미영이에게 짐이 될세라 수소문 끝에 아무 연고도 없는 경상남도 어딘가에 있는 요양소로 홀로 떠났을까.

"훈이 네가 쓴 글 읽었어. 우리 아버지 얘기더구나?"

"어……. 그걸 어떻게."

예상하지 못했던 미순이의 말에 나는 잠시 할 말을 잊었다. 만일 일간지 신춘문예였다면 신문을 뒤적이다 우연히 내 글을 보았을 수도 있겠지만, 문예지에 실렸던 나의 등단작을 미순이가 일부러 찾아 읽었다니. 어색하게 웃으며 고개를 돌릴 수밖에 없었다. 더군다나 소설의 모델이 되었던 미순 아버지 김씨의 캐릭터가 그리 긍정적이지 못했던 탓에 괜스레 미안한 생각마저 들었다. 뭐라도 변명의 말을 해야 했지만 적당한 말을 찾지 못하고 애꿎은 보도블록만 툭툭 걷어차는데 미순이가 말을 이었다.

"네 소설 읽고 나서 아버지 산소에 갔다 왔어. 참 묘하더라. 내가 아버지를 그렇게 미워했었는데 네 글을 읽고 나니까 갑자기 아버지가 불쌍해서 견딜 수가 없더라구."

초등학교 고학년이 되면서 미순이는 더 이상 리사이틀에 모습을 드러내지 않았다. 일반적으로 여자아이들의 성장속도가 남자아이들 보다 빨라서였는지, 아직은 코흘리개였던 나에 비해 미순이는 당시에 이미 사춘기에 들어서 있었다. 부쩍 커버린 키와 스웨터 속에서 봉긋이 솟아난 가슴, 낯설어진 외모뿐 아니라 우연히 얼굴을 마주칠 때마다 낯을 붉히며 외면하는 미순의 행동 또한 나로서는 이해하기 힘든 일이었다.

김씨 아저씨의 마지막 리사이틀. 그날은 초겨울 비가 부슬거리며 골목을 차갑게 적셨다. 환절기 독감이 유행하고 있어서였을까 아니면 평소처럼 아저씨의 지갑이 쉽게 열리지 않아서였을까. 그날의 리사이틀에는 아이들이 모여들지 않았다. 자리를 지키고 있었던 몇몇 아이들도 을씨년스런 날씨와 시큰둥해진 분위기 때문인지 하나둘 공중변소 앞 공터를 떠났다. 분위기를 눈치 챈 꺼칠이마저 집으로 돌아가 버리고 나 혼자 남았을 때 김씨 아저씨가 자신의 노래, 〈대전블루스〉를 흥얼거리기 시작했다. 김씨 아저씨는 비척거리는 걸음을 떼어 놓다가 혼자 남은 나를 향해 손짓을 했다. 내가 가까이 다가가자 지갑을 열어 지폐 한 장을 꺼내 손에 쥐어주었다. 그리고 아저씨는 헛발을 내딛으며 크게 휘청거렸다. 남이 볼세라 받아든 지폐를 주머니에 구겨 넣은 나는 얼떨결에 아저씨의 겨드랑이에 어깨를 대고 그를 끌어안았다. 찌든 술 냄새가 차갑고 눅눅한 겨울비와 섞여 물컹거리며 폐부를 파고들었다. 들큰한 술 냄새 때문인지 나도 모르게 잔기침이 나왔지만 적어도 그의 리사이틀이 끝날 때까지는 곁을 지켜주어야겠다고 생각했다. 그 이유가 김씨 아저씨가 쥐어준 지폐 때문이었는지, 아니면 유일한 관객으로서의 최소한의 예의 때문이었는지는 모르겠지만 어쨌거나 노래 소리에 맞춰 한 발짝 한 발짝 김씨 아저씨의 집으로 걸음을 옮겼다. 그의 집 앞에서 미순 엄마의 악다구니 소리가 들릴 때까지만 견디면 나의 의무는 모두 끝나리라. 하지만 아저씨의 집 앞에 도착할 때까지 집안에서는 인기척이 느껴지지 않았다.

자—알 있그라 나는 간다.
이별의 말도 읍시
떠나가는 새벽열차
대전발 영시 오십분……

김씨 아저씨가 노래 소리와 함께 문을 걷어찼을 때 마루 위에서 표독스런 표정으로 꼼짝 않고 서 있던 미순이…….

그날 밤 이불을 뒤집어쓰고 미순이네 집에서 들려오는 소리를 고스란히 들어야 했던 기억은 오랫동안 마음 한구석에 남아 잊을 만하면 불쑥불쑥 튀어나와 나를 자극했다.

"창피해서 못 살겠어!"

"이년이 애비헌티 허는 말 따위 좀 보게, 니년 땜시 애비 인생이 요 모냥 요 꼴이 되아버린 거 알기나 하는 소리여!"

"아버지 없었으면 좋겠어. 차라리 죽어버렸으면 좋겠다구."

"이런 썩을 년."

김씨 아저씨가 미순의 뺨을 후려쳤다. 얇은 습자지를 찢는 듯 날카로운 소리가 벽을 뚫고 건너왔다. 미순이는 울지 않았다. 때마침 돌아온 미순 엄마와 김씨 아저씨의 심한 싸움이 시작되고도 미순이의 목소리는 더 이상 들리지 않았다. 그날의 싸움이 얼마나 치열했는지는 나중에 엄마에게 들은 이야기가 아니더라도 벽을 타고 전해지던 소리만으로도 충분히 짐작할 수 있었다. 미순이 엄마가 움켜쥔 아저씨의 불알은 거의 터지기 직전까지 갔었던 모양인지 아저씨는 며칠 동안 오금을 제대로 펴지도 못했다. 미순이 엄마에게도 싸움의 여파는 컸다. 관자놀이 주변 머리카락이 동전보다 큰 빈터를 남기고 빠져나갔다. 그래도 두 사람의 싸움 후유증은 미순이의 그것과는 비교가 되지 못했다. 아버지에게 따귀를 맞아 귀청이 터지고 끝내 한쪽 청각을 잃은 미순이에 비하라. 벽을 타고 전해지던 소리를 들으며 나는 그날의 사달이 내 손에 쥐어진 지폐에서 비롯된 것이라는 죄책감에 괴로워해야 했다. 그날의 기억은 두고두고 내 가슴에 남아 성인이 되어 소설 나부랭이를 쓰게 된 후 나의 등단작에 흔적을 남기게 되었던 것인데. 하필 미순이가 그것을 읽고 말았다니.

노래방 입구에 도착했을 때 약간의 소란이 벌어져 있었다. 기어코 태복이와 꺼칠이가 말다툼을 벌인 것이었다. 아마도 어릴 때 같았으면 그 자리에서 편싸움이라도 벌어질 상황이었지만 두 녀석을 뜯어말리는 몇몇을 남겨두고 모두들 노래방으로 이어지는 계단을 내려갔다. 먼저 도착한 일행들의 흥에 겨운 노래 소리가 이어지고 홀 한가운데는 서로 부둥켜안고 블루스를 추는 연놈들도 보였다. 요란스런 분위기는 점점 더 달아오르고 누구랄 것도 없이 뒤섞여 노래방에서 불법으로 판매하는 맥주와 양주에 젖어 들어갔다.

"미순아 내 신청곡 하나 불러줄래?"

몇 잔 술에 빨갛게 달아오른 미순의 눈이 뜬금없어 하는 표정으로 나를 바라보았다.

"대전블루스."

손사래를 치며 거절하던 미순이 결국 마이크를 잡았다. 다만 김씨 아저씨의 〈대전블루스〉 대신 〈정〉을 불렀다.

정이란 무엇일까
받는 걸까 주는 걸까
받을 땐 꿈속 같고
줄 때는 안타까워
정을 쏟고 정에 울며 살아온
내 가슴에
오늘도 남모르게 무지개 뜨네 3)

노래 뒷구절의 꺾는 음이 김씨 아저씨를 많이 닮아 있었다. 간주가 흐르는 동안 나와 마주친 미순의 눈빛이 마치 정 깊은 누이의 그것처럼 부드러웠다. 나는 그 모습을 보며 미순이의 노래가 끝나면 따로 단둘이 나가 몇 가지 일들을 물어보아야겠다고 생각

---

3) 정 : 조남사 작사 김학송 작곡 〈조용필 1집〉 앨범 수록

했다. 그날의 일이 있고 나서 항상 나를 외면했던 이유가 내가 받은 지폐 때문이었는지, 아니면 청력을 잃은 한쪽 귀가 부끄러워서였는지 묻고 싶었다. 그리고 기회가 된다면 김씨 아저씨 산소에 한번쯤 동행해 줄 수 있는지…….

갑자기 노래방 문이 거칠게 열렸다.
"야 산동네 다모여. 개새끼들 다구리 한번 붙자! 아랫동네 새끼들 오늘 다 죽었어! 알지?"
미순이의 노래가 2절로 이어지는데 어디서 얻어맞았는지 한쪽 눈두덩이 시뻘겋게 달아오른 꺼칠이 녀석이 씩씩대며 노래방 문을 벌컥 열고 소리쳤다.

꺼칠이가 피운 소란 때문에 결국 미순이의 노래는 끝까지 들을 수 없었지만 술이 깬 다음날까지 내 입가엔 미순이의 노래가 두고두고 맴돌았다.

꺼칠이
바보
Track 1 민희복 선생 누드화 사건
Track 2 누가 사랑을 아름답다 했는가

ALBUM02

사랑은 아직도 끝나지 않았네

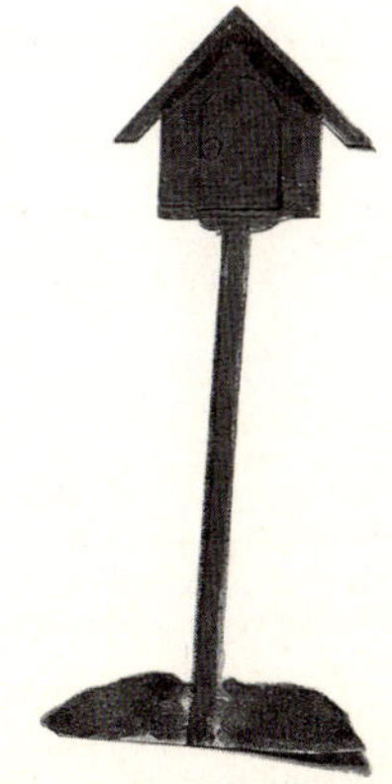

그날 새벽 우리골목에서 맨 처음 뉴스를 들었던 사람은 새벽 잠이 없던 아버지였다. 볼륨을 한껏 올린 트랜지스터 라디오 속에서 아나운서는 박정희 대통령이 유고되었다는 말만 앵무새처럼 반복했다 유고(有故)라는 말의 뜻을 알 수 없었던 아이들은 대통령이 유괴당했으니 큰일 났다고 떠들며 학교로 향했다…….

대부분의 사람들은 70년대가 마감되고 80년으로 이어지는 시기를 특별하게 기억할 것이다. 대통령의 죽음이라는 엄청난 사건으로 마감이 된 70년대, 그리고 곧바로 이어진 80년 광주와 낯선 얼굴의 새 대통령. 하지만 사춘기라는 긴 터널의 한가운데를 지나고 있던 나에겐 역사의 거대한 변화보다는 이차 성징의 발현으로 인한 신체의 변화가 더 중요한 관심거리였다. 어느새 남자가 되어버린 것이다. 더 이상 엄마 앞에서 오줌을 눌 수 없을 만큼 나의 아랫도리는 징그럽게 변해버렸고, 변성기에 접어들어 굵어진 목소리는 함께 뒹굴다 잠들곤 하던 누나들 방에서 쫓겨나는 신세가 되게 했다. 그러나 신체적인 변화보다도 더욱 커다란 변화는 그동안 달동네 골목에 한정되어 있던 내 삶의 무대가 드디어 신작로를 지나 도심 한복판으로 넓어졌다는 사실이었다. 사실 거창하게 말해서 그렇지 그래봐야 종로통이나 명동 입구 근처를 배회하거나, 큰맘 먹고 미성년자 관람불가 딱지가 붙은 극장을 몰래 출입하는 정도에 지나지 않았지만 십대 사춘기 소년이 성인으로 성장하는 과정에 나름대로의 사연이 없었으랴.

어쨌거나 나에게 있어서 80년대의 개막은 거창한 정치적인 사건보다는 새로 나타난 TV스타와 대중문화를 통해 다가왔다. 코미디 황제 이주일의 등장이 그러했고, 안소영의 애마부인이 그러했다. 종로서적 뒷골목을 어슬렁거리다 레코드가게 스피커를 통해 처음 그의 노래 '단발머리'를 만났을 때의 받았던 문화적 충격을 어떻게 표현할 수 있을까.

조용필

내 감수성의 최고조에서 만난 그의 목소리, 중년의 나이가 되도록 한발짝도 그에게서 벗어날 수 없을 줄 누가 알았으랴. 풀 먹인 하얀 칼라 사이로 드러난 가느다란 목선, 귀 밑에 찰랑거리는 까만 머리칼, 뉘엿뉘엿 넘어가는 늦은 오후 햇살을 받아 기다란 그림자를 만들며 두서너 명씩 무리 지어 버스 정류장으로 향하는 여학생들의 뒷모습에 나는 넋을 잃었다. 참으로 믿을 수 없는 것이 사람의 기억이라, 때론 제 스스로 몸집을 불리기도 하고, 때론 자신에겐 가당치도 않은 엉뚱한 일들을 끌어 모아 전혀 다른 이름으로 편집되어 버리기도 하는 묵은 기억들이 살아 있는 유기체와 같다. 단단하게 굳어버린 추억이라는 이름의 열매를 깨뜨리면 석류 알처럼 흩어지고 마는 기억의 편린들. 하지만 한 알 한 알 깨물 적마다 그 시큼한 맛에 시린 눈을 감아야 하는 석류알같은 지난 기억의 맛이 나의 눈가를 시리게 한다.

이른 봄이면 언덕마다 무리를 지어 다투듯 피어나던 산개나리처럼 아롱지던 단발머리 소녀들은 모두 어디로 갔을까. 잠시 드리웠다 사라지는 아침나절 추녀 그늘같이 한 움큼 움켜 쥐어봐야 빈손만 남기고 마는 나의 기억들.

고맙게도 두 사람의 초상이 풋내 어린 사춘기를 기억한다.

민희복 선생 누드화 사건

그 일이 퇴학이라는 징계를 받을 만큼 큰일이었을까. 그때 일을 생각하면 지금도 죄책감과 아쉬움이 남는다. 사춘기를 겪는 사내아이라면 누구나 한번은 경험했음직한 일로 너그럽게 용서받을 수도 있는 것이었을 텐데……. 그 당시 사건의 전모를 밝히려면 우선 같은 반이었던 용호의 이야기를 하지 않을 수 없다.

이름 : 정용호

소속 : ○○고등학교 1학년

학급번호 : 3번

학업수준 : 중하위권

가족관계 : 시장에서 행상하는 홀어머니와 여동생 하나

특기 : 그림 그리기

그의 간략한 프로필만 보아도 알 수 있듯이 용호는 학교 내에서 누구에게도 관심의 대상이 될 만한 아이가 아니었다. 좋은 의미이든 나쁜 의미이든 누군가의 관심의 대상이 되기 위해서는 남다른 무언가가 있어야 하는데, 공부를 잘하는 것도 아니고 싸움을 잘하는 것도 아니고 허우대가 멀쩡하니 잘생긴 것도 아니었다. 학급번호 3번이라는 사실이 말해주듯 작은 키에 까무잡잡한 얼굴, 게다가 소심하고 부끄러움을 잘 타는 조용한 성격이었던 용호는 그 일이 있기 전까지 아무에게도 관심의 대상이 되지 못하는 아이였다. 같은 중학교 출신으로 두 번씩이나 같은 반이었던 나로서도 그저 얼굴과 이름 정도만 기억했을 뿐 고등학교 1학년 가을이 되도록 별다른 이야기 한번 나눠본 적이 없을 정도였다.

내가 처음으로 용호의 천재적인 재능을 발견하게 된 것은 순전히 우연이었다. 남자 학교의 화장실에는 으레 남녀의 성행위를 주제로 한 낙서가 있게 마련일 터. 우리 학교도 예외가 아니어서 일주일에 한 번씩 있었던 대청소 때 화장실 청소당번이 걸리는 날이면 냄새를 참아가며 음란 낙서를 지우는 일이 만만치 않을 정도였다. 대부분의 낙서가 조잡한 수준을 면치 못하였지만 때론 그 내용이나 그림이 꽤나 오랫동안 눈길을 잡아 둘 만한 것들도 있어 낙서를 지우기 전에 아이들을 불러 한참을 낄낄거리며 보는 경우도 있었다. 그날 용호의 작품을 발견한 곳은 조금은 의외다 싶은 장소였다. 대부분의 음란 낙서가 교실이 있는 학생동 건물 화장실에 집중되어 있기 마련이었으나 내가 용호의 낙서를 발견한 곳은 다름 아닌 관리동 건물 내 과학실 옆 화장실이었기 때문이었다. 과학실이라면 기껏해야 한 달에 한두 번 정도 형식적인 과학실험 수업이 있을 때나 출입하는 곳이었고, 같은 건물 내에 교장실, 서무실, 동창회 사무실 등이 있어 학생들은 좀체 출입하는 경우가 드물었다. 특히 아이들이 그 건물 출입을 꺼려했던 것은 무섭기로 유명했던 교장선생님한테 자칫 걸리기라도 하는 날이면 특별한 잘못이 없이도 소지품 검사를 당하는 등 어려움을 겪어야 했기 때문이었다. 마침 과학실에서 생물실험 수업이 있었던 그날 나는 아침 먹은 것이 탈이 났던 터라 수업도중 선생님의 양해를 얻어 교장실과 몇 발자국 떨어지지 않은 화장실로 급히 달려갔다. 급한 볼일을 치르고 휴지로 뒤처리를 한 다음 바지를 치키며 일어나려는 순간 잠시 고개를 돌린 나의 눈에 그것이 들어왔다.

이럴 수가.

나는 바지도 채 치키지 못한 엉거주춤한 자세로 굳어버리지 않을 수 없었다(엄밀히 말하자면 몸 전체가 굳어버린 것은 아니고 신체의 특정부위에서는 급격한 변화가 일어났다는 것이 더 정확한 표현이겠다). 조금 과장을 보태자면 그것은 분명 예술이었다. 사실 말이 나왔으니 말이지 예술이란 무엇인가 말이다. 철학이나 과학이 사유를 통하여 인간 이성을 움직이는 것이라면, 예술은 인간 감성을 움직이거나 자극하는 것의 통칭이 아닌가. 나는 지금까지 내 생애를 통틀어 그날 이후 그렇게 짧은 순간 나의 감성을 순식간에 도려낸 예술작품을 본 일이 없다. 그 순간 나의 감성의 폭풍을 일으킨 실체가 예술적 감동이었건 아니면 값싼 동물적 욕구의 폭발이었건 어쨌거나 나의 몸 저 깊은 곳에서 끓어오르는 감성의 분출을 억제할 수 없었다는 사실은 분명히 기억할 수 있다. 흔한 검정 사인펜으로 흰색 페인트 벽에 그려진 한 폭의 누드화. 그 그림을 보며 엉거주춤한 자세로 무슨 행동을 했는지에 대해서는 구체적으로 밝히지 못하는 것을 누구든 이해하리라 믿는다. 아무튼 급한 불을 끄고 난 다음 거친 숨을 가다듬은 후에야 나는 그 작품을 면밀히 살펴볼 수 있었다. 검정 사인펜의 터치는 너무나도 날카로웠다. 강조되어야 할 부분에서 과감하게 힘을 준 것은 물론이려니와 여백을 충분히 살린 생략의 미(美)도 탁월했다. 세밀한 묘사가 필요한 누드화의 핵심 부분의 처리는 또 어떠했던가. 철저한 자연주의를 추구한 그 작품의 백미는 살아 꿈틀거리는 듯한 생명력에 있었다. 작품 속의 여자는 긴 머리칼로 반쯤 얼굴을 감추고 마치 먹이를 노리는 표범처럼 금방이라도 튀어나갈 듯이 엎드린 자세로 엉덩이를 치켜들고 있었다. 뒤를 돌아다보는 그녀의 눈빛이 어디선가 본 듯 눈에 익었는데 마치 내 속을 들여다보는 것 같은 착각을 일으켜 가슴 한켠이 저릿저릿 조여 왔다. 어디서 봤더라? 얄상한 눈매며, 작으면서도 탄탄해 보이는 입술이며 분명 눈에 익은 얼굴이었지만 그림의 주인공은 쉽게 떠오르지 않았다. 때마침 주번 녀석이 나를 찾으러 왔기에 망정이지 그렇지 않았으면 나는 종일토록 그곳에 머물러 있었을지도 모를 일이었다. 이미 증세가 사라진 배탈이 아직 계속되는 것처럼 배를 주무르고 실험실을 들어섰을 때 용호와 얼핏 눈이 마주쳤던 것도 같았지만 그때만 해도 용호가 그 작품과 관련이 있을 것이라고는 꿈에도 생각지 못했다. 그 일이 있고 나서 나는 점심시간이나 방과 후 눈치를 살피며 그 화장실을 찾곤 했다. 보면 볼수록 대단한 작품이었다. 그동안 보아온 화장실 누드화 대부분이 여성의 성기와 젖무덤을 필요이상 강조한 나머지 사실성과는 거리가 멀었던 반면 이 작품이 지닌 사실성과 생동감은 일종의 경외감을 줄만큼 탁월했다. 말하자면 여성의 몸에 대한 존중과 아름다움에 대한 따뜻한 시선을 담고 있었다. 여타의 그림들이 성기만을 과장 돌출시킴으로써 성욕의 배출 도구로 여성의 몸을 표현했다면, 이 작품은 한 여성이 가진 고유의 아름다움을 예찬하고 있는 것이다.

의아스러웠던 것은 그 낙서가 꽤나 오랫동안 지워지지 않고 그자리에 있었다는 사실이다. 그 화장실은 교장선생님을 비롯한 교직원들이 주로 사용하는 곳이라 청소를 담당하는 아주머니가 별도로 배치되어 수시로 드나들며 점검을 하는 것으로 알고 있었는데 나의 기억으로는 그 그림이 적어도 한 달이 넘도록 원래의 상태 그대로 남아 있었다. 어쩌면 그분들도 작품의 진가를 알아보았던 것인지도 모른다.

그 작품이 용호의 것이라는 확증을 찾은 것은 화장실의 그림이 말끔히 지워지고 나서 며칠 지나지 않은 토요일 방과 후 오후 시간이었다. 나는 그림이 지워졌다는 사실을 알고 나서도 가끔 문제의 화장실을 찾아가곤 했었는데 그것은 그림이 없어진 데 대한 아쉬움 때문이기도 했지만 새로운 그림이 곧 등장하리라는 거의 확신에 가까운 기대가 있었기 때문이기도 했다. 흔히 범인은 사건현장에 반드시 다시 나타난다는 말이 있지 않은가. 비유가 적절한지는 모르겠으나 어쨌든 그림을 그린 사람이 누군지는 몰라도 반드시 그 현장에 다시 올 터이고, 자신의 그림이 감쪽같이 없어진 것을 알고 나면 오기가 생겨 한 번 더 자신의 흔적을 남기지 않을까 하는 기대를 가지고 있었던 것이다.

토요일 오전 수업이 끝나고도 한참이 지난 시간이었다. 도서관에서 빈둥거리며 연애소설 따위를 읽고 있던 나는 무료함도 잊을 겸 혹시나 하는 마음에 관리동 과학실로 향했다. 학생들은 대부분 귀가를 하여 도서관과 운동장에 몇몇이 남아 있을 뿐이었고 교직원들도 모두 퇴근했는지 건물은 텅 비어 있는 듯했다. 과학실 옆 화장실을 들어가려는데 문득 안에서 인기척이 들렸다. 혹시나 교장선생님이라도 만나지 않을까 하는 마음에 발길을 돌리려는데 물 내리는 소리도 없이 지난빈 그림이 있던 칸의 화장실 문이 슬그머니 열렸다. 용호였다. 놀란 것은 나보다도 용호 쪽이었다. 당황한 용호는 어쩔 줄 몰라 하다가 다시 나왔던 문을 열고 화장실로 들어가려 했다. 재빠르게 달려가 용호의 어깨를 붙잡았을 때 그의 어깨는 심하게 떨고 있었다. 화장실 안을 확인해 보니 역시 기대에 어긋나지 않게 새 작품이 지난번 것보다 더 크고 리얼하게 그려져 있었다.

"너였니?"

"……."

용호는 벌개진 얼굴로 들고 있던 검정색 사인펜만 만지작거렸다. 내가 말없이 뒤돌아 나오자 용호는 무언가 변명이라도 하려고 했는지 내 뒤를 따랐다. 하지만 용호는 내 뒤만 졸졸 따라올 뿐 먼저 말을 꺼내지 못했다. 관리동 건물을 빠져나와 운동장이 내려다보이는 스탠드에 엉덩이를 걸치고 앉을 때까지 나의 머릿속에는 용호의 그림솜씨를 이용하면 여러 가지 일을 만들 수 있겠다는 생각이 교차했다. 하지만 용호는 그런 나의 생각까지 짐작하기에는 너무도 순진하기만 했다. 아무튼 오늘의 일로 인해 용호의 작품 활동이 중단되게 해서는 안 되리라는 생각에 내가 먼저 말을 꺼냈다.

"그림은 어디서 배웠니?"

"……."

운동장에서 공을 차는 아이들의 목청이 가까워졌다가 다시 멀어졌다. 제법 차가워진 가을바람이 운동장 맞은편에서 회오리를 만들며 반대편으로 달려와 뿌연 먼지를 만들고 있었다.

"용호야, 나 그림 하나 그려줘라."

숙였던 고개를 들어 나를 쳐다보는 용호의 눈빛이 '진짜?' 하고 묻는 듯 반짝 빛났다.

"용호 너한테 그런 재능이 있는 줄 몰랐는데. 정말 대단하더라."

용호의 마음을 토닥이기 위한 말이었지만 한편으로 나의 진심이기도 했다. 나의 말에 용기를 내었는지 용호는 품속에서 조그만 노트를 꺼내 내 앞에 내놓았다. 주변엔 아무도 없었지만 우리는 노트를 들고 운동장 제일 끝 후미진 구석으로 자리를 옮겼다. 그 노트는 말하자면 용호의 작품집 또는 포트폴리오라고 할 수 있었다. 노트 속에 그려진 여인들의 자태에 대해 어떻게 표현할 수 있을까. '예술이란 도대체 무엇인가.' 따위의 어쭙잖은 이야기를 다시 늘어놓고 싶은 생각은 없다. 다만 지금까지 내 생애를 통틀어 여자의 나신을 보고 그 순간만큼 강한 흥분을 느껴 본 일이 없다는 고백으로 용호의 그림에 대한 소회를 대신하고자 한다. 결과적으로 악연이었을지도 모르는 그날 용호와의 조우는 그와 나를 단짝으로 만드는 하나의 계기가 되었다. 용호는 새로운 그림을 완성할 때마다 은밀히 나에게 다가와 눈짓을 보냈고 나는 작품에 대한 변함없는 찬사를 보냈다. 용호와 나의 관계가 말하자면 아무도 알아주지 않는 천재화가와 그의 작품에 열광하는 유일한 마니아와의 관계 같았다고 한다면 억지스런 비유일까. 아니 용호에게 그것은 사실이었을 것이다. 빈센트 반 고흐가 붓을 꺾지 않고 작품을 계속할 수 있었던 것은 자신의 그림에 대해 찬사를 아끼지 않았던 동생 테오가 있었기 때문이라고 하지 않던가. 비유야 어쨌든 용호와 나의 관계가 그 정도에 머물렀다면 아무런 문제도 발생하지 않았을 것이었는데…….

임, 도, 철.

용호와 나의 순수한 예술적 교감 사이에 임도철이라는 녀석이 끼어들지만 않았던들 우리가 퇴학과 무기정학이라는 수모는 겪지 않아도 되었을 것이다. 아니 학창시절 한번쯤의 무기정학 경험이야 지나고 나면 술안주거리 정도로 생각할 수 있겠지만 퇴학으로 학업을 중단해야 했던 용호에게는 감당하기 어려운 일이었다. 만일 용호에게 정식으로 그림을 배울 수 있는 기회가 주어졌다면 그는 정말 훌륭한 화가로 성장하였을지도 모르는 일이다. 결과적으로 임도철을 끌어들이는 계기를 만들고 말았던 나로서는 두고두고 용호의 일을 생각할 때마다 그가 품었을 그림에 대한 꿈을 나로 인해 접어야 했던 것 같아 죄스러운 마음이 들고는 한다.

그림은 잘 팔려나갔다. 처음 오백 원으로 시작했던 16절지 크기의 그림 한 장이 얼마 지나지 않아 2천 원까지 가격이 올랐다.

당시 새로 나온 담배 '솔'이 한 갑에 450원이었으니 우리들에겐 결코 적은 돈이 아니었다. 도철이는 주머니에 돈이 있을 만한 아이를 미리 점찍어 두었다가 가지고 있는 그림 견본을 슬쩍 보여주는 수법으로 고객을 확보했다. 한번만 더 보여 달라고 아무리 졸라도 그림을 사기 전에는 더 이상의 기회는 없었다. 도철이의 뛰어난 상술 덕분인지 가지고 있던 재고가 순식간에 바닥이 날 정도로 용호의 그림은 인기가 좋았다. 사실 내가 처음 용호로부터 받은 그림을 도철이에게 보여준 것은 그림을 팔아 보겠다는 생각 때문은 결코 아니었다. 다만 우리 반 '캡'(지금의 짱 또는 일진)이었던 도철이에게 인정받고 싶어 했었던 나의 얄팍한 속셈 정도는 분명 있었다. 세 사람 사이에서 갈등의 조짐이 나타난 것은 그림의 인기가 한창 주가를 올려 경우에 따라서는 그림 한 장 값이 삼천 원까지 올랐을 때였다. 그림을 팔고 돈을 분배하는 자리에서 도철이는 그 동안의 관행을 깨고 자기 몫으로 절반을 뺀 나머지 금액을 내놓았다.

"나 아니었으면 너희 둘이는 이 돈의 절반도 못 건져. 그리고 훈이 너는 솔직히 한 일도 없잖아!"

거의 협박에 가까웠던 도철이의 말은 험악한 그의 인상과 함께 대단히 위협적이었다. 게다가 찍- 소리를 내며 이빨 사이로 뱉은 도철이의 침이 나의 학생화 코끝에 떨어졌을 때 나는 무의식적으로 발을 뒤로 뺐다. 그런데 숙맥으로만 알았던 용호에게 그런 용기가 있을 줄이야. 용호는 물러서지 않았다. 얼러대는 도철이를 올려다보며 한참을 꼼짝 않고 서 있던 용호가 들고 있던 가방을 바닥에 내려놓았다. 그리고 자신의 그림이 담긴 스케치북을 꺼내더니 완성된 그림들을 발기발기 찢어대기 시작했다. 그중에는 미리 선금을 받아 놓은 것도 있었지만 아무런 망설임도 보이지 않았다. 너무도 단호한 용호의 모습에 나는 물론이고 도철이도 말을 잃었다.

"용호야."

혹시나 그런 용호에게 도철이가 주먹이라도 날릴까 싶어 조마조마한 마음을 억누르는데, 도철이가 용호의 이름을 불렀다. 하지만 그의 목소리는 우려와는 달리 한 풀 기가 꺾여 있었다.

"알았어. 똑같이 나눠."

지금 생각해 보면 당시 용호의 행동은 그의 용기였다기보다 자존심이었을 것이다. 거창하게 말하자면 예술가의 자기 작품에 대한 고집스런 자존심. 따지고 보면 도철이의 말대로 특별히 하는 역할도 없는 나에게 굳은 신뢰를 보냈던 이유도 그런 예술가적 자존심 말고는 달리 설명할 길이 없다. 자신의 작품을 돈벌이의 수단으로 보았던 도철이와는 달리 그의 작품 자체에 감탄하고 칭찬을 아끼지 않았던 나에 대한 예술가적 믿음 같은 것 말이다. 기껏해야 용호의 작업장소를 물색하거나 작업을 하는 동안 망을 봐주는 정도에 불과했던 내 역할이 삼분지 일의 똑같은 분배를 요구할 만큼의 것은 아니었음에도 용호의 신뢰가 그토록 굳건했었던 것을 예술가적 자존심 말고 무엇으로 설명할 수 있겠는가.

그날 이후에도 용호의 그림은 완성되기 무섭게 팔려나갔다. 아직 복사기가 대중화되기 이전이었으므로 무단 복제의 위험도 거의 없었다. 굳이 복사기를 찾아 나선다면야 대학가 근처를 뒤지면 되겠지만 도대체 어떤 간 큰 녀석이 벌거벗은 여자 그림을 복사집 아저씨에게 내놓을 수 있을까. 여하튼 우리는 학생 신분으로서는 꽤 많은 돈을 손에 쥘 수 있었다. 비교적 집이 넉넉한 편이었으나 완고한 아버지 때문에 늘 용돈이 부족하던 도철이는 그 돈으로 술과 담배 또는 전자오락이나 때때로 환각제인 본드를 사는데 썼고, 나는 싸구려 연애 소설이나 무협지를 빌려보거나 미성년자 관람 불가 딱지가 붙은 영화관을 가는 데 썼다. 특히 내가 주로 다니던 영화관은 종로 화신백화점 건물에 있었는데 쇼도 보고 영화도 볼 수 있는 특이한 곳이었다. 매회 무명가수와 코미디언들이 나와 화려한 쇼를 벌이고 곧이어 성인영화가 이어졌다. 도철이와 내가 주로 유흥비에 돈을 소비하는 동안 용호는 꾸준히 그 돈을 모았다. 가끔 분식집에서 나와 함께 먹은 음식 값을 지불하는 것 말고는 용호가 돈을 쓰는 일은 거의 없었다. 용호는 그 돈이 다 모이면 화집을 살 거라고 했다. 르느와르, 마티스, 클림트, 고흐, 고갱…… 어디선가 들어본 듯한 화가들의 이름을 입에 올릴 때 용호의 표정은 가장 행복해보였다. 용호는 특히 르느와르의 '햇빛속의 누드' 같은 작품을 한번 그려보고 싶다고 했다.

토요일 오후면 용호와 나는 처음 용호가 나에게 그림을 보여주었던 운동장 맨 구석자리에서 작업을 했다. 용호나 나나 집에 공부방이 따로 있던 것도 아니었던지라 남들의 눈을 피해 작업할 만한 곳을 물색하기 어려웠기 때문이었다. 주말 오후 모두가 돌아가고 조금은 썰렁한 교정의 가을 풍경은 꽤 낭만적이기도 했다. 용호가 그림을 그리는 동안 나는 혹시나 누가 올세라 망을 보다가 그것도 지겨워지면 당시 막 배웠던 하모니카를 꺼내 불었다. 내가 '어메이징 그레이스'를 연주하면 용호는 나의 옆모습을 그윽하게 바라보다가 그 다음 곡 '사랑은 아직도 끝나지 않았네'를 연주하면 그걸 따라 부르기도 했다. 곡이 끝나면 들고 있던 사인펜을 내려놓고 가을바람에 잎을 떨구는 은행나무를 바라보며 한참을 멍하니 앉아 있곤 하던 용호. 그 가을이 다 지나도록 실연이라도 당한 것 같은 용호의 표정을 나는 이해하지 못했다.

용호의 그림이 학교 내에 퍼져나가고 얼마 후 아이들 사이에는 이상한 소문이 돌기 시작했다. 그림 속 나체의 여자가 누군가를 닮았다는 소문이었다. 소문의 주인공은 불어 담당 민희복 선생님, 여교사 중 유일한 미혼이었고 지적이고 세련된 외모에 아이들의 인기를 한 몸에 받았던 민희복 선생은 아이들의 짓궂은 장

난의 대상이 되기도 했다. 그런 소문이 돌고나서 용호의 그림을
자세히 보니 그림의 주인공은 분명 민희복 선생을 닮아 있었다.
처음 화장실에서 용호의 그림을 보았을 때 그림 속의 여자 얼굴
이 눈에 많이 익는다 싶더니 그 주인공이 민희복 선생일 줄이야.
장난 반 진담 반으로 용호에게 소문의 진위여부를 물었을 때 용
호는 대답 대신 얼굴을 붉히고 말았던가.

　그해 가을이 깊어가고 교정의 은행나무도 그 많던 노란 잎을
다 떨궈 바람이 불 때마다 풍성한 낙엽 대신 스산한 소리만 내기
시작했다. 용호와 내가 그림 작업을 하는 교정에 해가 기울면 서
늘한 한기가 몰려와 헐렁한 교복 단추 사이를 파고들었다. 사춘
기 막바지에 누구나 겪는 원인을 알 수 없는 외로움과 낙엽을 다
한 교정의 은행나무 그리고 아직은 서툴지만 내가 불어주는 하모
니카 소리가 용호에게는 쓸쓸한 감정을 더욱 부추기지 않았을까.
　"훈아! 너 짝사랑의 법칙을 믿니?"
　뜬금없는 용호의 질문에 나는 하모니카를 내려놓고 용호를 쳐
다보았다. 노을이 지기 시작한 저녁 해에 벌겋게 비춰진 용호의
얼굴이 자못 비장해보였다.
　"좋아하는 사람을 백 번 생각하면 상대방이 한 번은 나를 떠
올린다는 서."
　픽- 하고 웃음이 터지려는 것을 간신히 참으며 듣고 있던 하모

니카를 손바닥에 털었다.

"용호야, 짝사랑하지 마라. 그거 몸상하고 마음 버리는 거란
다……."

"이거 한번 볼래?"

용호가 나에게 보여준 건 도화지에 연필로 그린 여자의 초상
화였다. 그림을 평가할 만한 안목은 없는 나였지만 얼마나 정성
을 다해 그린 것인지는 한눈에 알 수 있었다. 눈썹의 세밀한 선
이나 귀를 살짝 덮은 머리카락, 목선에 엷게 드러낸 빗장뼈의 음
영 그리고 얼굴 전체에서 풍겨 나오는 품위 있는 미소와 따뜻한
눈빛. 그동안 보았던 용호의 누드 그림에서는 느낄 수 없었던 또
다른 예술적 감흥이 느껴지는 그림이었다. 그림 속 주인공은 역
시 그녀였다.

"너 그 짝사랑이 민희복 선생?"

용호는 그림을 말아 소중하게 넣었다.

"이 그림 선생님 드리면 좋아하실까?"

나에게 묻고 있었지만 용호의 굳은 얼굴은 이미 마음을 정하
고 있는 것 같았다. 나는 대답 대신 하모니카를 들었다. 노래를
따라 부르는 용호의 옆모습에 비친 붉은 노을 색깔이 점점 짙어
져 가고 있었다.

다시는 생각을 말자 생각을 말자고

그렇게 애타던 말 한마디 못하고
잊어야, 잊어야만 될 사랑이기에
깨끗이 묻어버린 내 청춘이건만
그래도 못 잊어
나 홀로 불러보네
사랑은 아직도 끝나지 않았네 4)

며칠 후 도철이가 용호와 나를 긴급하게 불러 새로운 제안을 했을 때 나는 속으로 올 것이 오고야 말았구나 하는 느낌이 들었다.

"살 만한 놈들은 이제 다 샀어. 이제 더 화끈한 게 필요해!"

도철의 말대로 그림의 판매가 예전 같지 않은 건 사실이었다.

"진짜 여자 거시기나, 빠구리하는 장면 같은 거 그리면 잘 팔릴 거야. 가격도 더 받을 수 있고."

솔직히 말해서 그동안 씀씀이에 맛을 들인 나는 도철이의 말에 솔깃하지 않을 수 없었다. 하지만 그동안 겪어온 바로는 용호가 그런 제안까지 받아들이지는 않을 것 같았다. 그림의 모델이 용호의 마음을 온통 빼앗은 그의 짝사랑 민희복 선생 아니던가. 그동안 그려온 누드화가 예술과 외설의 경계에서 아슬아슬하게 예술 쪽에 발을 디디고 있는 것이라면 도철이가 요구하는 그림은

---

4) 사랑은 아직도 끝나지 않았네 : 오사랑 작사 허영철 작곡 〈조용필 1집〉 앨범 수록

철저한 상업적 목적의 외설물이라고 밖엔 볼 수 없는 것이니 용호가 받아들이기를 기대할 수는 없는 일이었다.

"야 용호야. 너 사고 싶다던 화집이 한 질에 얼마냐. 적어도 십만 원은 족히 넘을 걸. 그 돈 모일 때까지만 하자."

용호가 도철이의 제안을 수락한 것이 단지 돈 때문이었는지는 알 수 없다. 나중에 우연히 안 일이지만 교무실 쓰레기통에서 민희복 선생의 초상화가 찢겨진 채로 발견되었다는 사실과 관련이 있을 수도 있는 일이었다. 아무튼 용호의 결정은 나로서는 의외의 일로 생각할 수밖에 없었다.

지하철 출구를 나와 세운상가까지 이르는 종로통에는 호객행위를 하는 노점들과 분주히 움직이는 사람들로 가득했다.

십여 미터를 걷는 동안 서너 번은 사람들과 어깨를 부딪쳐야 할 만큼 종로통은 복잡했다. 우리들의 새로운 사업을 위하여 세운상가를 찾기로 한 것은 도철이의 아이디어였다. 보다 더 자극적이고 화끈한 그림을 그린다는 것에는 세 사람 모두 합의를 보았지만 우리들 중 누구도 여자의 성기를 한 번도 본 일이 없고, 남녀 간의 섹스도 여기저기서 말로만 들었을 뿐 실제로 어떤 자세로 어떻게 하는지 알 수 없었으므로 나름대로의 고민을 하지 않을 수 없었다. 처음엔 청량리 텍사스촌을 가서 돈을 주고 직접 여자의 몸을 확인하자는 의견도 있었지만 돈이 얼마나 필요한지도 모르는데다가, 잘못하다가는 몹쓸 병에 옮을 위험도 있고, 게다가 그런 곳에는 깡패들이 우글거려 잘못하면 소기의 목적을 달성하지도 못하고 돈만 빼앗길 수 있다는 이유로 첫 번째 제안은 슬그머니 사라졌다. 대신 차선책으로 도철이가 제안한 것이 세운상가에 가서 외국 잡지를 사다가 그걸 보고 그림을 그리는 일이었다. 지하철을 내려 씩씩하게 앞서나가던 도철이가 세운상가 앞에 이르러 2층으로 이어진 계단 앞에서 걸음을 멈추었다. 뒤를 돌아 용호와 나를 번갈아 보는 그의 얼굴에 긴장한 빛이 역력했다. 용호와 나의 얼굴도 덩달아 굳어졌다. 우리는 거사를 앞두고 굳은 다짐이라도 하듯 서로의 얼굴을 쳐다보며 다시 한 번 각오를 다지고 계단을 오르기 시작했다. 그리 길지도 않은 계단을 오르는데 숨이 거칠어지며 심장 박동이 거세게 느껴졌다.

"야! 너희들 빨간책 사러왔지?"

가죽잠바를 입은 사내가 슬그머니 다가와 용호와 나의 어깨에 손을 얹으며 은밀한 목소리로 물었다. 혹시나 단속반이 아닐까 가슴이 덜컥 내려앉는데 그래도 우리들 중 그나마 배짱이 있었던 도철이가 대꾸했다.

"얼마예요?"

"너희들 가진 게 얼마야?"

"다 합해서 만육천오백 원이요."

"자식들! 이 책이 원래 이만 원이 넘는 건데 동생 같은 애들이니까 특별히 싸게 줄 테니까 그것만 내."

"무… 물건 먼저 보여주세요."

"뭐? 대가리에 피도 안 마른 새끼들이 엉겨!"

도철이의 말에 가죽잠바의 표정이 험상궂게 변하며 목소리가 굵어졌다. 주변을 둘러보았지만 빙긋빙긋 웃으며 그 꼴을 바라보는 얼굴들이 모두 한통속 같아 보였다. 도철이 손에 움켜진 돈을 빼앗듯 낚아챈 사내가 품속에서 누런 봉투를 건네주며 말했다.

"야 인마, 지금 단속 떴어. 빨리 튀어."

순진했던 우리들은 그 말에 후다닥 계단을 향해 뛰었다.

"야! 필요한 거 있으면 다음에 또 와라."

뒤 꼭지에 달라붙는 사내의 말이 들릴 리 없었다.

표지가 다 떨어져나가고 남아 있는 사진 또한 너덜너덜해진 오래된 도색잡지였지만 우리들은 결코 바가지를 썼다고 생각하지 않았다. 그 정도의 투자는 앞으로 만들어낼 작품에 비한다면 오히려 그 가죽잠바에게 고마워해야 할 정도였다. 그만큼 그림은 전보다 더 많이, 더 비싸게 팔려나갔다. 그 정도의 추세라면 겨울방학이 되기 전에 용호의 목표는 충분히 달성되고도 남을 만했다. 물론 그림의 내용은 기존에 용호가 그렸던 누드화와는 질적으로 다른 차원의 것이었다. 용호는 도색잡지에서 본 사진에다 자신의 상상력을 더하여 훨씬 더 리얼한 그림을 만들어냈다. 여자의 성기는 살아 움직이는 것 같았고 섹스에 열중하는 남녀의 표정 또한 실감나게 표현되어 있었다. 다만 등장하는 모델의 얼굴은 더 이상 민희복 선생의 것이 아니었다. 물론 모두들 자극적인 그림에만 관심을 두었을 뿐 그런 사실을 알아챈 사람은 나 말고 아무도 없었다. 용호에게 왜 그림 속 주인공의 얼굴이 바뀌었는지 물어볼까도 했었지만 왠지 그것만은 용호와 민희복 선생에 대한 예의가 아닌 것 같아서 그만두었다. 이제와 생각해 보면 그것은 용호가 혼자 짝사랑하던 한 여인과 자신의 예술이 지켜야 했던 마지막 자존심의 임계점과 같은 것이 아니었을까.

사건의 종말은 예상보다 일찍 다가왔다.

학생주임은 교무실로 들어서자마자 다짜고짜 따귀부터 갈겼다. 교련교사를 겸하고 있던 학생주임은 전투화를 신은 채 도철과 나 그리고 용호를 구분 없이 걷어차다가 넘어지면 군화발로 가슴이며 배를 밟았다. 하지만 엄청난 죄를 지은 우리들은 그것이 부당한 폭력이라는 생각을 할 수 없었다. 그림을 발견한 어느 학부모가 교장실에 직접 항의를 넣은 사건이라 학생주임의 분노가 더 컸다. 도철과 나의 부모님이 불려오고 교무실에서 우리들의 처리를 놓고 긴 시간의 회의가 이어졌다. 전화가 없어 연락이 불가능했던 용호 어머니는 다음날이 되어서야 굽은 등을 더욱 숙이고 교무실 문을 열었다. 하지만 징계의 수위는 이미 정해진 뒤였다. 용호가 퇴학 처분을 당하고 도철과 나는 무기정학으로 결론 내려졌다. 나에게는 비교적 다행스런 일이었지만 용호 앞에서 고개를 들 수 없었다. 당시 꽤 높은 고위직 공무원이었던 도철의 아버지가 여러 차례 교무실을 방문했었던 일과는 무관했겠지만 도철이가 했었던 말은 용호를 떠올릴 때마다 두고두고 씁쓸한 기분을 만들곤 했다.

"훈아, 넌 우리아버지 때문에 안 잘린 거야. 용호 그 자식이야 직접 그림을 그렸으니 빼도 박도 못하는 거구."

겨울방학이 시작되기 며칠 전 월요일 아침, 때 아닌 화장실 대청소가 벌어졌다. 그것도 학생동이 아닌 관리동과 교무실 옆 화장실을 비롯한 교사전용 화장실이었다. 그곳엔 정말 지워버리기엔 너무도 아까운 작품들이 화장실마다 화려한 벽화처럼 그려져 있었다. 지난 주말 누군가 학교에 몰래 들어와 일을 벌인 모양이었다. 그날 대청소를 하는 아이들의 입에서 정용호의 이름이 몇 차례 들먹여지긴 했지만 곧이은 겨울방학이 지나고 새 학년에 접어들면서 용호의 이름을 입에 올리는 아이는 더 이상 없었다.

누가 사랑을 아름답다 했는가

이제 그동안 하지 못했던 한 소녀에 대한 이야기를 꺼내야 할 때가 된 것 같다. 나는 어쩌면 그녀의 이야기를 꺼내기 위해 앞서 이런저런 기억들을 에둘러 늘어놓았던 것인지도 모른다. 그 소녀와의 추억을 떠올리는 것이 아직도 나에겐 애잔한 설렘과 야릇한 긴장을 동반하는 일이라 그저 지나간 무용담을 늘어놓듯 덤덤하게 그때의 이야기를 할 수는 없는 일이기 때문이다.

그 소녀의 이야기를 하기 위해서는 우선 블랙커피 한잔이 필요하다. 마침 가스레인지에 올려놓은 물이 주전자 뚜껑을 들먹이며 하얀 김을 올린다. 커피 두 스푼에 끓는 물을 부으니 커피 알갱이가 점점이 작아지며 특유의 향을 피운다. 비록 싸구려 인스턴트커피지만 그녀를 기억하기엔 맛이 진한 에스프레소나 달착지근한 라떼보다 밍밍한 이 맛이 더 적합하리라. 사실 나는 예전이나 지금이나 블랙커피를 즐겨 마시는 편은 아니다. 다만 밤샘 작업을 하면서 뇌세포를 각성시켜야 할 때나 오늘처럼 지난 기억을 천천히 떠올리고 싶을 때라면 꼭 블랙커피를 마시게 된다. 왜 오래전 그때 하필 그녀와 이별하는 자리에서 블랙커피를 주문했었을까. 결국 끝까지 마시지도 못하고 그녀와 나는 각자 자리를 떠야 했었는데 말이다.

성탄을 보름여 앞둔 성당은 성탄전야제 준비에 온통 들떠 있었다. 아직 신자 숫자가 얼마 되지 않는 서울 변두리의 성당이지만 성당에 대한 신자들의 애정은 여느 교회 못지않았다. 처음 성당을 세울 때부터 신자들이 직접 나서서 돌을 나르고 벽돌을 쌓았을 정도이니 그 자부심 또한 대단했다. 하지만 그러한 자부심은 주로 이 성당의 터줏대감인 어른들의 몫이었을 뿐 나 같은 헐렁이 신자에게는 해당사항이 없었다. 내가 성당에 나름대로 열심인 이유는 전혀 다른 데 있었다. 특히 고등부 주최로 치러지는 그해 성탄전야제에는 정말 최선을 다해야 하는 특별한 이유가 있었다. 바로 레아라는 본명(세례명)을 가진 소녀와 전야제 준비를 함께 하며 친해질 수 있는 기회였기 때문이었다. 어릴 적부터 엄마 손에 이끌려 다닌 성당이었지만 나에게 종교적 신앙심은 털끝만큼도 없었다. 초등학교 시절에야 다른 아이들과 마찬가지로 성당에서 나누어주는 사탕이나 과자부스러기의 들큰한 맛에 주일마다 성당을 나가곤 했어도, 중학생이 되어 조금 머리가 큰 뒤로는 일주일에 하루뿐인 휴일에 늦잠도 자지 못하고 미사에 참석해야 하는 일이 너무도 싫었다. 몇 번인가는 헌금하라고 받은 돈을 가지고 만화방에서 무협지를 밀려보고 학생미사가 끝나는 시간에 맞추어 집으로 돌아오곤 했었는데, 그것도 우연히 큰누나에게 들키는 바람에 엄마에게 매 타작을 당하고 나서부터는 주일마다 도살장에 끌려가는 심정으로 성당을 향하곤 했다. 그러던 내가 고등학교에 입학하고 나서부터 주일 미사에는 물론 학생회 모임까지 빠지지 않고 나가게 된 것이다. 물론 그 소녀 때문이었다. 그런 사정을 아실 리 없는 어머니는 나의 갑작스런 개심이 그동안 밤마다 올리던 당신의 묵주기도 덕분이라고 굳게 믿으셨다. 그리고 묵주기도의 강도와 횟수를 더욱 늘리고 감사 헌금까지 바치셨다. 비록 껍데기뿐인 위선이었지만 어쨌거나 나의 신앙인으로서의 변신이 어머니를 비롯한 가족들의 걱정을 덜어주는 역할을 하였으니 결과적으로 어머니의 간절한 기도가 성과를 거두었다고 할 수도 있으리라.

진혜연 레아

학생회 신입회원을 소개하는 자리에서 처음 들었던 소녀의 이름과 세례명이었다. 수줍음이 많아 보이는 인상이었지만 세상의 어두운 그늘이라곤 한 번도 밟아보지 않았을 것처럼 맑은 얼굴을 하고 있었다. 단정하게 입은 교복에 흰색 도화지를 접에 놓은 것 같은 반듯한 칼라는 학생 잡지 표지모델의 의상처럼 선명했고, 만지면 금방이라도 촉촉한 물 기운이 묻어나올 것만 같은 새까만 단발머리는 윤기가 흘렀다. 그리고 그녀의 작은 입을 통해 또박또박 튀어나와 내 가슴에 조각을 하듯 한 글자씩 박히던 그녀의 이름과 세례명.

진, 혜, 연, 레, 아.

사랑은 느닷없는 소나기처럼 그렇게 내게로 왔다.

때마침 그녀가 앉은 뒤쪽 창문으로 햇볕이 후광처럼 그녀를 감싸니 그 순간 나의 가슴은 범접할 수 없는 고귀한 신분의 공주라도 만난 듯 얼어붙어 버렸다. 소녀의 모습에 넋을 잃었던 나는 정작 내 소개를 하는 순서에서 말을 더듬거리고 말았다. 첫눈에 반한 소녀 앞에서 자기소개도 제대로 하지 못하고 말을 더듬고 말다니. 나로서는 매우 치명적 일이었다. 그 뒤 계절이 봄에서 여름으로, 여름에서 가을로, 다시 가을에서 겨울로 접어들 때까지 그녀에게 한마디도 말을 붙이지 못했으니 그 충격은 꽤나 큰 것이었다. 그녀 근처에만 가면 더듬거리던 못난 내 모습이 자꾸 떠올라 제풀에 자리를 피해야 했다.

그해의 성탄 전야제를 준비하던 보름여 동안은 내 생애 가장 달콤했던 시기였다. 전야제 연습이라는 명분이 그동안 내가 그녀에게 다가가기를 망설이게 했던 이런저런 장애물을 말끔히 해결해 주었기 때문이었다. 게다가 전야제 2부 순서에서 그녀와 내가 공동사회를 맡기로 정해졌으니 그야말로 하늘이 내린 기회가 온 것이다.

사랑을 하면 눈이 먼다고들 하지만 그것은 사랑이 가진 또 다른 의미의 힘이기도 할 것이다. 일반적인 상식을 벗어나게 만드는 것, 평소에 아무렇지도 않게 지나치던 것에도 특별한 의미를 부여하게 하는 것, 그저 우연일 뿐인 일을 마치 사랑하는 사람과 자신과의 필연적인 운명처럼 생각하게 만드는 그런 것들 말이다. 때로 사랑이 가진 그러한 힘은 한 사람의 의식을 깡그리 바꾸어 놓기도 한다. 특히 사랑의 감정을 처음 경험하는 사람이라면 더더욱 그렇다. 그것이 상식의 눈으로 볼 때 긍정적인 방향일 수도 있고 그 반대일 수도 있겠지만 밑바닥에 흐르는 본질은 다르지 않다. 집착이 강한 사람을 스토커로 변하게 만들기도 하고, 배려가 깊고 용기가 부족한 사람을 평생 그리움에 떨게도 하는 감정. 사랑은 콤플렉스가 강한 사람을 자학하도록 만들기도 하지만, 자신

의 사랑을 위하여 자신의 모든 것, 때론 생명까지도 내놓게 할 만
큼 변화시키기도 한다. 사람을 눈멀게 하는 그러한 사랑의 힘은
나에게도 한발 한발 옥죄어 오고 있었다. 그로 인한 나의 변화가
상식의 눈에는 긍정적인 모습으로 비춰졌다는 것은 그나마 다행
이었다. 우선 그 힘은 초저녁잠이 많던 나를 새벽이 되도록 책상
에 앉혀놓았다. 물론 그것은 어머니의 묵주기도와는 아무런 인과
관계도 없는 일이었지만 어머니의 기도는 건강을 우려해야 할 만
큼 그 강도가 높아만 갔다. 하지만 안타깝게도 어머니의 바람과
는 달리 내가 책상에 앉아 있는 시간과 나의 성적과는 비례하지
않았다. 나는 어머니의 눈길을 피해 새벽이면 그녀에게 편지를
쓰는 마음으로 일기장을 펼치곤 했다. 감정의 과잉과 설익은 표
현들이 가득한 일기장은 펼쳐볼 때마다 온몸을 오글거리게 한다.

1981. 0. 0

내 마음을 가득 채워버린 소녀 혜연에게

그날은 봄이 막 시작되던 날이었지
아마도 기억하지는 못하겠지만, 너를 처음 보았던 그날 내 마
음에도 봄날이 시작되었다. 봄 햇살을 받은 들판에 하루하루
새로운 빛깔의 꽃들이 피어나듯 나의 마음에도 혜연 너를 닮

은 꽃들이 무리지어 피어난다.

아!
내 가슴을 열어 너를 위해 가꾸어온 비밀의 화원을 보여줄 수
만 있다면 그것으로 나는 충분히 행복할 수 있을 텐데…….
하지만 나는 외롭지 않다.
좋아하는 사람을 백 번 생각하면 상대방이 한 번은 나를 마음
속에 떠올린다는 짝사랑의 법칙을 믿기 때문이다. 그 법칙대
로라면 혜연 너는 적어도 하루에 한 번은 나의 생각을 할 테
니 그것만으로도 나는 행복할 수 있으리라.

나는 여러 장의 파지를 내고서야 그날의 일기를 편지지에 옮겨
적을 수 있었다. 완성된 편지를 정성스레 접으며 어떻게 하면 가
장 자연스럽게 그 편지를 소녀에게 전할까 많은 고민을 했지만 그
해 계절이 봄에서 여름으로 여름에서 가을로 그리고 성탄을 코앞
에 둔 초겨울이 되도록 그 편지는 내 교복 안주머니에서 여전히
들락거리기만 했을 뿐 그녀에게 전해지지 못했다.

⭐

"천사의 말을 하는 사람도 사랑 없으면 소용이 없고
심오한 진리 깨달은 자도 울리는 징과 같네
하느님 말씀 전한다 해도 그 무슨 소용있나
사랑 없으면 소용이 없고 아무것도 아닙니다.
여러분, 수많은 성경 구절을 암송하는 것보다 곁에 있는 사람을 사랑하는 것이 진정으로 하느님의 뜻을 따르는 일이겠지요. 다음 순서는 성가대에서 준비한 순서입니다."

그녀의 사회 멘트는 정확한 발음으로 또박또박 이어졌다. 이미 대본 내용을 처음부터 끝까지 외우고 있었던 그녀는 곁눈질 없이 정면을 바라보면서도 자연스럽게 자신의 멘트를 이어나갔다. 공동사회자로서 나란히 어깨를 대고 있던 나에게 그 목소리는 마치 내 귓가에 속삭이는 것처럼 달콤했다.

'곁에 있는 사람을 사랑하는 것……' 나는 그녀의 목소리를 되뇌며 내가 해야 할 멘트도 잊고 아련한 어지럼증에 빠져들었다.

"야 인마 바오로! 레아 멘트가 끝나면 곧바로 말을 받아야지 실실 웃고만 있으면 어떡해!"

총감독 역할을 맡고 있던 대학생 선배인 미카엘 형의 꾸지람을 듣고서야 정신이 돌아온 나는 허겁지겁 대본을 들었다.

"네 우리 서…… 성가대에서는 하느님의 사… 사랑을 주제로 한 아름다운 성가를 준비했습니다. 사랑이 추, 충만한……."

이런 제기랄, 그 치욕적인 말더듬이 또 말썽을 일으켰다.

"야! 바오로 너 아직 대본도 못 외운 거야? 자신 없으면 조명이나 음향을 맡던지!"

"아니요 그 그게……."

"레아를 봐. 대본 다 외우니까 시선이 자연스럽게 관객을 향하잖아. 앞으로 사흘 안에 책임지고 다 외워, 야 레아야! 네가 붙들어 놓고 시켜. 말 안 들으면 나한테 얘기해."

위기는 곧 기회라고 했던가. 혹시 미카엘 형이 나의 마음속을 꿰뚫어 보고 있었던 것인지도 모른다. 나의 말더듬의 원인이 그녀 때문인 것을 알고 일부러 나에게 기회를 준 것은 아니었을까. 미카엘 형 덕분에 공식적으로 주어진 그 사흘 동안의 시간, 그 시간의 대부분을 그녀와 나는 학생회 회의실에서 단둘이 보낼 수 있었다. 대본을 외는 것은 그다지 어려운 일이 아니었다. 사실 미카엘 형의 엄포가 있기 전부터 나는 대본 전부를 꿰뚫고 있었다. 하지만 그녀 앞에서는 이미 외워 알고 있는 것도 일부터 생각나지 않는 척 시간을 끌었다. 그리고 그녀 앞에서 능청스럽게 대사가 생각 날듯 말 듯한 표정을 지었다. 그럴 때마다 발을 동동 구르며 안타까운 눈빛으로 나를 바라다보는 그녀의 모습이 얼마나 예쁘던지. 한참을 애태우다 일부러 극적인 장면을 연출하며 한

꼭지 대사를 완벽하게 마치면 금방이라도 나를 끌어안기라도 할 듯 박수를 치며 좋아하던 그녀의 모습. 나는 숨이 턱턱 막혀버릴 것 같았다.

둘만의 연습이 사흘째 되던 날, 초등부 탈춤으로 시작되는 2부 행사의 시작부터 전야제 행사의 하이라이트인 3부 연극을 소개하는 마지막 대사까지 그녀와 나의 목소리는 완벽하게 맞아떨어졌다.

"혜연아!"

내 목소리가 스스로 느껴질 정도로 심하게 떨렸다. 나를 돌아보는 그녀의 얼굴은 여느 때와 다름없었지만 잠시 전까지 대본 연습에 몰두하면서 자연스럽게 웃고 떠들던 내가 정색을 하고 이름을 부르자 레아의 얼굴에도 웃음기가 걷혔다. 어쩌면 그녀는 떨리는 나의 목소리에서 무언가 다른 느낌을 받았던 것인지도 모른다. 느닷없이 두려움이 몰려왔다. 다음 말을 기다리며 나를 바라보는 그녀의 맑은 눈, 그녀의 눈이 나에게 공포로 다가올 줄 상상이나 할 수 있었던가. 그러나 그것은 분명 공포였다. 하얀 백색 스크린이 온몸을 덮쳐오는 듯한 거대한 공포. 나의 머리는 순간 하얗게 표백되어버린 느낌이었다. 편지를 꺼내려 안주머니에 넣었던 손을 빈주먹만 쥔 채로 다시 꺼내는데 작은 경련이 일어나며 어깨까지 움질거렸다.

"바오로, 너 잘할 수 있을 거야. 걱정 마."

나는 그제야 내 목을 옥죄며 가위 누르고 있던 침묵의 공포로
부터 벗어나 어색한 웃음과 함께 한숨을 내쉴 수 있었다. 하지만
이미 나의 마음을 들켜버린 것 같아 그녀를 똑바로 쳐다볼 용기
가 나지 않았다. 때마침 문을 열고 들어온 미카엘 형이 아니었다
면 백색 스크린의 공포는 다시 나를 옥죄어 버렸을지도 모른다.

"미카엘 오빠. 바오로가 대본 다 외웠어요. 지금 막 연습 끝냈
는데 한 글자도 안 틀리고 잘했어요."

아! 나의 천사여.

만일 이제까지 가장 행복했던 시간을 묻는다면 나는 그해 겨
울의 사흘간을 떠올리게 될 것이다. 비록 내 마음을 담은 편지
는 계절이 세 번 바뀌도록 끝내 그녀에게 전해지지 못하고 안주
머니 속에서 매번 거친 숨만 쉬고 말았지만 그 사흘간은 나에게
잊을 수 없는 행복의 나날이었다. 게다가 미카엘 형 앞에서 나를
대견해 하며 대신 자랑해 주는 그녀에게 그 동안 느낄 수 없었던
따스함까지 경험할 수 있었으니 어찌 내 가슴이 벅차오르지 않
을 수 있겠는가.

행복의 나날이었다.

★

"야 인마 너는 2부 사회만 보면 되지만 레아는 연극에서도 중요한 배역이야. 나하고 대사도 맞춰봐야 된단 말야."

녀석은 자신의 큰 덩치를 이용해 나를 담벼락에 몰아넣었다. 나는 갑작스레 당한 이 상황이 무엇을 의미하는지 쉽게 납득이 가지 않았다. 성탄 전야제를 사흘 앞둔 그날 저녁에도 나는 레아와 함께 회의실에서 대본을 다시 점검하고 있었는데, 느닷없이 문이 열리며 녀석이 들어왔다. 그리곤 무턱대고 나를 끌고 성당 밖 뒷담으로 가더니 다짜고짜 내뱉은 첫마디였다. 아직 영세(세례)도 받지 않은 예비신자 춘식이는 덩치는 컸지만 평소 말이 없는 편인데다 내성적인 성격으로 그리 주목을 끌 만한 아이는 아니었다. 녀석에 대해 그나마 기억에 남는 것이 있다면 미카엘 형으로부터 연극의 배역을 받고나서 얼굴을 붉히며 좋아하던 표정 정도랄까. 그런 춘식이로부터 느닷없이 당한 일이다 보니 이러한 사태를 어떻게 대처해야 할지 순간적으로 판단이 서지 않았다. 내 어깨를 움켜쥔 춘식이의 팔은 나의 허벅지만큼이나 굵고 단단해 보였고 나보다 머리통 하나는 더 있을 것 같은 큰 키에서 내려다보는 그의 눈은 금방이라도 터져버릴 것처럼 붉게 충혈되어 있었다.

사실 춘식이가 맡은 배역은 누가 보더라도 그리 중요한 것은 아니었다. 게다가 레아와 입을 맞춰보아야 할 만큼 대사가 많았던 것도 아니었다. 세 명의 동방박사 중 한 사람의 역할을 맡은 춘식이의 대사는 딱 한마디에 불과했다. 레아는 나와 함께 2부 사회를 맡고 있었기 때문에 연극에서는 가장 부담 없는 역으로 동방박사에게 길을 알려주는 아낙네의 역할이 주어져 있었다. 동방박사인 춘식이가 아기예수가 탄생한 베들레헴이 어디냐고 물으면 저쪽입니다 하고 손가락을 들어 보이면 끝나는 정도였다. 그런데 대사연습 운운하며 나를 몰아세우다니. 하긴 춘식이가 그 짧은 대사를 연습하면서도 얼마나 긴장했던가를 생각하면 이해 못할 일도 아니었다. 길을 알려주는 레아의 얼굴을 똑바로 바라보지 못해서 번번이 미카엘 형에게 핀잔을 받았으니 말이다. 춘식이의 그런 모습은 내가 레아 앞에서 말을 더듬었던 것과는 질적으로 달랐다. 나의 실수는 그저 대사를 아직 못 외운 것으로 넘길 수 있는 정도였지만 춘식이의 긴장은 누가 보더라도 그녀 때문이라는 것을 눈치챌 만했다.

"야! 권춘식 개새끼야 너 죽을래? 그래 쳐봐!"

나는 일부러 턱을 과도하게 내밀며 오버를 떨었다. 나에게 어떻게 그런 위악적인 측면이 있었는지 지금도 이해할 수 없는 일이다. 다만 그 순간 절대로 쉽게 물러나서는 안 된다는 생각만 했다. 춘식이는 커다란 주먹을 들어 올려 금방이라도 내려칠 듯 눈을 부라렸다. 평소에 볼 수 없었던 춘식이의 험악한 얼굴을 보는 순간 겁이 더럭 났지만 나의 위악은 한층 더 수위를 높였다. 나의 목소리는 내가 느끼기에도 차디차게 느껴질 정도로 조용하면서도 단호했다.

"너 레아 그 기집애 좋아하는 모양인데, 이런다구 레아가 너 같은 놈을 좋아할 것 같애?"

"에이 씨팔!"

춘식이의 주먹이 날아드는 순간 나는 눈을 질끈 감았다. 춘식이가 나를 불러내는 것을 그녀도 보았던 마당에 한 대 맞아주는 것이 오히려 그녀의 연민을 자극하리라는 계산이 분명 있었다. 뺨을 스치는 바람과 함께 녀석의 주먹이 담벼락에 꽂히며 둔중한 소리를 냈다. 비록 눈을 감긴 했지만 그 순간 춘식이가 나의 위악에 무너져 버렸다는 것을 감지할 수 있었다. 아마도 춘식이는 엄청난 열등감에 몸서리를 치고 있었으리라. 유일하게 나를 압도할 수 있었던 완력도 레아의 마음을 얻는 데 아무런 역할을 할 수 없었던 것은 물론 무식하고 힘만 센 머슴 같은 인상만 그녀에게 남기는 결과가 되고 말았으니 말이다. 그날의 일이 춘식이에겐 두고두고 참담한 추억으로 남지 않았을까.

"권춘식 이제 보니 너 깡패구나?"

다행이었다고 말해도 괜찮은 것일지. 심상치 않은 분위기를 눈치 채고 따라 나온 그녀는 나의 교묘하고 위악스러운 언어의 폭력은 보지 못하고, 순진하고 단순한 춘식의 주먹질만 발견하였다. 허리에 양손을 얹고 매섭게 노려보는 그녀의 눈빛에 춘식이는 어쩔 줄 모르고 슬금슬금 뒤로 물러나고 걱정스런 얼굴로 바뀐 그녀가 나에게로 다가왔다.

"바오로야 괜찮니?"

나의 연적은 그렇게 맥도 못 추고 깨끗이 물러났다. 하지만 결코 개운할 수만은 없었다. 나의 마음속에는 덩치에 어울리지 않게 축 처진 모습으로 어둠 속으로 물러나던 춘식이의 뒷모습이 오랫동안 남게 되었다.

성탄 전야제는 성대하게 치러졌다. 비록 억지스럽기는 했지만 미카엘 형의 주선으로 전야제 직전 세 사람 사이의 화해도 이루어졌다. 덕분에 길을 묻는 동방박사에게 베들레헴을 알려주는 연극의 장면도 무사히 마칠 수 있었다. 특히 그녀와 내가 단둘이서 무대에 섰던 기억은 마치 달콤한 한편의 꿈처럼 기억에 남게 되었다. 무대 한가운데서 동그란 조명을 받으며 사회를 보았을 때 나는 그녀와 팔짱을 끼고 웨딩마치에 걸음을 맞추는 것 같은 착각을 일으키기도 했고, 객석에는 많은 관객이 있었지만 나를 바라보는 관객은 오로지 그녀뿐이라는 생각도 했다. 사회를 보는 도중 몇 차례 더듬거리긴 했어도 그때마다 따뜻한 곁눈질로 나를 안심시키던 그녀의 눈빛이 있었기에, 더욱이 그 눈빛은 그녀가 이 세상에서 오로지 나만을 위해서 보내는 별빛이었기에 행사가 끝나는 순간까지 행복에 겨울 수 있었다.

하지만 그날 나의 가슴 벅찬 행복의 절정은 성탄전야제 행사를 모두 끝내고 가졌던 뒤풀이에서였다. 학생회원 부모님의 허락으로 그 집 안방을 빌려 밤을 새우며 놀기로 한 것이다. 성탄전야의 온밤을 그녀와 함께 보낼 수 있다는 것은 가슴 설레는 일이 아닐 수 없었다. 준비한 케이크와 과일을 나누어 먹으며 함께 모인 우리 모두는 성가 대신 가요를 부르며 즐거워했다. 그 자리에 있던 다른 사람들이 어떤 노래를 불렀는지는 기억나지도 기억할 필요도 없지만 그녀가 자신의 차례가 되었을 때 〈길 잃은 철새〉를 가녀린 목소리로 부르던 모습은 아직도 내 가슴에 생생하게 남아 있다. 내 차례가 되었을 때 나는 서투른 솜씨로 기타를 치며 〈단발머리〉를 불렀다. 노래를 듣고 있는 그녀의 단발머리가 찰랑거렸다.

"너도 조용필 좋아하는구나?"

나의 노래가 끝나자 그녀가 관심을 보였다. 우리는 그해 연말에 있을 10대 가수 가수왕이 누가 될 것인가를 두고 한참 이야기를 나누었다. 모두들 성탄전야제 행사 때문에 피곤한 탓이었는지 새벽이 되자 하나둘 쪼그려 잠들기 시작했다. 한쪽 구석에서 몰래 숨겨온 술잔을 돌리는 패거리를 제외하곤 모두 곯아떨어지고 나도 어느 결에 잠이 들었다.

얼마쯤 시간이 지났을까. 내가 설핏 눈을 떴을 때 방의 조명이 붉은색 미등으로 바뀌어져 있고 모두들 얼기설기 뒤섞여 잠이 들어 있었다. 아직은 새까맣게 어두운 새벽, 그 방에 있는 사람들은 모두 깊이 잠이 들었는데 나를 깨운 것이 무엇이었을까. 어디선가 가까운 곳에서 낯설지 않은 비누냄새가 맡아졌다.

아! 이럴 수가.

그녀였다. 나를 마주보고 바로 옆에 그녀가 나란히 잠들어 있었던 것이다. 그녀의 작은 숨소리가 고스란히 나에게 들려왔다. 그녀가 숨을 내쉴 때마다 내 얼굴에 끼쳐오던 아카시아향의 비누 냄새는 그만 나의 혼을 빼앗아 버렸다. 나는 한참동안 잠든 체하면서 샛눈으로 그녀의 얼굴을 훔쳐보았다. 가느다란 속눈썹, 적당하게 날카로운 콧날, 왼쪽 턱밑에 살짝 흉을 남긴 여드름 자국까지 너무도 사랑스러웠다. 내가 잠투정을 하는 척하며 몸을 조금만 뒤척인다면 그녀의 입술을 훔치는 것쯤은 일도 아닐 만큼 그녀와의 거리는 가까웠다. 그리고 모두 잠든 방안에 우리를 보고 있는 사람은 아무도 없었다. 잠시 망설임이 없었던 것은 아니지만 나는 그런 파렴치한 짓은 하지 않았다. 용기를 내지 못해서 그랬던 것은 분명 아니었다. 문득 오래전 읽었던 알퐁스 도데의 〈별〉이 생각났던 것이다. 밤하늘에 빛나던 아름다운 별 하나가 나의 어깨에 내려앉아 곤히 잠들어 있는 것 같은 사랑이야기 말이다. 끝끝내 아가씨를 지켜주었던 목동처럼 나도 그녀를 지키며 밤을 새우고 싶었던 거다. 혹시나 그녀가 잠을 깨기라도 할까 창밖이 밝아오도록 나는 꼼짝도 안하고 그녀의 얼굴만 몰래 바라보았다. 한시간, 두 시간 바닥에 닿은 한쪽 어깨가 저려왔다. 그래도 그 시간은 결코 길게 느껴지지 않았다. 그녀가 조금 뒤척거렸다. 그리고 그녀의 눈자위가 가늘게 떨렸다. 혹시 그녀도 나처럼 잠에서 깨어나 몰래 눈을 감고 있었던 것은 아니었을까.

내 가슴에 영원히 남을 그해 성탄 전야의 화려한 축제여…….

문득 꿈에서 깨어나듯 그렇게 축제는 끝이 났다. 그리고 나는 그해 연말 내내 지난 꿈속의 장면들을 수도 없이 되새김질하며 앓아야 했다. 어머니는 감기몸살이라며 약을 지어다 주셨지만, 몸살의 정체가 더 이상 그녀와 함께할 명분을 잃은 허탈감 때문이라는 걸 내가 모를 리 없었다. 몸살을 앓던 며칠 동안 나는 교복 주머니 속에 간직하던 오래된 편지를 깊숙한 곳에 감추어 버리고 그녀에게 전해줄 새 편지를 적었다. 물론 편지 내용의 유치함과 감정의 과잉은 첫 번째 편지와 별반 다르지 않았지만…….

고운 단발머리 소녀 혜연에게

만일 나에게 시간을 멈추게 할 수 있는 능력이 생긴다면, 지난 크리스마스이브 늦은 밤 시간으로 나의 시계를 맞추고 싶다.

만일 나에게 사람의 마음을 찍는 사진기가 있다면 그날 밤 조용한 목소리로 노래를 부르던 너의 마음을 찍어 영원히 간직하고 싶다.

나 비록 가진 건 없어도. 나 비록 아직 어려 사랑이 무엇인지 몰라도. 단발머리의 소녀를 아침에 눈을 뜨는 순간부터 늦은 밤 이불속에서 뒤척일 때까지 그리워 할 줄은 안다.

이제 새해가 밝으면 우린 곧 고3이 되겠지. 이 사회가 우리에게 내린 일 년 동안의 형벌은 추억도 그리움도 그리고 사랑도 함께 가둬 버리겠지만 판도라의 상자에 아직도 희망이 남아 있듯이 나의 꿈속엔 이 형벌의 시간이 지나고 나면 너를 만날 수 있다는 기대가 살아 있다.

형벌의 시간이 시작되기 전에 우리 둘 한번은 만나서 지난 일들과 앞으로 겪어내야 할 일을 이야기하며 서로를 위로하지 않겠니?

아니 그래야만 할 것 같다.

혜연, 그리운 소녀여

너의 맑디맑은 검은 눈동자에 한번이라도 내 얼굴을 비쳐보지 않고서는 일 년이라는 긴 형벌의 시간을 견뎌낼 용기가 나지 않을 것 같다.

그리고 다가오는 봄에는 열심히 씨를 뿌리고, 뜨거운 여름 동안 땀 흘려 김을 매듯 견뎌내고 나면 그 다음 계절엔 우리 풍성한 수확을 할 수 있겠지.

"북괴 간첩의 소행이 분명해."

"그럼 간첩을 숨겨준 신부님도 빨갱이란 얘기여?"

미사가 시작되기 전 삼삼오오 모여 있던 신자들은 긴장된 얼굴로 이번 사건에 대한 이야기를 나누고 있었다. 이미 텔레비전과 신문에 보도된 바에 따르면 이번 〈부산미문화원방화사건〉[5]은 북괴의 사주를 받은 남한 내 불순세력의 짓이었다. 국가전복을 목적으로 부산에 소재한 미국문화원에 불을 지른 불순세력들은 반공을 국시로 하는 대한민국을 부정하고 우리의 혈맹인 미국에 대해 테러를 행한 극악무도한 범죄자들이었다. 그러한 범죄를 저지른 흉악범을 숨겨준 원주교구의 최기식 신부, 그가 불순분자로 구속되는 것이 당연했다.

오래된 일이라 정확하진 않아도 그날의 미사는 매우 긴장된 분위기에서 진행되었던 것으로 기억된다. 사건이 나고부터 우리 성당에도 미사 때마다 관할 경찰서에서 보안담당 형사가 파견되어 신부님의 강론을 녹취한다는 이야기도 있었던 터라 긴장의 끈은 팽팽하게 당겨져 있었다. 미사 의식이 진행되고 신부님의 강론 시간이 되었다. 외국인 신부였던 본당신부님이 어눌한 우리말로 강론을 시작했다.

"어제 밤 경찰서에서 순경(형사라는 단어를 몰랐던 모양)이 나를 찾아왔습니다. 찾아와서는 오늘 신자들에게 무슨 내용을 강론

---

5) 부산 미국문화원 방화사건은 1982년 3월 18일 최인순, 김은숙, 문부식, 김현장 등 부산 지역 대학생들이 미국 문화원에 불을 지른 반미운동의 성격의 반 독재 투쟁 사건이다. 대학생들은 5.18 광주민주화 운동 당시의 참혹했던 상황과 이를 묵인한 미국의 책임을 알리기 위해 방화라는 방식을 택했다. 전두환 정권은 이를 북한의 사주를 받은 불순분자의 난동으로 홍보하고 대대적으로 관련자를 구속했으며, 그 과정에서 김현장 등에게 은신처를 제공한 천주교 원주교구 최기식 신부를 구속 조치히여 천주교에 대한 탄압이라는 비판이 일었다.

할거냐고 물었습니다. 나는 강론 내용이 그렇게 궁금하면 직접
와서 들어보라고 했습니다."

　요즘 같았으면 한바탕 까르르 웃음이 터졌겠지만 그날 모인 신
자들은 서로의 얼굴을 쳐다보고 침을 삼킬 뿐이었다. 신부님의
그다음 말이 이어졌다.

　"사제는 하느님의 종입니다. 하느님의 가르침은 곧 법입니다.
한 마리의 양을 품속에 거둔 최기식 신부는 하느님의 법과 양심
에 따라 행동했을 뿐입니다……."

　미사가 끝나고 찾아간 학생회 회의실에는 이미 많은 회원들이
가득 모여 있었다. 매스컴을 통해 알고 있던 사실과는 전혀 상반
된 이야기를 신부님의 입을 통해 들은 우리들은 혼란에 빠지지
않을 수 없었다. 보통 고3들은 주일 미사에만 참석하고 학생회에
는 들르지 않는 것이 관례였으나 그날 회의실에는 평소보다 훨
씬 많은 회원들이 모여들었다. 레아도 칠판을 마주한 자리에 미
리 와 앉아 있었다. 한참 뒤 회의실로 들어온 미카엘 형이 단상에
올라 말문을 열었다.

　"학생회 지도교사로서, 또 여러분의 선배로서 저는 그동안 우
리나라의 정치적인 문제에 대해서는 말을 삼갔습니다. 그것은 고
등학생인 여러분이 아직은 충격적인 우리 현실 문제를 접하는 것
이 이르다고 생각했기 때문입니다. 그러나 최근 벌어진 부산미문
화원방화사건과 관련하여 전두환 정권의 탄압이 신부님을 구속

하는 데까지 이르는 상황에서……."

회의실에 모였던 우리들은 난생 처음 80년 광주를 비롯한 놀라운 사실들을 접했다. 그날 미카엘형의 연설은 아직 지적으로 성숙하지 못했던 나에게 엄청난 충격을 주었다. 그 내용도 그러했지만 평소 느낄 수 없었던 미카엘 형의 의연하고도 단호한 모습, 그런 걸 카리스마라고 했던가. 그 자리에 모인 모두는 넋을 잃고 미카엘 형의 말에 빨려 들어갔다. 곁눈질로 바라본 레아의 표정도 다르지 않았다. 열변을 토하는 미카엘 형을 꼼짝 않고 응시하던 레아의 얼굴, 나는 그녀에게 전해주리라 마음먹었던 편지도 잊은 채 왠지 모를 불안한 예감으로 몸서리를 쳐야했다.

인간은 생각하는 갈대.
나는 생각한다. 고로 존재한다.

비교적 점수를 얻기 쉬웠던 과목인 국민윤리는 그렇게 암기하고 넘어가면 웬만큼 점수를 보장받을 수 있었다. 분명 국민윤리는 생각하는 과목이 아닌 암기과목으로 분류되어 있었다. 그 과목을 공부하는 어느 누구도 생각하는 갈대로서의 인간이 아니었으며 자신이 세상에 존재하는 이유가 생각하기 때문이라는 생각을 감히 하지 못했을 것이다. 그때나 지금이나 입시를 앞둔 수험생에게 필요한 덕목은 생각하지 않아야 한다는 것, 꿈꾸지 말아야 한다는 것이라고 한다면 역설일까. 아니 생각은 하되 자신의 이성에 의한 생각이 아니라 사회에서 이미 정해준 기준에 따라 생각하고, 무언가를 욕망하며 꿈을 꾸되 자신이 원하는 바를 욕망해서는 안 되며 이미 누군가 정해놓은 규격에 맞추어 욕망해야만 하는 상태. 따지고 보면 그것은 고3 수험생에게만 해당하는 일이 아니라 현재를 살아가는 우리 모두에게 던져진 질문이리라. 그러나 자칫 실존이니 타자의 욕망이니 하는 알지도 못하고 골치만 아픈 철학의 문제로 이야기가 옮아가는 게 두려워 그 정도로 해두자. 다만 이 땅에서 수험생이라는 이름표를 다는 순간 자신의 존재와 꿈, 희망과 욕망, 추억과 그리움…… 이제까지 내가 나일 수 있게 한 것들과 결별을 해야 한다는 사실은 짚고 넘어가지 않을 수 없다. 이제 나의 존재는 더 이상 나의 것이 아니라 슈퍼마켓 진열장의 통조림처럼 OMR 카드에 주어진 네 가지 보기 중 수성사인펜으로 색을 칠해 골라내야 하는 상품이 되어버린 것이다.

나는 고3 수험생이 지켜야 할 덕목을 잘 지키지 못했다. 그렇다고 나에게 씌워진 굴레를 과감히 벗어던지고 어디론가 향해 탈주를 시도하지도 못했다. 매달 두 번씩 치러야 하는 모의고사 성적표를 받고 한숨을 쉬는 동안 시간은 쏜살같이 지나가 버렸다.

물론 좋은 일이 전혀 없었던 것은 아니다. 어찌 그해 벚꽃이 만발하던 그 골목을 잊을 수 있을까. 설핏 바람에 벚꽃 잎들이 그녀의 노란우산 위로 점점이 내려앉던 그 소리를.

아! 그녀와의 달콤했던 첫 데이트의 추억

비가 숨죽여 내리는 날이면 첫 키스의 추억이 담긴 그해 봄을 떠올리게 된다. 아주 오래된, 그래서 새삼 그때 일들을 기억한다고 해도 그것을 확인해 줄 물증은 그 어디에서도 찾기 힘들게 되어버린 유치하기 짝이 없는 기억. 그렇지만 오래전 종로 일대에서 잠깐이라도 놀아보았거나 헤매 본 경험이 있는 사람이라면 지금도 한두 곳 정도는 생각이 머무는 장소가 있을 것이다. 종각에서 탑골공원에 이르기까지 수많은 골목들이 뭉쳐놓은 전선줄처럼 얽혀 있고, 처음과 끝을 찾을 수 없는 뭉텅이 어디에선가 희미한 기억의 꼬마전구가 가끔씩 깜빡거리고 있을지도 모른다. 다만 우리의 일상이 너무도 바쁘고 빠르게 돌아가는 데다가 엔간히 강한 자극이 아니고서야 그 누군가의 눈길을 기대할 수 없다보니 까마득히 잊힌 일처럼 느껴지는 것이겠지.

지금은 재개발로 사라진 피맛골, 그러니까 종로2가 YMCA 뒷

골목 근처였던 것으로 기억한다. 간판에 적힌 정식 이름이 있었지만 그보다는 그냥 '할아버지 생맥주집'으로 더 유명했던 그곳은 술과 안주가 저렴하고 특히 맥주에 물을 타지 않아 술맛이 시원하기로 유명했다. 하지만 그건 나중에 알게 된 사실이었고, 당시 고등학생 신분이었던 내가 그런 것까지 미리 알고 할아버지 생맥주집을 찾았던 것은 아니었다. 다만 그 소녀의 입술을 훔치기 위해서는 술의 힘이 필요했고, 혹시나 있을지 모르는 단속을 피하기 위해 어둑신한 골목을 해매다 허름하면서도 음습한 그곳을 찾아냈을 뿐이다.

몽글몽글 부푼 맥주거품 사이로 소녀의 얼굴이 빠알갛게 피어났다. 막 씻어낸 자두알 같은 볼을 손등으로 가리던 그녀. 그녀도 나도 아직은 어린아이에 불과했다.

나는 아직도 그날의 소녀 얼굴을 잊을 수 없다. 그 모습이 얼마나 예쁘고 순수했던지, 오래전부터 별러오던 그날의 음흉한 결심이 자꾸만 흔들려온다. 호기를 부리며 목젖 가득 넘긴 술에 자칫 사래가 들 뻔도 했지만 나는 코끝으로 넘어오는 강한 생맥주의 향을 꿀꺽 참아 넘겼다. 나와 소녀의 얼굴을 번갈아 보며 고개를 갸웃거리던 주인 할아버지. 도둑이 제 발 저린 격으로 신분증이라도 꺼내보라 할 것만 같아 서둘러 그 집을 나섰을 때 어두워진 골목길 한가득 가느다란 비가 내리고 있었다.

우산을 가져오지 않았던 것은 정말 다행스런 일이었다. 그녀가 들고 온 진노랑 색깔 우산은 유난히 목이 길었다. 그 우산이 없었던들 그녀와 어깨를 나란히 하고 가깝게 걸을 수 없었을 것이다. 종각을 돌아 조계사 길을 걸어 안국동 사거리까지 오는 동안 나의 머릿속에는 밤새도록 생각해 두었던 계획이 슬라이드 화면처럼 찰칵찰칵 재생되고 있었다. 나의 속셈을 알 리 없는 소녀는 얼마 전 치른 첫 모의고사 성적과 삼학년이 되어서야 드디어 만나게 된 총각 담임선생님의 깜박거리는 눈 버릇에 대해 이야기했다.

"처음엔 우리 반 애들이 모두들 자기한테 윙크하는 줄 착각했다니까."

소녀가 까르르 웃으니 마치 공명을 일으키듯 우산 속에서 나란히 맞닿아 있던 나의 어깨로 그녀의 맑은 웃음이 부르르 떨며 전해졌다. 나는 그런 느낌이 좋아서 여기저기서 얻어들은 우스갯소리를 늘어놓았다. 내가 생각해도 별 희떠운 농담이었지만 소녀는 고맙게도 나의 말이 끝날 때마다 까르르 까르르 소리와 함께 어깨울림을 만들어 내 어깨로 전해주었다. 작은 우산 속은 나에겐 또 하나의 천국이었다. 빗줄기는 굵지 않았지만 나의 반쪽 어깨는 이미 흠뻑 젖어 있었다. 지금은 철거되어 사라진 안국동 네거리 육교를 건너 정독도서관 방향으로 향했다. 풍문여고와 덕성여고로 이어지는 조붓한 돌담길은 그 자체로도 운치가 있어 나의 계획을 실행하기엔 가장 좋은 장소였다. 게다가 골목은 이미 늦

은 시간 때문인지 아니면 아직은 차가운 봄비 때문이었는지 오가
는 사람이 없었다. 그런데 우산을 잡은 나의 손이 조금씩 떨리기
시작했던 건 단지 젖은 어깨에서 느껴지는 한기 때문만은 아니었
다. 도서관 담 길을 따라 난 골목 어귀 세 번째 집, 소녀의 집이
가까워질수록 나의 심장은 언덕을 가까스로 넘어가는 낡은 자동
차의 엔진처럼 요동쳤다. 때마침 아드레날린이 설사처럼 터져버
렸는지 싸르라한 아랫배 통증이 일며 등줄기에 식은땀이 솟았다.
실행의 순간이 다가오자 너무 긴장한 것이다. 나는 그녀를 멈추
게 하리라 미리 작정해 두었던 으슥한 골목길에서 정작 용기를 내
지 못하고 멈칫거리며 바보같이 그냥 지나치고 말았다.

　"애! 너 어깨에 비 다 맞았잖아. 우산 그쪽으로 좀 해."

　소녀는 내가 멈칫거렸던 이유가 비 때문인 줄 알았나 보다. 소
녀가 우산을 쥔 나의 손을 잡으며 내 쪽으로 몸을 기울였을 때 문
득 맡아지던 라일락 향 비누냄새, 따뜻하게 젖은 그녀의 손, 그리
고 아득하게 밀려오는 현기증 …….

　오랜 세월이 지난 지금까지도 강렬한 스냅사진처럼 나의 가슴
에 고스란히 찍혀 있다. 소녀와 나는 얼떨결에 가로등 밑에 마주
섰다. 쿵쾅거리는 내 심장 소리를 그녀가 듣기라도 했었던 걸까.
아니면 주먹으로 입술을 훔쳐내는 내 눈빛이 심상치 않다는 걸 알
았을까. 소녀는 나를 피해 우산 속을 벗어나려고 몸을 담장 쪽으
로 기울였다. 용기를 냈다. 소녀의 어깨를 한손으로 덥석 움켜잡

고 가로등과 나 사이에 그녀를 세우니 후들거리며 떨리는 내 손의 진동이 팔꿈치와 어깨로 전해져왔다. 그 꼴을 들키지 않으려고 안간힘을 썼지만 어찌할 도리가 없었다. 잠시 동안의 침묵이 어찌나 길게 느껴지던지. 그녀가 눈을 감았었는지, 내가 한 팔로 가로등을 짚었는지는 기억이 나지 않는다. 하지만 그녀의 입술에 나의 입을 가져가려고 목을 길게 뺐던 건 분명하게 생각이 난다.

하필 때를 맞춰 바람 한줄기가 골목을 휘돌아 나갔다. 벚나무 가지가 부르르 몸서리치더니 노란 우산위로 후두둑 소리를 내며 한 뭉텅이의 벚꽃 잎을 흩뿌렸다.

"어머 벚꽃이야!"

가로등 불빛을 받은 노란색 우산은 화사한 조명이 되어 소녀의 얼굴을 비추고 있었다. 노란색 우산위로 꽃무늬가 점, 점, 점 피어나고, 고개를 젖히고 올려다보는 그녀의 하얀 목선에 홀려버린 나는 온몸이 굳어져 버리고 만다.

"바보……."

소녀는 손가방에서 조그만 선물을 꺼내 내게 주곤 자기 집 골목을 향해 찰방찰방 소리를 내며 뛰어간다. 골목 입구에서 나를 향해 돌아선 소녀의 얼굴은 벚꽃처럼 환했다.

"첫 키스는 대학 붙으면 용필이 오빠하고 할 거야!"

나는 소녀가 사라진 골목길 앞에서 소담스럽게 핀 벚꽃과 그녀가 손에 쥐어준 조용필의 4집 테이프를 번갈아 보며 한참을 그대로 서 있었다.

나는 그렇게 조용필과 만났다. 물론 그전에도 그의 노래를 따라 부르곤 했지만, 나의 첫사랑 그 소녀가 나에게 남긴 조용필의 목소리는 그날 이후 내 조그만 워크맨 녹음기를 떠나지 않았다.

고3 수험생에게 있어서 대학에 떨어진다는 것이 어떠한 의미인지 따로 설명이 필요할까. 지난 20년 가까이 살아온 자신의 삶에 대한 냉엄한 평가로서 합격과 불합격의 차이는 너무도 극단적이었다. 두 갈래의 갈림길에서 내가 발을 디딘 쪽은 당연하게도 재수생활로 이어지는 불합격 쪽이었다. 그것 자체로도 충분히 불행한 일이었지만 더 불행했던 것은 그녀와 다른 방향으로 가야 한다는 사실이었다. 그 즈음 꿈을 꾸곤 했다. 꿈속에서의 나는 당당히 대학에 합격하고, 낙방의 실의에 빠져 있는 그녀를 찾아간다. 나의 진심어린 위로에 감동한 그녀는 내 가슴에 얼굴을 묻고 눈물을 흘린다. 그러나 야속하게도 잠에서 깨어나면 정반대의 냉혹한 현실은 나를 외로움의 골방으로 몰아넣었다.

대학입시의 실패라는 것이 물론 적지 않은 시련이라고는 하지만, 이제 와서 당시의 나를 생각해보면 좀 유별나지 않았나하는 생각이 든다. 당시의 평균 입시 경쟁률이 약 3:1 정도였던 것으로 기억되는데 확률적으로만 보더라도 수험생 열 명 중 일곱은 대학에 떨어졌을 테지만 그 많은 사람들이 모두 나처럼 심리적인 탈진에 빠지지는 않았을 것이다. 문제는 단지 내가 대학에 떨어졌다는 데 있다기보다는 나의 낙방과 그녀의 합격이 가져온 새로운 상황변화에 쉽사리 적응하지 못했기 때문이었으리라. 나는 벼랑 아래로 추락하고 그녀는 한 계단 훌쩍 뛰어 올라 이젠 내 손이 닿을 수 없는 곳으로 가버렸다는 자괴감 같은 것 말이다. 만일 그녀가 나와 함께 대학에 떨어지기라도 했다면 나의 절망도 그리 크게 느껴지지는 않았을 것이다. 게다가 그녀가 입학한 학교는 미카엘 형이 다니는 곳으로 내 성적으로는 원서를 내밀 수도 없는 수준의 학교였으니 나의 유별난 절망도 어느 정도 이해가 되지 않을까.

재수생으로서의 나의 생활은 우선 성당 근처엔 얼씬도 하지 않는 것으로부터 시작되었다. 나의 유별난 절망은 나 스스로를 재수생이 아닌 '죄수생'으로 자학하게 했으므로 아는 사람들을 만날 개연성이 있는 장소는 피해 다녀야만 했다. 버스정류장에서 집으로 돌아올 때도 큰길을 피해 좁다란 골목길을 이용해야 했고, 어머니의 간단한 심부름도 신경질을 부리며 거절하곤 했다.

어쨌거나 정도의 차이일 뿐 당시 재수생이라면 누구나 겪어야 했던 흔해빠진 고민과 서러움에 대해 이제 와서 구구절절이 늘어놓을 생각은 없다. 다만 재수시절 동안 다른 사람을 통해 간접적으로밖엔 들을 수 없었던 혜연에 대한 이야기는 몇 자 적어야 하겠다.

　재수시절 내가 얻은 것이 있다면 한때 나의 연적이기도 했고, 서로 위악과 폭력을 주고받았던 춘식이와의 우정이었다. 실업계 학교인 ○○공고를 다녔던 춘식이는 이미 3학년 2학기부터 병역 특례업체에 취업이 결정되어 예비 사회인으로 활동을 하고 있었다. 춘식이가 우리 집으로 나를 찾아온 것은 의외였다. 비록 작업복이긴 했어도 회사 마크가 찍힌 점퍼에 가르마를 타고 단정하게 빗어 넘긴 머리하며 겉보기에도 어엿한 회사원이 되어 있던 춘식이가 굳이 더벅머리 재수생인 나를 찾아올 이유가 있었겠는가. 하지만 나는 커다란 덩치와 어울리지 않게 순박하게 웃으며 내미는 그의 손을 거절하지 않았다. 악수를 할 때 잡히던 굳은살이 그가 하는 일이 녹녹치 않음을 짐작케 했어도 그는 분명 일 년 전으로 되돌아가 같은 과정을 답습하고 있는 나와는 달리 한 계단 앞으로 나아가 있었다. 춘식이가 제법 어른 흉내를 내며 나를 끌고 간 곳은 아직은 나에게 익숙하지 않은 생맥주 집이었다.

　"공부하다가 술 생각나면 아무 때라도 전화해라. 그런데 성당엔 아주 안 나올 생각이니?"

　안주로 주문한 튀긴 통닭의 다리를 찢어 나에게 내미는 춘식이의 얼굴엔 한때 나에게 가졌던 적의나 열등감은 어디에도 보이지 않았다. 기능사 자격증을 두 개나 가진 그에겐 자부심도 대단했다. 녀석은 지금 회사에서 의무 근무기간을 마치면 군대가 면제되는 것은 물론 그동안 쌓은 경력을 가지고 다른 회사에 좋은 조건으로 스카우트될 수도 있다며 은근한 자랑을 늘어놓았다. 게다가 본인이 원하기만 하면 야간대학에도 다닐 수 있다는 등 자신에 대한 이야기를 쉬지 않고 하면서도 한 손으로는 나에게 술이며 안주를 계속 권했다. 춘식이는 내가 성당에 나가지 않는 동안 영세를 받고 '안드레아'라는 본명까지 받았다고 했다.

"나는 야간대학에 가는 것보다, 기술을 더 배워서 기능올림픽에 나갈 거야. 거기서 금메달만 따면 TV에도 나오고 서울대학교 박사학위도 안 부러울 정도야."

녀석도 나 못지않게 대학 때문에 한 맺힌 게 많구나. 나는 술잔을 기울이며 나 자신에게 위로하듯 그의 말에 고개를 끄덕여 주었다. 술을 배운 지 얼마 되지 않아서였을까. 생맥주 석 잔을 간신히 비운 녀석은 처음 나에게 술을 권하던 때의 모습과는 딴판으로 벌겋게 취기가 오른 얼굴을 반쯤 숙이고 말을 잃었다. 귓불까지 빨갛게 달아올라버린 녀석이 고개를 들어 게슴츠레한 눈으로 나를 한참 보더니 다시 고개를 숙이며 한숨을 길게 내쉬었다.

"레아는 대학생 아니면 만나주지도 않겠지?"

녀석의 입에서 그녀의 이야기가 나오자 '아니 이자식이 아직도?'하는 생각이 순간 치밀었지만 나로서는 어떻게든 그의 말에 대답을 해야 했다. 대신 나의 말이 곱게 나갈 리는 없었다. 게다가 그즈음 뒤틀려 있던 나의 심기가 더해졌다.

"야 인마! 권춘식 너 아직도 그 기집애 좋아하냐?"

"기집애라구 부르지 마! 그래 자식아 나 진혜연, 레아 개 좋아한다. 그러는 너는? 너두 좋아하잖아 인마."

취기를 싹 가시고 눈을 부릅뜬 춘식이의 얼굴이 예전 성당 뒷담에서의 기억을 떠올리게 했다.

"나는 이제 더 이상 개 안 좋아해."

하지만 나의 목소리는 예전과 같은 위악을 담아내지는 못했다.

"야 인마. 니가 아무리 그래도 너 성당에 못 나오는 게 레아 때문이란 거 다 알고 있어."

아무런 대꾸도 할 수 없었던 나는 배운 지 얼마 안 된 담배를 피워 물었다. 세게 빨아들인 연기가 목젖을 자극하며 기침과 함께 눈물샘을 건드렸다.

동병상련, 그날 이후 생겨난 춘식이와의 우정의 실체는 바로 한 여자를 향한 동병상련의 그리움이었을지도 모른다. 추가로 주문한 오백 씨씨 맥주잔이 바닥을 드러낼 때까지 우리 둘은 아무 말도 하지 않았다. 한 잔 술을 다 비우도록 더 이상 취기가 오르지도 않았다. 춘식이도 눈빛이 맑아지는 게 오히려 술이 깨는 모양이었다.

"생각해 봤는데. 이건 아무래도 훈이 네가 보관하는 게 좋을 것 같다."

녀석이 테이블 위에 꺼내 놓은 건 그해 봄에 새로 나온 조용필 5집 테이프였다. 녀석이 성당에서 영세 받을 때 그녀가 준 선물이라고 했다.

"너한테만 준 거야?"

"…… 아니."

물론 혜연이가 춘식이에게만 따로 준 것은 아니었고 같이 영세를 받은 다른 학생회원에게도 똑같이 선물을 주었다고 했지만 녀석에게 그것이 얼마나 소중한 것인가를 내가 왜 모르겠는가.

"이제 혜연이를 포기하겠다는 거니? 나 그거 받을 수 없어. 받는다고 해서 내가 혜연이를 사귈 수 있는 것도 아니고."

"왜 인마. 너는 그래도 기회가 있잖아. 열심히 해서 내년에 혜연이보다 더 좋은 대학 들어가면 되잖아."

"너야말로 기능올림픽에서 금메달 따면 되잖아."

우리 둘 모두 감정을 조절하기에 아직은 어렸던 때문일 것이다. 나를 바라보는 춘식이의 눈이 뜨거워지는 것이 느껴지자 나의 눈꺼풀도 떨려오기 시작했다. 그러고 나서 얼마나 술을 더 마셨는지는 기억나지 않는다. 아무튼 생전 처음 술 때문에 필름이 끊기는 경험을 했으니 지금까지 나를 괴롭히는 술버릇이 이날 생긴 것은 아닐지. 술집을 나섰을 때 아마도 비가 내렸던 것으로 기억한다. 차디찬 빗속에서 춘식이와 어깨동무를 하고 비틀거리며 노래를 불렀던 것도 어렴풋이 기억난다. 나는 지난해 봄 그녀에게 선물 받은 조용필 곡 중에서 〈보고 싶은 여인아〉를, 춘식이 녀석은 〈꽃바람〉을 소리쳐 불렀다. 두 곡의 노랫말이 차가운 비에 젖어 설익은 황무지 가슴에 화살처럼 파고들었다.

한손에 술잔을 들고서
마음엔 여인을 담고
세월을 마셔 보노라
그 날을 되새기면서
내 눈가엔 이슬에 젖고
흩어진 머리위로 흘러내리는
궂은비는, 궂은비는
내 마음의 눈물인가요.
지금은 없네 지금은 가고 없네.
떠나가 버린 여인아.
보고 싶은 여인아. [6]

간밤에 불던 바람도 어디론가 사라지고

————

6) 보고싶은 여인아 : 임석호 작사 작곡 〈조용필 4집〉 앨범 수록

따스한 꽃바람도 어디론가 사라지고
어둠 속에 헤매이는 외로운 등불이여.
안개 속에 헤매이는 희미한 추억이여.

사랑은 바보야 사랑은 바보야.
사랑은 철부지 사랑은 철부지
그 사람 이름은 꽃바람

그 사람 이름은 꽃바람
이제는 안녕 이제는 안녕 안녕 [7]

자정이 넘어서야 집에 들어섰을 때 걱정 어린 표정으로 문을
열어주시던 어머니, 어머니의 손엔 어김없이 묵주가 들려져 있었
다. 왜 그랬을까. 차라리 내가 어머니에게 저질렀던 그 일도 기억
의 필름이 끊겨 버렸다면 좋았을 걸.

"엄마 이까짓 묵주기도 백날 해봐야 다 필요 없어!"

내가 휘두른 손에 묵주 고리가 걸려 허공을 한 바퀴 돌더니 툭
하고 끊어져 버렸다. 묵주 알이 마룻바닥에 쏟아져 내렸다.

다음날이 되어서도 어머니는 나를 혼내지 않았다. 비에 젖은

---

7) 꽃바람 : 양근승 작사, 조용필 작곡 〈조용필 4집〉 앨범 수록

내 옷을 빨며 주머니 속에 들어 있던 동전 몇 닢과 어느 틈에 내 주머니에 들어와 있던 조용필 5집 테이프를 꺼내 책상에 가지런히 올려놓으셨을 뿐.

그날 춘식이에게 지난 봄 그녀와 첫 데이트를 했었다는 이야기는 하지 않았다. 그녀에게 선물로 받은 조용필 4집 테이프에 대해서도 물론 이야기하지 않았다. 미안한 생각도 들었지만 벚꽃잎 흩날리던 그 골목길의 첫 데이트의 추억만큼은 그녀와 나만의 비밀로 간직하고 싶었다.

춘식이는 그날 이후 수시로 나를 찾아왔다. 우리 집 문을 두드리고 어머니가 문을 열면 늘 '훈이 성당친구 권 안드레아입니다'라고 자신을 소개하던 춘식이. 성당친구라는 말에 어머니는 그를 좋아하긴 했지만 녀석과 함께 나가면 항상 취해 들어오는 나를 걱정하기도 했다. 어머니는 나의 술친구가 되어버린 춘식이에게 곤드레아라는 별명을 붙였다. 권 안드레아가 연음이 되어 곤드레아가 되어버린 것이다. 그 별명 때문인지 지금도 그와 오랜만에 만나면 둘 다 곤드레만드레가 되도록 마시게 된다. 그리고 보니 그에겐 썩 어울리는 별명이기도 하다. 그렇다고 녀석이 나에게 술만 사주었던 것은 아니다. 성당에 발을 끊으면서 그녀에 대한 정보와 단절될 수밖에 없었던 나에게 녀석은 혜연의 신상을 알려주는 유일한 창구였으니까. 하지만 녀석의 입을 통하여 알게 되는 혜연의 일들은 차라리 모르는 것이 좋았을 만큼 나에겐 씁쓸하고 아쉬운 이야기들 뿐이었다.

"나도 확실하게 아는 건 없는데……. 아무래도 레아하고 미카엘 형하고 좀 이상해. 꽤 깊은 사이인 것도 같고."

무언가 불길한 예감은 결국 적중하는 것인가. 춘식이가 돌아가고 그날 나는 치욕과 자괴감으로 밤을 꼬박 새워야 했다. 조용필의 목소리 또한 나의 워크맨 속에서 목이 쉬도록 밤을 새워야 했다.

조용필의 목소리는 밤새도록 나의 가슴을 후벼댔다. 그녀를 끝끝내 미워할 수 없게 한 〈비련〉이었다.

기도하는 사랑의 손길로
떨리는 그대를 안고

포옹하는 가슴과 가슴이
전하는 사랑의 손길
돌고 도는 계절의 바람 속에서
이별하는 시련의 돌을 던지네.
아 눈물은 두 뺨에 흐르고

그대의 입술을 깨무네
용서하오. 밀리는 파도를
물새에게 물어보리라. 물어보리라

몰아치는 비바람을
철새에게 물어보리라 [8]

아! 벚꽃 잎 흩날리던 그 골목길, 진노랑 우산 아래서 혜연, 그
녀의 입술을 깨물 수만 있다면…….

두 번째 대학 입시도 그리 만족스럽지 못했던 이유가 꼭 그녀
때문이었다고 말할 수는 없는 일이다. 학생도 아니고 사회인도
아닌 어중간한 신분으로 지낸 일 년 동안 술과 담배 맛에 길들
여지고, 당시 유행하던 닭장(디스코텍)을 들락거리거나 심지어
는 대학생 흉내를 내며 여대생들을 기웃대기도 했으니 재수생활
의 결과가 만족스럽지 못한 것은 당연한 일이었다. 하지만 그러
한 나의 일탈행위의 심연엔 항상 그녀가 있었음을 부정할 수는

---

8) 비련 : 조용필 작사 작곡 〈조용필 4집〉 앨범 수록

없는 일이다. 잊고 있던 통증이 되살아나듯 하루에도 몇 차례씩 문득문득 떠오르는 그녀의 얼굴. 그 모습을 털어내기 위해 나는 수시로 담배에 불을 붙여야 했다. 춘식이를 통해 들려오는 그녀의 소식은 나에게 술을 권했고 또 다른 형태의 일탈을 부추겼다.

춘식이가 전하는 바에 따르면 혜연과 미카엘의 관계는 이미 의혹의 수준을 넘어서 있었다. 그해 가을에 접어들면서 둘의 관계는 성당 내에서 공공연한 연인 사이로 발전해 있었다. 운동권에 속해 있던 미카엘에게 영향을 받은 그녀가 근처 야학에 교사로 활동한다는 이야기도 들려왔다.

이제 와서 나를 괴롭히던 두 사람의 사랑 놀음에 대해 늘어놓은들 무엇하랴. 그해 어느 가을 저녁 그녀의 집 근처를 서성이다 그녀와 미카엘의 목소리에 놀라 몸을 숨겨야 했던 일, 혜연의 얼굴을 멀찍감치에서라도 한번 보고 싶어 그녀의 집 초인종을 누르고 도망쳤던 일 따위를 새삼 끄집어낸들 나에겐 부끄러운 흉터를 드러내는 것일 뿐이리라.

"미카엘 형이 경찰에 끌려갔대!"

학력고사를 며칠 앞둔 늦은 가을이었다. 나를 찾아온 춘식이는 그 말부터 전했다.

"혜연이는?"

"성당에 나왔는데 눈이 퉁퉁 부었더라."

눈이 부은 그녀의 모습이 상상이 가지 않았다.

"이적표현물 소지에다 국가보안법위반이라 쉽게 나오기 힘들 거라던데. 그리고 같이 수배된 사람들도……."

길게 이어지던 춘식이의 말은 더 이상 나의 관심을 끌지 못했다. 대신 어쩌면 이번 기회에 그녀에게 다시 다가갈 수 있을지도 모른다는 얄팍한 생각이 피어올랐다. 나의 속마음이 나의 표정에 야비하게 나타나기라도 했던가. 한참 미카엘과 관련된 전후 이야기를 하던 춘식이가 말을 멈추고 나를 빤히 보았다.

"진짜 사랑한다면 그 사람의 연인까지 사랑할 줄 알아야 하는 것 아니니?"

춘식이가 방을 나가는데 나는 배웅도 안하고 멍하니 그대로 앉아 있었다. 그리고 한참 뒤에 혼자말로 중얼거렸다. 그 말이 춘식이를 향한 것이었는지 나 자신을 향한 것이었는지 그때나 지금이나 알 수 없다.

"개새끼. 니가 사랑을 알어?"

머그잔에 따라 놓은 블랙커피가 아직 남아 있는데 어느새 밍밍하게 식어버렸다. 이제 그녀에 대한 이야기를 마무리해야 할 때가 된 것 같다. 물론 애당초 말하려고 작정했던 것에 비하면 고작 시작에 불과하지만 보석처럼 소중한 그녀에 대한 추억들이 자칫 밍밍하게 식어버린 블랙커피처럼 남겨지기를 원하지는 않으므로. 그렇다고 이것으로 그녀가 기억 속에서 사라지는 것은 아니다. 지난 나의 삶을 통틀어 단 한 번도 그녀의 존재를 잊어본 적이 없기 때문이다. 또한 혜연을 사랑하기 시작하면서부터 작든 크든 간에 선택의 기로에 설 때마다 그녀는 나의 결정을 좌우하는 하나의 준거가 되었기 때문이다.

그해 겨울이 지나고 비록 목표로 삼았던 곳은 아니었으되 나도 대학생이 되었다. 춘식이는 나의 합격 소식을 듣고 자신의 일처럼 기뻐하며 당장 그녀를 만나라고 부추겼지만 나는 그렇게 하지 못했다. 미카엘이 1심 재판에서 예상보다 높은 형이 확정되었으니 그녀는 더 깊은 실의에 빠져 있을 터인데 그런 그녀에게 불쑥 찾아가는 것은 그녀와 그녀의 연인을 위한 예의가 결코 아니었다.

다시 봄이 왔다. 그녀와 첫 데이트를 했던 벚꽃 잎 흩날리던 봄날 이후 두 번째 맞는 봄, 이미 그때부터 벚꽃 필 무렵만 되면 꽃샘추위에 앓는 감기처럼 매년 겪어야 했던 애잔한 몸살이 시작되고 있었다.

그녀에게서 만나자는 연락을 받은 건 벚꽃이 지고 얼마 지나지

않아서였다. 그런데 참 이상했다. 분명 뛸 듯이 기뻐했어야 할 일
이었는데 약속 장소로 향하는 나의 발길은 결코 가볍지 않았다.
그것도 하나의 예감이었다고 말할 수 있을까.

"대학생활은 어때?"

의례적인 인사를 건네는 그녀의 얼굴엔 처음 그녀를 보았을 때
와 같은 맑고 청순한 이미지는 보이지 않았다. 모양도 내지 않고
뒤로 빗어 넘겨 하나로 묶은 머리하며 아무것도 바르지 않은 입술
에 하얗게 벗겨진 허물을 보며 왠지 모를 화가 치밀었다.

"미카엘 얘기는 들었어."

형이라는 호칭을 생략하고 나도 모르게 그냥 미카엘이라고 말
했다.

"나 때문이야! 끝까지 말하면 안 되는 거였어. 그런데 형사가
얼마나 겁을 주던지……."

"너 때문이라고? 네가 이렇게 된 게 그 자식 때문이 아니고?"

그 말은 하지 말았어야 했다. 진짜 사랑한다면 그 사람의 연인
까지 사랑할 줄 알아야 한다는 춘식이의 충고를 그 순간 잠시 잊
고 말았던 것이다. 그녀와 나 사이의 분위기가 조금 이상하게 느
껴졌던지 주문을 받으러 온 커피숍 종업원이 아무 말 없이 메뉴
판을 슬그머니 테이블에 올려놓았다. 내가 왜 평소 마시지도 않
던 블랙커피를 주문했었을까. 스스로 자학하고 있는 그녀의 얼굴

을 대하는 순간 적어도 설탕을 넣은 들척지근한 커피는 어울리지 않는다고 생각했던 것 같다.

"사실은 오늘 바오로 너한테 부탁할 게 있어서 만나자고 했는데……."

갑자기 미안한 생각이 들었다. 내가 그녀에게 화를 낼 만한 자격이 있기나 한 건지, 하지만 목소리가 순식간에 부드러워질 수는 없는 일이었다.

"…… 뭔데?"

"아니 이제 됐어."

나를 바라보는 혜연의 동그란 눈에 한가득 눈물이 위태롭게 매달려 있었다. 그 눈물 속에 내가 처음 느꼈던 그녀의 해맑은 모습이 분명 있었다. 하지만 내가 쏜 화살은 이미 그녀에게 상처를 주고 난 다음이었다. 고개를 숙인 그녀의 눈에서 방울방울 별이 떨어졌다. 테이블에 놓인 커피를 다 마시기도 전에 그녀는 자리를 떴고, 테이블에는 그녀가 떨구고 간 별들이 남아 반짝였다. 한참을 그대로 있었다. 그녀의 별이 굴절되면서 조금씩 번져갔다. 나는 검지를 앞으로 내어 그녀가 두고 간 별을 주우려다 그만두었다.

커피숍을 나와 그녀가 총총히 걸어 나갔을 골목 어귀를 바라보았다. 입속에 아직 남은 블랙커피의 쌉쓸한 맛을 되씹는데 나도 모르게 노래 한 곡이 떠올랐다.

창가에 서면
눈물처럼 떠오르는 그대의 흰손
돌아서 눈감으면 강물이어라
한줄기 바람되어 거리에 서면
그대는 가로등 되어 내 곁에 머무네

누가 사랑을 아름답다 했는가
누가 사랑을 아름답다 했는가
차라리 차라리 그대의 흰 손으로
나를 잠들게 하라 9)

진혜연, 레아

그녀와 나의 이야기는 여기까지다.

오랜 시간이 지났지만 오늘처럼 블랙커피를 한 잔 만들어 마시는 날이면 나는 그녀를 느낀다. 아직도 건너편 자리에 그녀가 마주앉아 동그란 눈에 한가득 별을 담고 나를 바라보는 것만 같다.

그녀가 나에게 하려고 했던 부탁은 무엇이었을까?

---

9) 창밖의 여자 : 배명숙 작사 조용필 작곡 〈조용필 1집〉 앨범 수록

꺼칠이
바보
Track 1 임을 위한 행진곡 그리고 친구여
Track 2 고흐보다 더 불행하게 살다 간 사나이

친구여, 꿈 속에서 만날까

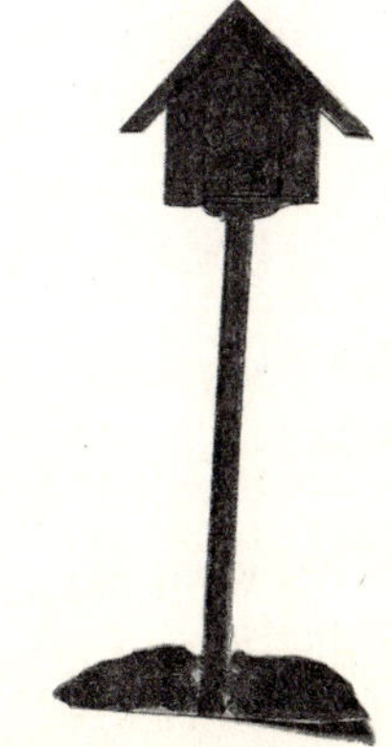

80년대 중반, 나이 스물이 되고. 거기에다 하나둘 숫자를 더해 가면서 세상이 교과서에 적힌 대로 프로그래밍 되어 있지 않다는 것을 알았을 때 우리 모두의 숨바꼭질은 더 깊은 미궁으로 빠져 들었다. 턱밑에 수염이 돋아나면서 시작된 숨바꼭질에 청춘을 고스란히 저당 잡히고 우리는 술에 취해 노래를 불렀다. TV 뉴스는 녹음기를 틀어 놓은 것처럼 매일 똑같은 소식을 전했다. 오늘 전두환……, 한편 이순자…….

친절한 권력은 직접 나서서 국민들의 취미와 여가활동을 지정해 주었다. 문화적 감성을 가진 사람들에게는 애마부인 시리즈와 변강쇠 시리즈 두 개의 선택이 주어졌다. 여섯 개의 선택지가 주어진 프로야구는 모든 이들이 자신의 출신지를 커밍아웃 하도록 압력을 넣었다. 더 이상 최동원이 던진 강속구에 박수를 보내고 동시에 선동열의 낙차 큰 변화구에 환호하는 야구팬은 존재하지 않았다. 하지만 올림픽을 성공적으로 치를 수만 있다면 그까짓 것쯤 문제될 게 없었다.

자고 일어나면 익숙한 모습들이 사라졌다. 후덕한 대머리의 중년 연기자가 브라운관을 떠나고, 뾰족한 턱을 캐릭터로 삼았던 개그맨 한 사람도 다른 직업을 찾아야 했다. 자고 일어나면 길거리 포장마차가 없어지고 무허가 판자촌이 통째로 사라졌다. 공장일을 마치고 집으로 돌아오던 처녀가 봉고차에 실려 자취를 감추고, 단 한 차례의 결강도 없었던 교수가 과제물을 내놓고 강의실에 나타나지 않았다. 그리고 자고 일어나면 친구들이 사라졌다. 자취방에서 잠자던 친구가 다음날 감쪽같이 증발했으며 군대를 가느니 차라리 손가락을 자르겠다고 버티던 친구가 학과 게시판을 통해 입영소식을 알렸다. 사라진 자리는 아무 일도 없었던 듯이 채워졌다. 아무도 묻지 않았고 또한 아무도 대답하지 않았다. 기껏 막걸리 한 사발과 혀 꼬부라진 노래 한마디가 전부였다. 남아있는 누구도 언제든 사라질 수 있다는 걸 알고 있었기 때문에.

숨바꼭질은 꽁꽁 숨어 있는 누군가를 극적으로 찾아내는 맛에 하는 법이거늘 우리 청춘의 숨바꼭질은 모두가 술래가 되어 '못 찾겠다 꾀꼬리'를 불러야 했던 멋없는 놀이였다.

두 개의 풍경화가 있다, 사라진 나의 두 친구를 담은……

임을 위한 행진곡 그리고 친구여

"대학에 들어갔으니 더 열심히 해야헌다. 행여 데모허는 데는
얼씬도 말구."

80년대에 대학에 입학한 세대치고 부모님이나 주변 어른들에
게 이런 당부를 들어보지 않은 사람이 있을까. 나 역시 예외가 아
니어서 수차례 부모님의 당부가 있었던 것은 물론 형편이 어려웠
던 부모님을 대신해서 나의 대학 입학금을 내주었던 이모님을 비
롯한 친척들은 나를 볼 때마다 같은 내용의 당부를 빠뜨리지 않
았다. 심지어 재수시절 나를 옆에서 지켜보았던 춘식이까지 부모
님과 똑같은 톤의 이야기를 하였던 걸 생각하면 80년대 중반의
시절이 어수선하긴 했던 모양이다.

부모님을 비롯한 친지들의 우려 때문이었다고 말할 수는 없었
지만 대학에 입학한 후 나는 의도적으로 운동권 쪽에는 관심을
갖지 않았다. 내가 입학한 해는 학원자율화 조치로 각 대학마다

몸살을 앓고 있었던 때였고 80년 이후 처음으로 학교 내에 배치
되어 있던 경찰이 공식적으로나마 철수한 때였으므로 굳이 정치
적인 의식화가 되어있지 않은 학생들도 호기심의 차원에서 교문
으로 뛰쳐나가 돌이나 화염병을 던져보는 일이 다반사였지만 어
떤 이유에서건 그 쪽은 나에게 관심 밖의 영역이었다. 그때까지
만 해도 나의 마음속에는 운동권이라고 하면 우선 미카엘과 혜연
의 얼굴이 떠올랐고, 운동권 학생들이 얘기하는 민중이니 노동자
농민이니 군사파쇼니 하는 용어들은 나의 첫사랑 혜연을 중독 시
킨 몹쓸 마약처럼 생각되었기 때문이었다.

하지만 역설적이게도 중독성이 강할수록 설명할 수 없는 묘한
유혹의 힘을 가지고 있는 법, 도대체 혜연을 중독시킬 만큼 그렇
게 대단한 것이 무엇이었을까 하는 호기심이 드는 것은 어쩔 수
없었다. 그렇다고 그러한 호기심이 나를 교문 밖으로 뛰쳐나가게
까지 하는 수준은 되지 못하였다. 기껏해야 나의 독서 경향을 바
꾸어 놓는 정도에 머무른 정도였지만 그것은 분명 나에게 적지
않은 방향의 전환이었다.

그즈음 나의 도서대출수첩에 전공분야인 자연과학 관련 도서
보다 사회과학 서적의 제목이 훨씬 많이 적혀 있었던 것도 그러
한 이유 때문이었다. 〈러시아 혁명사〉 〈해방 전후사의 인식〉 〈전
환시대의 논리〉 〈밥〉 〈한국민중사〉 〈철학에세이〉 등 처음 혜연과
미카엘이 가졌던 생각이 무엇일까 하는 호기심에서 출발한 나의

독서 방향은 어느 틈에 한쪽 편으로 무게 중심을 옮겨놓고 있었다. 하지만 도서관이라는 제한된 공간에서 한정적으로 이루어진 의식의 전환은 이불을 뒤집어쓰고 외치는 독립만세와 다를 바 없었다. 교정에서는 하루가 멀다하게 각종 집회가 열렸다. 외부에서 초청된 재야 운동가의 강연을 듣고 토론하는 집회가 열렸고, 새로운 조직의 발족을 기념하는 집회가 열리기도 했다. 당시에 조직된 투쟁위원회 또는 비상대책위원회는 그 명칭 또한 길고 거창하였다. 서로의 노선 차이로 갈등도 있었다고 했지만 당시 나의 눈에 비친 모습은 서로 구분이 되지 않을 만큼 흡사했다. 어떠한 명칭의 집회이든 해가 기울기 시작하면 마지막 순서로 경찰과의 싸움이 이어졌다. 어느 조직이 더 싸움을 잘하느냐 혹은 어느 조직이 더 많은 전과를 올리고 전리품을 챙겼느냐에 따라 학생들의 지지 여론도 달라졌다. 그렇다보니 암암리에 싸움을 잘하는 조직원을 확보하기 위한 스카우트 전쟁까지 벌어지곤 했다. 쇠파이프 한번 휘둘러 짭새 셋을 날리고, 정문 진입로에서 던진 화염병이 교문을 훌쩍 넘어 시위 진압용 페퍼포그 장갑차를 맞출 정도로 비거리와 정확도에서 타의 추종을 불허하던 전설의 싸움꾼이 바로 그 대상이었다. 하지만 그의 이념적 성향은 고려의 대상이 아니었던 것으로 기억한다. 교문을 사이에 두고 최루탄과 화염병이 포물선을 그리는 동안 나는 도서관에서 어렵게 구한 김지하의 〈오적〉과 〈전태일 평전〉을 읽었고, 방학을 맞은 아이들이 농활을 떠날 때 나는 오로지 다음 학기 등록금을 위해 막노동판에서 등짐을 날랐다. 말하자면 호기심으로 시작한 나의 독서는 비록 얼치기의 수준이었으되 나의 의식을 일정한 방향으로 바꾸어 놓는 데까지 성공했을 뿐, 결코 현장으로 나가 실천하는 데까지는 이끌지 못했던 것이다. 배출구를 찾지 못했던 나의 의식이 기댈 수 있는 곳은 술 이외엔 아무 곳도 없었다.

김하빈과 처음 이야기를 나누게 된 것은 이학년 일학기 중반이 지난 후의 일이었지만 따지고 보면 그와 나는 훨씬 전부터 남다른 인연이 있었다고도 할 수 있었다. 도서관 사회과학 서고에서 여러 번 어깨를 부딪힌 일도 있었고, 〈러시아 혁명사〉였던가 마침 반납된 책을 동시에 집다가 약간의 실랑이를 벌인 적도 있었기에 서로 얼굴을 기억할 만큼의 안면이 있었던 관계였다. 하지만 김하빈이나 나나 서로 그저 비슷한 족속의 얼치기가 도서관 구석에서 시간을 죽이고 있겠거니 생각한 정도여서 서로 특별한 관심을 가질 만한 구석은 없었다. 그도 나처럼 바깥에서 터지는 최루탄 소리를 들으며 책갈피를 뒤적이거나 나른한 오후 시간에는 누렇게 바랜 책을 괴고 침을 흘려가며 졸다 깨다를 반복하는 부류에 불과했다. 우리 둘 모두 과제물 준비를 위해 열심히 전공서적을 찾아 훑는 학구파나 자료실을 입시준비 독서실쯤으로 생각하고 연신 줄을 쳐가며 책과 노트를 달달 외는 고시파와는 달랐다.

내가 김하빈을 묘한 경쟁상대로 의식하게 된 것은 다름 아닌 도서대출카드에서 발견되는 그의 이름 때문이었다.

앞서 밝힌 대로 그 즈음 전공서적은 거들떠보지 않고 사회과학 서적에만 관심을 가지고 있었던 나는 일주일에 세 권으로 한정되어 있는 도서대출 한도를 모두 사회과학 서고의 책들로 메워나갔다. 그런데 책 뒤에 꽂힌 대출카드를 뽑아 내 이름을 적으려 할 때마다 카드의 윗줄에는 나보다 일주일 혹은 이주일 정도 앞서 번번이 그의 이름이 떡하니 자리 잡고 있었다. 철학과 김하빈. 물론 그 이름의 주인공이 매번 도서관에서 졸거나 무료하게 창밖을 바라보고 있는 그와 동일 인물인지는 알 수 없었지만, 그것과는 상관없이 나보다 한발 앞서 내가 읽어야 할 도서목록을 먼저 훑고 지나간 누군가가 있다는 사실이 나의 자존심을 자극했다. 게다가 상대는 철학과 학생, 적성과는 거리가 먼 자연과학에 적을 두고 있던 나에겐 인문계통이나 사회과학을 전공하는 이들에게 알 수 없는 열등의식도 가지고 있었던 터였다. 그렇게 꼬여버린 자존심은 결국 치기어린 허영으로 나 자신을 몰아갔다. 사실 거창하게 말해서 치기어린 허영이지 구체적인 행태를 되돌아보면 낯간지러운 장난에 불과한 것이었다. 우선 사회과학 서고와 인문학 도서가 꽂힌 서고를 중심으로 제목이 그럴싸한 책들을 뒤져 대출카드를 확인했다. 책을 고르는 원칙이 따로 있었던 것은 아니었지만 최소한 나의 허영을 채우기 위해서는 몇 가지 기준이 필요했다. 적어도 〈○○○ 입문〉〈○○의 기초〉〈○○의 해설〉〈알기 쉬운 ○○○〉과 같은 제목의 책은 말하자면 나만의 금지도서가 되었다. 입문서나 기본해설서에 나의 이름을 남김으로서 혹여라도 경쟁자인 김하빈이 나의 수준을 얕잡아 보는 일이 없도록 하기 위함이었다. 게다가 그런 책들을 살펴본 결과 이미 김하빈의 이름이 대출카드에 적혀 있는 경우가 많았기 때문이기도 했다. 나는 되도록 한눈에 보기에도 두껍고 어려운 책들을 골랐다. 어떤 책은 이제껏 한 번도 대출된 적이 없었는지 대출카드가 백지로 남아 있는 경우도 있었다. 그럴 때마다 나는 월척이라도 낚아올린 듯이 자랑스럽게 나의 전공과 학번 그리고 이름을 빈 대출카드에 적었다. 그리고 당연한 일이지만 그 책들은 기한을 다 채우기도 전에 다시 반납되었고 다시 두껍고 어려운 제목의 책들이 나의 대출목록을 채워 나갔다. 고백컨대 그 즈음 대출한 책 중에서 내가 끝까지 읽은 책은 거의 없었다. 기껏해야 어디 가서 읽었다는 유세를 떨기 위해 머리말이나 에필로그에 나오는 단어 몇몇을 암기하고 곧바로 반납하거나 어떤 경우는 빌려놓고 한 번도 책장을 열어보지 않는 경우도 있었다. 어쨌거나 나의 목적은 김하빈이라는 누군지도 모르는 경쟁자의 코를 납작하게 만드는 일이었으므로 책의 내용은 그리 중요한 것이 아니었다. 책을 반납한 후 며칠이 지나면 나는 반드시 다시 그 책을 찾아 카드를 확인하였다. 한 달여가 지났을까, 드디어 내 이름 밑에 김하빈의 이름이 적혀 있는 것을 발견할 수 있었다. 아마도 〈그람시와 혁명전략〉이라는 책이었을 것이다. 그 책 역시 프롤로그만 한번 읽어 본 정도인 것은 물론이었다. 하지만 그때의 기분은 일종의 통쾌한 승리감 같은 것이었다. 그 이후 김하빈의 이름은 내가 먼저 대출한 책의 대출카드에 내 이름 아래로 하나둘 늘어나기 시작하였다. 그런데 내가 김하빈을 앞서 나갈수록 처음에 가졌던 승리감은 사라지고 쫓기는 듯한 불안감이 들기 시작했다. '김하빈이 어떤 놈인지는 모르지만 이 자식은 이 어려운 책들을 진짜로 다 읽고 있단 말인가……'

"누군지 짐작은 했었지. 나 김하빈이라고 해."

그날도 사서에게 카드를 제출하고 막 대출실 출구를 나서는데 뒤에서 나의 이름을 부르는 소리가 들렸다. 뒤를 돌아다보았을 때 거기에 김하빈이 느긋한 웃음을 지으며 서 있었다. 악수를 청하며 내민 그의 손은 거친 데다가 투박했다. 게다가 손톱 사이에는 꽤 오래된 듯 새까만 때가 원래부터 손톱의 일부인 양 엉겨 붙어 있었다. 얼떨결에 손을 마주잡긴 했지만 그동안 내가 상상하고 있던 김하빈이란 이름과 그의 모습과는 좀처럼 연결 지을 수 없었다. 독서의 성향 혹은 지적 수준이 외모와 특별히 관련이 있으리라 생각한 것은 아니었어도 내심 경쟁관계에 있던 김하빈이 도서관 구석에서 빈둥거리던 놈팽이였다는 사실은 그리 유쾌한 일은 아니었다. 더구나 그동안 김하빈이라는 그의 이름을 도서대출카드에서 마주칠 때마다 영화나 소설에 나오는 주인공의 이름만큼이나 세련된 느낌을 받았던 것은 물론, 혹시나 김하빈이라는 사람이 남자가 아니라 지적인 외모를 가진 여학생이 아닐까 하는 기대도 내심 가지고 있었던 터였다.

"막걸리 좋아해?"

여전히 반말이었지만 그의 목소리에 어떠한 악의나 호전적 의도는 전혀 느껴지지 않았다. 오히려 오래된 친구에게 비밀이야기라도 하는 것 같은 그의 목소리에는 상대방으로 하여금 어떠한 부탁이라도 거절할 수 없게끔 하는 묘한 기운이 있었다. 술이라면 마다하지 않던 나였지만 오후에 전공수업이 남아 있어 잠시 머뭇거리는데 그가 나의 팔을 잡아끌었다.

"진리는 강의실보다 술집에서 찾기가 쉬운 법이지."

그를 따라 들어간 곳은 학교 근처 술집이었지만 학생들이 주로 드나드는 학사주점 같은 젊은 분위기의 술집이 아니라 주로 노인네들을 상대로 막걸리와 전을 부쳐 파는 실비집이었다.

"아줌씨 대낮부텀 요로콤 칙칙허니 막걸리나 한 사발 줏쇼."

"썩을 놈아. 아줌씨가 뭐냐 누님헌티."

"아따 미안허요. 누님 삐졌소?"

한바탕 웃음을 터뜨리는 두 사람의 대화에 나는 멀뚱히 앉아 있을 수밖에 없었다.

“알고 보니 고향 누님이더라고. 우린 고향 사람 만나면 고향 말로 대화를 해야 헝께 이해허요.”

그에게 사투리는 사투리가 아니라 그저 고향 말이었다. 광주에서도 버스를 타고 한참 들어가야 하는 깡촌 출신의 촌놈이라고 자기를 소개한 그는 비닐 병에 담긴 막걸리를 사발에 가득 부어 나에게 권하며 어린 시절부터 맛을 들인 고향집 밀주에 대한 예찬을 한참 동안 늘어놓았다. 혹시라도 그동안 읽었던 책의 내용에 대해 대화의 주제가 옮겨가지 않을까. 나름대로 긴장을 늦추지 않고 있었지만 그는 여전히 어린 시절 고향이야기에 열중하고 있었다. 뒷산의 주먹만큼 굵은 생밤과 마을 앞 개천에서 잡은 가재를 구워먹을 때 혀끝에 전해지는 감촉을 번잡스럽게 설명하며 침을 튀겼다. 마을 어귀에 흐르는 개천은 장마가 지나고 땡볕이 들기 시작하면 시퍼렇게 깊어지는데 물살이 휘돌아 치는 절벽에서 맨몸으로 물에 뛰어들 수 있는 아이는 마을 전체에서 형과 자기 둘뿐이었다며 자랑스럽게 떠벌렸다.

“아따! 절벽 위에 섰는데, 오금이 후덜덜. 이를 어쪄. 에라 눈 딱 감고 냅다 몸을 던져 부렀제.”

다소 표현이 과장되기는 했지만 거기까지는 사실로 인정할 수 있었다. 하지만 헤엄치다가 느닷없이 달려드는 물뱀의 모가지를 한손으로 덥석 움켜쥐었다는 말에 이르러서는 내 표정이 그리 동하지 않았다.

"아따 누님 안 그러요?"

누님 또한 웃기만 할 뿐 그의 허풍에 증인이 되어주지 않았다. 김하빈과 나는 그저 한바탕 크게 웃었다. 흉허물 없이 친해지기 위한 그만의 방식이었을 터이니 굳이 사실을 확인할 필요는 느끼지 못했다. 만일 김하빈의 허풍이 계속되었다면 나는 서울내기로서 자존심을 지키기 위해 그가 단 한 번도 맛보지 못했을 '달고나' 이야기를 몇 배 더 부풀려 말할 작정이었다. 하지만 그럴 기회는 오지 않았다.

"안형!"

사투리를 거두고 정색을 한 김하빈이 나를 불렀다. 이미 우리 두 사람은 어느 정도 혀가 꼬부라진 뒤였지만 김하빈의 말투는 사투리가 섞이지 않았다. 주인 누님이 큰맘 먹고 덤으로 내놓은 삶은 두부 안주가 식은 채 반쯤 남아 있었고 군데군데 시뻘건 김치 국물이 묻어 있었다. 나를 부른 그는 풀린 눈으로 내 눈을 바라보다가 거억— 하고 트림을 해댔다. 그의 고향 냄새가 안면에 세례를 퍼부었다. '안형'이라는 늙은이 같은 호칭이 어색하기도 했지만 나이로는 나보다 한 살이 많았고 학번은 같았던 그와 나 사이에 그보다 더 적절한 호칭도 없을 것 같아 취한 정신에 김형과 나 사이의 호칭은 그렇게 정해졌다.

"김형! 왜 나한테 접근한 거지?"

"내 사랑을 이해해줄 수 있는 사람이 안형뿐이거든."

"나를 언제 봤다고?"

"베라 알지?"

"베라라니? 옛날 만화영화 요괴인간에 나오는 뱀, 베라, 베로의 베라 말이야?"

"안형! 베라 자수리치를 모른단 말야?"

드디어 올 것이 오고야 말았구나. 나는 취한 척 식어빠진 두부 안주를 으깨어 씹으며 달포 전쯤 엉성하게 읽었던 〈러시아 혁명사〉의 책장을 머릿속에서 빠르게 넘겼다. 베라 자수리치[10], 그녀는 정말 요괴인간이라고 불러도 될 만한 여자였다. 짜르에 대항하여 적장의 가슴에 총알을 박아넣은 진짜 혁명가. 띄엄띄엄 건너뛰며 읽었던 내용이었지만 그녀 베라 자수리치가 보여준 혁명

---

10) 베라 자수리치(Vera Ivanovna Zasulich) : 러시아의 혁명가. 1849. 8. 8 ~ 1919. 5. 8 페트로그라드(지금의 상트페테르부르크)에서 출생. 1878년 상트페테르부르크의 지사인 표도르 F. 트레포프 장군을 저격했으나 배심원들로부터 무죄선언을 받았다. 귀족의 딸로 태어나 1868년 혁명가가 된 이래 계속해서 투옥·은신·망명 생활을 거듭했다. 학생시절 나로드니키에 참여했으며, 러시아 노동자운동에서 최초의 맑스주의 단체(노동해방단 1885)의 창립자 중에 하나가 되었다. 또한 레닌, 플레하노프와 함께 이스크라의 편집위원회의 구성원 중 하나였다. 러시아 사회민주당의 분당 이후로, 그녀는 급속히 멘세비키로 전향하였다. 제 1차 세계대전동안 사회애국주의자가 되었으며, 소비에트 정부에 대하여 적대적인 태도를 보여 주었다.

가로서의 행적은 나에게도 꽤나 인상적이었다.

"기묘하군! 혁명가를 사랑하는 룸펜이라니."

술 취한 정신에도 내 입에서 뱉어진 냉소적인 대사가 좀 과장된 것이 아닌가 하는 생각이 들었다. 김형이 사랑하는 여자가 베라 자수리치라는 이야기가 허세에 가까운 것이었다면, 김형에게 룸펜 운운하는 나의 말 또한 진심어린 대화라기보다는 겉멋에 겨운 치기였다. 대화의 중간 중간 도원결의 운운하며 너스레를 떨기도 했다. 하지만 얼치기와 룸펜의 거창한 '주막결의'는 현실에 대한 비아냥일 뿐 혁명은커녕 물컹거리는 막걸리 병 하나 뒤집지 못할 터였다. 냉소주의란 일종의 내숭 아니던가. 뻔뻔함을 숨기기 위한 가면이면서 삶의 전복을 철저히 두려워하는.

그 후 김하빈과 나는 냉소와 허무주의에서 한 발짝도 벗어나지 못했다. 두 사람 모두에게 주류사회에 대한 삐딱한 시선은 있으되 그것은 정작 막걸리 사발을 넘어서지 않을 만큼뿐이었다. 둘은 이틀이 멀다 하고 마주앉아 탁한 막걸리에 출렁거리며 서로의 냉소와 허무주의를 부추겼다. 김하빈이 자신의 삶의 일부였던 농촌의 문제를 이야기하면, 나는 도시 빈민으로 성장해야 했던 잡다한 이야기를 늘어놓았다. 하지만 단골 실비집에서 혹은 그의 자취방에서, 막걸리 안주로 나누는 우리들의 대화의 끝은 언제나 술 마신 다음날의 숙취처럼 공허했다.

그해 여름 방학이 시작되고 김형과 나는 나란히 공사현장에서 막일을 하게 되었다. 우리 두 사람 모두 학기 내내 술집과 김형의 자취방을 전전하며 지냈고, 가까이 했던 책도 전공과는 거리가 먼 것들이어서 언감생심 장학금을 기대할 수는 없는 일이었고 집으로부터 다음 학기 등록금을 보장받을 만한 형편도 아니었으므로 노동판 말고 마땅히 다른 대안도 없었다.

서울 도심 한복판 고층빌딩으로 둘러싸인 공사현장에서 김형과 나는 이른 아침부터 하루 종일 자재를 날랐다. 콘크리트 작업을 위해 거푸집을 만드는 목수 보조 일명 데모도(조수) 담당이었다. 주로 반네루(패널)와 산승각(공사현장에 쓰이는 3치 굵기의 각목) 등 쓸 만한 자재를 골라 목수들이 작업하는 곳에 옮겨 놓는 일이 전부였다. 건물의 골조는 이미 20층을 넘게 올라가 있었으므로 아래층에서 그곳까지 자재를 옮기는 일은 작업용 엘리베이터를 이용한다고 해도 결코 쉬운 일은 아니었다. 하지만 비록 몸은 힘이 들었으되 공사현장에는 어떠한 냉소도 상대적인 박탈감도 없었다. 그저 주어진 자기의 일을 마치고 나면 하루 일당과 막걸리 한 사발이 예외 없이 주어졌다.

그해 여름 장마가 물러나고도 때 아닌 비가 이틀이 멀게 내렸다. 다행히 일과를 시작하고 나서 비가 내리기 시작하면 그날은 작업이 정상적으로 진행되었지만 식전부터 비가 퍼붓기 시작한 날에는 함바(공사현장에 있는 임시 간이식당)에 모여 앉아 아침부터 막걸리 사발을 놓고 애먼 화투장이나 뒤집다가 일당도 없이 되돌아가야 하는 경우도 많았다. 그날도 현장으로 향하는 버스 차창에 꽤 굵은 빗방울이 투탁거리며 부딪쳤다. 내심 오늘도 막걸리 한 사발 먹고 아침부터 김하빈과 시시콜콜 잡담이나 늘어놓아야겠다고 생각하며 현장에 도착해 보니 현장의 분위기가 여느 때와는 조금 달랐다. 보통 때 같으면 느지막이 나온 현장소장이 한두 번 작업 현장을 돌아보고 마는 것이 관례였으나 그날따라 현장소장과 기사들은 물론 본사에서 나온 사람들로 보이는 낯선 얼굴들이 현장을 돌며 소장을 향해 이것저것 지적을 해대고 있었다. 그날 엄청난 폭우 속에서 공사가 강행된 것은 아마도 본사에서 나온 사람들과 관련이 있었을 것이었다.

목수 기술자였던 박씨 아저씨, 평소 할렐루야 박이라는 별명으로 불릴 만큼 그는 철저한 기독교인이었다. 남들이 술잔을 기울이거나 화투장을 만지거나 하며 시간을 보내는 쉬는 시간에도 그는 성경책을 읽거나 찬송가를 불렀다.

"학생들도 성경에서 가르친 대로만 살어. 그러면 법도 필요 없고 남들과 얼굴 붉힐 일도 읎서."

그는 우리를 볼 때마다 그렇게 이야기했다. 점심을 먹고 잠시 오수를 즐기는 시간이면 철근이 삐죽삐죽 튀어나온 콘크리트 사이에서 늘 그의 찬송가 소리가 들려왔다. 처음 들었을 때는 실소를 자아내기도 했지만 작업시작 전 반드시 같이 일하는 사람들의 안전을 기원하는 그의 뒷모습은 매우 진지했다.

"씨버럴! 아무리 공기 단축도 좋지만 이 빗속에서 무슨 일을 하라는 거여."

공사현장에서 욕지거리야 상용어의 수준이었지만 할렐루야 박의 입에서 욕이 터져 나왔다는 사실은 매우 이례적인 일이었다. 그만큼 그날 폭우 속에서 공사를 강행한다는 것은 무모한 일이었다는 방증일 수도 있었다. 금방이라도 현장소장에게 달려가 멱살이라도 쥘 것 같았던 박씨를 사람들이 말렸다. 사람들은 억지로 막걸리 한 사발을 권했고 평소 술을 입에도 대지 않던 그였지만 홍분을 가라앉히기 위해서였는지 막걸리 한 사발을 단숨에 받아마셨다.

사고가 터진 것은 점심시간을 한 시간여 남겨두고 비가 조금 잦아든 때였다. 김하빈과 나는 자재를 짊어지고 번갈아 가며 할렐루야 박이 작업을 하고 있던 이십층 입구를 오르내리고 있었다. 빗줄기가 가늘어지자 박씨는 외벽 쪽에서 난간 역할을 하는 아시바(건설현장에서 안전을 위해 바깥쪽에 설치해 놓은 철파이프 구조물)에 한쪽 발을 걸치고 망치질을 하며 거푸집을 대고 있었다.

"박씨 아저씨 어디 갔지? 안 보이더라."

자재를 짊어지고 계단을 올라가는데 반대편에서 내려오던 하빈이 나에게 물었다.

"조금 전에 저쪽에서 작업중이던데……."

박씨가 잠시 자리를 비운 것으로 생각한 우리는 서너 차례 자재를 날라다 놓았다. 만일 조금만 일찍 박씨를 찾아 나섰다면 그를 살릴 수 있었을지도 모른다. 점심시간이 되어서야 공사현장 여기저기를 돌아보았지만 그때는 아시바의 빗물에 미끄러져 대롱대롱 매달려 있던 박씨가 이미 이십층 아래로 떨어진 뒤였다. 형체조차 알아보기 힘들게 짓이겨진 시신 위로 다시 굵어진 빗줄기가 퍼붓고 있었다.

현장 사무실 노무담당 직원의 일처리는 매우 능숙했다. 한 사람의 죽음은 이미 예정되어진 공정 중에 하나인 것처럼 정형화된 틀에 맞추어 진행되었고 공사현장에는 다시 기계소리와 망치질 소리가 울렸다. 오열하며 현장 사무실을 찾아온 박씨의 아내와 어린 딸들이 있었지만 노무담당 직원은 이미 여러 차례의 경험이 있었는지 그 작은 소란도 한나절을 넘기지 못했다. 작업 중에 안전모를 쓰지 않은 사실, 우천 작업시 특별한 주의를 기울여야 할 안전 수칙을 지키지 않은 점, 특히 작업 전에 술을 마신 결정적인 책임……. 한때 할렐루야 박과 같이 일을 하며 웃고 떠들던 사람들 모두 사무실로 불려가 회사에서 제시한 서류에 서명을 했다. 그 서류의 어디에도 무리한 작업 강행에 항의하던 박씨의 주장이나, 폭우 속에 작업을 지시한 회사 측의 책임에 대한 내용은 들어 있지 않았다. 서명을 거부했던 김하빈과 내가 더 이상 현장에 출입할 수 없었던 것은 당연했다.

"아시바에 매달려 있는 동안 박씨 아저씨 심정이 어땠을까?"

공사현장이 건너다보이는 술집에서 막걸리 두통을 비우는 동안 김하빈은 말이 없었다.

"예수님께 기도라도 했을까?"

내 입에서 나오는 말도 자조적인 독백에 가까웠다

"안형, 죽음이 다가오는 소리가 얼마맨치 무서운 건 줄 알어?"

"……."

"우리 형이 죽어가는디 나는 무서버서 이불속에서 꼼짝도 못하고 있었어."

느닷없는 김형의 말에 나의 눈이 동그랗게 떠졌다. 마주보이는 김하빈의 눈이 벌겋게 충혈 된 채로 껌벅이고 있었다.

"그날 밤 나가면 죽는다는 거는 형도 알고 있었지. 형은 자취방에 나 혼자 꼼짝도 못하게 했어. 나도 나가면 죽는다는 걸 뻔히 알면서 형을 말리지도 못했어……. 새벽쯤 되니까 총소리가 났제. 죽음의 소리."

나는 그제야 그가 광주 출신임을 생각해냈다. 중학교 때부터 광주 시내에서 형과 자취하며 학교를 다녔다는 이야기는 전에도 들은 바 있었지만 형의 죽음에 관한 이야기는 처음이었다. 게다가 당시로서는 광주에 대한 이야기를 공공연히 꺼내는 것이 금기였다. 공사판 박씨의 죽음과 광주에서의 그의 형의 죽음에는 어떠한 연관도 없었지만 형의 마지막 모습이 생생하게 살아 있던 김하빈에게는 박씨의 죽음과 형의 죽음이 다르게 느껴지지 않았을 것이다.

"안형, 예전에 나보고 룸펜이라고 했지? 나 그 말 듣고 사실은 충격 먹었었어……."

"그거야 그저 농담반 진담반으로 한 얘긴데."

"나 아무래도 학교 그만두고 광주로 내려가야겠어. 사실 학교 핑계대고 서울로 온 것도 형으로부터 도망치기 위한 거였거든. 광주로 가서 형처럼 죽지는 못해도 뭔가 해야겠어. 룸펜으로 자취방에서 이불만 뒤집어쓰고 있을 순 없잖아? 박씨 아저씨처럼 억울하게 죽어가는 사람이 아직도 많은 세상에 말이야."

며칠 뒤 김하빈은 연락도 없이 자취방을 비웠다. 그해 여름이 지나고 다음 학기가 시작되었지만 학교에서 그를 만날 수 없었다. 다만 얼마 후 학과사무실로 한 통의 편지가 배달되어왔다.

안형에게

어느덧 가을이 되었군.

광주에 한 번도 와보지 않은 사람에게 이곳 계절이 바뀌는 모습을 어떻게 설명해야 할까. 내가 다시 돌아온 자취방 옥상에 올라서면 무등산이 한눈에 들어오지. 이곳의 가을은 무등산 중턱에 가장 먼저 내려앉기 마련이야. 계절도 먼 길을 쉬어오는지 무진주 벌판으로 내려오기 전에 무등산 중턱에서 남녘의 이 도시를 한번 휘둘러보고 사람들이 자기를 알아본 연후에야 천천히 사람들의 가슴으로 들어오곤 하지.

아무런 연락도 남기지 못한 채 부랴부랴 이곳으로 내려온 내가 가장 먼저 한 일이 무엇인지 안형이 알게 된다면 웃을지도 모르겠군. 그래도 충장로 한 귀퉁이 싸구려 술집에서 막걸리 몇 되에 취해 고래고래 소리를 지르며 객기를 부렸던 일은 빼놓을 수 없을 것 같아. 언젠가 안형이 이곳에 온다면 같이 막걸리 잔을 나누고 싶은 그런 곳이지.

이곳에서 나는 새로운 공부를 시작했어. 안형이 말한 룸펜으로서 도서관 구석에 웅크리고 하는 공부가 아니라, 몸으로 직접 부딪히며 배우는 공부 말이야. 조만간 벌어질 큰 싸움에 대비하는 공부라고 해도 좋겠지. 이른 아침부터 늦은 저녁까지 온몸에 땀이 배도록 움직이고 나면 나의 정신과 육체가 한층 성숙해진 것을 느끼게 해주는 진짜 공부……

일주일에 한 번 쉬는 날이면 나는 버스를 타고 나들이를 나서곤 해. 예전 나의 형이 다니던 학교 근처 용봉동을 출발한 버스는 금남로를 거쳐 도청 앞을 돌아 다시 충장로로 되돌아오지. 나들이길 어딘가에서 우연히 형을 만날 것만 같아서 나는 차창에 고정된 눈을 떼지 못해. 시내 나들이를 다녀오고 나면 일주일 동안 나도 모르게 쌓여 있던 공장 생활의 피로와 자꾸만 고개를 쳐드는 서울에서의 기억들을 조금이나마 잊을 수 있지.

안녕

나는 지금까지 이 거대한 싸움판에 발을 딛지 않으려고 안간힘을 써왔었어. 보도블럭을 깨뜨려 죄 없는 우리 또래의 전경의 가슴팍에 돌을 던져대는 일로 이세상은 변하지 않는다고 생각했었고, 휘발유를 뒤집어쓰고 라이터를 켠다한들 눈 하나 깜짝하지 않을 세상을 원망만 했었지. 그날 저녁 나를 혼자 내버려두고 죽음의 길을 택했던 형을 생각할 때마다 나는 그를 무모한 소영웅주의자 쯤으로 치부해두곤 했었어. 그때까지도 그러한 나의 냉소와 허무주의의 실체를 알 수 없었지. 하지만 지난번 노가다 판에서 할렐루야 박 아저씨의 죽음은 나의 실체를 깨닫게 해주는 계기가 되었어. 그것은 바로 두려움이었던 거야. 나의 냉소와 허무주의의 실체가 고작 두려움이라는 사실을 알았을 때 나는 차마 안형에게 그 사실을 솔직하게 이야기할 수 없었어. 연락도 없이 곧바로 광주행 열차에 올랐던 나를 이해할 수 있겠지?

친구여, 꿈 속에서 만날까   151

또 한 사람의 허무주의자였던 안형!

 나는 안형이 지닌 허무주의의 실체가 무엇인지 알 수는 없지만 언젠가 그 늪에서 빠져나오는 날 우리가 다시 만날 수 있으리라 믿어.

 추신

 내가 일하는 이곳 공장에서 나의 사랑 베라를 만났어. 정말 백년의 세월을 뛰어넘어 베라 자수리치가 부활한 것만 같은 여자야. 언젠가 안형에게 소개할 날이 있겠지.

광주에서
김하빈

 허세와 치기의 냄새가 여전히 남아 있었지만 그의 편지는 나에게 적잖은 충격이 되었다. 그가 가지고 있던 허무주의의 실체가 비록 두려움이었다 할지라도 그에겐 분명한 이유가 있었고 이제 그것을 깨달은 그는 더 이상 냉소적 주체가 아니었다. 반면 나의 냉소와 허무주의는 그 실체조차 분명하지 못한 얼치기였음을 들켜버린 것만 같았다.

 딱히 김형의 편지 때문이었다고 할 수는 없는 일이었지만 그해

2학기에 들어와서 나는 비록 소극적이나마 처음으로 시위에 참여했다. 이마 위에서 최루탄이 터질 때 그날 막걸리 잔을 비우며 광주행을 밝히던 김하빈의 얼굴을 떠올렸고, 백골단에 쫓겨 아스팔트 위를 내달리면서 죽은 그의 형을 떠올렸다. 집회의 마무리 모임에서 '님을 위한 행진곡'을 부르며 문득문득 첫사랑 혜연의 마지막 모습이 생각나기도 했다. 그렇게 그해 가을은 깊어갔다. 그리고 변한 것은 아무것도 없었다.

"훈아! 학과 사무실에 누가 찾아왔던데. 여자더라."

이 학기 종강을 얼마 앞두고 〈열역학 실험〉 마지막 수업이 끝났을 때였다. 학과 사무실에 도착하니 행정조교를 맡고 있던 여자선배가 뭔가 탐탁찮은 표정으로 나를 훑어보더니 턱짓으로 창가 쪽을 가리켰다. 쪽의자에 앉아 있는 낯선 여자의 입성은 첫눈에 보아도 촌스러운 행색이었다. 게다가 흔해 빠진 가방도 없이 자주색 보자기로 싼 짐을 탁자 위에 올려놓고 어색하게 엉덩이를 걸치고 있는 폼이 마치 무작정 상경한 철없는 촌 처녀를 연상하게 했다.

"김하빈씨 아시죠? 저가 안사람 되는디요."

억지로 표준말을 쓰려고 애를 쓴 모양이지만 그녀의 말끝과 억양은 그럴수록 더 어색하게 들렸다. 촌스런 입성과 억지스러운 말투, 하지만 나를 정면으로 바라보는 그녀의 눈빛은 또렷하고 강렬한 느낌이었다. 조교가 한 번 더 눈치를 주는 통에 나는 그녀의 짐 보자기를 들고 학과 사무실을 앞서서 나섰다. 마침 수업을 끝낸 같은 과 동료들이 의혹의 눈길로 우리 둘을 바라보며 수군거렸다.

"사고였지라."

마땅히 이야기를 나눌 장소를 찾지 못하다가 결국 김형과 자주 들르던 막걸리 집에서 마주 앉자마자 그녀가 입을 열었다.

"사흘 동안이나 철야 작업을 한디다 이튿날 프레스 작업에 들어간 거이 그렇게 되아부렀소."

그가 죽었다. 그녀가 들고 온 보따리 속엔 당시 금서로 분류되어 있던 〈세계철학사 I. II. III〉 〈자본론 I. II. III〉 〈제국주의〉가 들어 있었다.

"하빈 씨가 가끔 그짝 야그를 했었지라. 이 책도 언젠가 돌려줘야 헌다고……."

나는 말없이 그녀 앞에 놓인 대접에 막걸리를 따랐다.

"하빈씨가 이집 막걸리 맛나단 야그도 했었는디……."

방금 비운 막걸리 때문이라고 생각하기에는 너무 빠르게 그녀의 눈 주위가 붉게 달아올랐다.

"혹시 베라를 아시나요?"

"베라 말이지라? 알지라. 하빈씨가 지 헌티 전두환이 배따시에 총알을 박으라고 했으요.”

　김하빈은 그녀의 어떤 모습에서 베라를 느꼈을까? 그녀는 터미널까지 바래다주겠다는 나의 제의를 한사코 거절했다. 대신 김하빈과 내가 함께 일했던 공사현장에 찾아가는 길을 물었다.

　“거긴 공사가 다 끝나서 새 건물이 들어섰을 텐데…….”

　“꼭 한번 가보고 싶으요. 하빈씨가 정신을 버쩍 차리게 된 곳이 어딘지.”

　그날 서울 도심 대기업 본사가 입주한 이십 층짜리 신축건물에서는 짧은 소란이 있었다. 광주 출신 한 여성이 옥상에 올라가 반정부 구호를 외치며 이적표현물을 살포하다가 십여 분 만에 경찰에 체포된 사건이었다. 그녀가 뿌린 전단 앞면에는 광주에서 죽은 사람들의 사진이, 그리고 뒷면에는 현장에서 죽어간 노동자의 사진이 실려 있었다. 당시 내로라하는 투쟁위원회 소속 학생도 혼자서는 하기 힘든 일이었다. 정보과 형사가 학교를 찾아와 배후를 찾았지만 그녀는 아무런 단서도 남겨두지 않았다.

사랑도 명예도
이름도 남김없이
한 평생 나가자던 뜨거운 맹세
동지는 간데없고 깃발만 나부껴

새날이 올 때까지 흔들리지 말자
세월은 흘러가도 산천은 안다
깨어나서 외치는 뜨거운 함성
앞서서 나가니
산자여 따르라
앞서서 나가니
산자여 따르라

그해 늦은 가을 나는 죽은 김하빈을 생각하며 '임을 위한 행진곡'을 불렀다. 시위대 선봉에서 난생처음 각목을 들었다. 이십층 옥상에서 홀로 외로웠을 베라를 생각하며 화염병에 불을 댕겼다. 시위를 마친 늦은 저녁이면 매운 최루탄 가스를 뒤집어쓴 채로 그새 단골이 되어버린 김하빈의 고향 누님 막걸리 집을 찾았다. 그날 시위를 자평하는 동료들의 이야기를 곁다리로 들으며 목젖 그득히 채운 막걸리 몇 사발에 나는 쉽게 취해갔다. 조금 취해 '임을 위한 행진곡'을 부르다 더 취하면 나도 모르게 조용필의 '친구여'가 입속에서 오물거리며 나왔다.

"스포츠나 가요 같은 이 시대의 대중문화는 민중의 눈과 귀를 가리기 위한⋯⋯. 그런 마당에 상업주의 대중가요나 부르고 있을 상황은 아니지."

같은 자리에 있던 어떤 녀석이 정색을 하고 거창한 대중문화

론을 펼치며 시비를 걸기도 했지만 노래를 부르는 나의 목소리
는 잦아들지 않았다.

꿈은 하늘에서 잠자고
추억은 구름 따라 흐르고
친구여 모습은 어딜 갔나
그리운 친구여

옛일 생각이 날 때마다
우리 잃어버린 정 찾아
친구여 꿈속에서 만날까
조용히 눈을 감네

슬픔도 기쁨도 외로움도 함께 했지
부푼 꿈을 안고 내일을 다짐하던
우리 굳센 약속 어디에

꿈은 하늘에서 잠자고
추억은 구름 따라 흐르고
친구여 모습은 어딜 갔나
그리운 친구여[11]

김.하.빈
하늘에서 잠자며
지금도 꿈을 꾸고 있을
친구여
꿈속에서 만날까
나의 친구여

---

11) 친구여 : 하지영 작사 이호준 작곡 〈조용필 5집〉 앨범 수록

고흐보다 더 불행하게 살다간 사나이

★ 경의선

　포장마차 뒤편 철길로 비에 젖은 문산행 경의선 열차가 소리 없이 지나쳐 갔다. 때 아닌 봄비가 해질녘부터 중부지방을 점령하더니 도심 거리를 적시고 대학병원이 마주보이는 신촌의 포장마차를 적셨다. 그리고 포장마차 한구석에 따라놓은 싸르라한 소주잔을 적셨다. 대학병원으로 이어진 횡단보도 신호등이 세 번이나 바뀌는 동안 나는 그 자리를 벗어나지 못했다. 나의 젖은 구두는 신호가 바뀔 때마다 한 뼘 남짓한 보도와 차도 사이의 턱을 오르락내리락 방향을 바꾸어 번갈아 디뎠다. 급히 길을 건너는 사람들의 우산살에 나의 어깨가 서너 차례 찔리고 나서야 나는 철길 옆에 포장마차로 발길을 돌렸다. 맨 정신으로 그를 찾아가는 것이 어쩌면 너무 뻔뻔스럽다고 느껴졌다. 아직은 초저녁이라 내가 첫손님이었던지 엉덩이를 걸친 간이 의자엔 금방 걸레로 훔쳐낸 눅눅한 습기가 배어 올라왔다. 첫잔은 무심코 냉동실문을 열었을 때 밀려오는 냉기처럼 차고 낯설었다. 안주도 없이 연거푸 두 잔을 비우는데 빼꼼히 열린 포장 너머 경의선 열차가 눈에 들어왔던 거였다. 열차는 한 뼘 정도 벌어진 비닐 포장의 틈새를 기웃거리며 능청스런 구렁이처럼 천천히 움직였다. 만일 오래전 그날, 경의선 열차를 타지 않았더라면 그를 만나러 가는 길이 오늘처럼 서걱거리지 않을지도 모른다. 그런 생각을 하는데 피식— 하고 헛헛한 웃음이 기운 없이 터졌다.

★ 면회

비가 오면 생각나는 그 싸람…….

다방 여종업원이 커다란 설탕 봉지를 들고 희주와 내가 앉은 쪽으로 다가 왔다. 발끝에 아슬아슬하게 걸린 샌들이 그녀가 발걸음을 옮길 적마다 딸그닥딸그닥 소리를 냈다. 몸매에 비해 가슴이 유난히 큰 데다 앞뒤로 과도하게 파인 고동색 원피스 때문에 골짜기를 이룬 그녀의 젖가슴이 당장이라도 튀어나올 것만 같았다.

스물? 스물다섯? 서른? 서른다섯?

가부키 배우처럼 두껍게 바른 파운데이션은 얼굴에서는 좀체 나이를 짐작할 수 없게 했지만, 그녀와의 거리가 가까워지면서 빗장뼈와 목 사이의 주름살이 점점 선명하게 드러났다. 그녀는 허리를 숙여 옆 테이블 위에 놓인 빈 설탕 그릇에 설탕을 채웠다. 설탕 봉지를 기울이면서 상체를 숙이자 마침 창틈으로 비집고 들어온 오후 햇빛이 가슴 한가운데로 모였다. 보는 사람을 부담스럽게 했던 그녀의 가슴이 더욱 도드라졌다. 천천히 설탕을 채우는 그녀. 그 동작이 너무 무료하게 보여 코맹맹이 소리로 홍얼대는 노래 소리가 그녀의 입술 사이에서 흘러나오지 않았다면 마치 정물화를 보고 있는 착각을 일으킬 정도였다.

"오후 5시에 면회가 된다고 했죠?"

분위기가 어색했는지 아랫입술을 돌돌 말아 연신 침만 바르던 희주가 입을 열었다.

"글쎄 비상훈련이라니까 조금 늦어질 수도 있지 않을까요?"

당시만 해도 문산에서 열차를 내려 다시 버스를 갈아타고 두 시간 남짓 비포장도로를 거쳐야 도착할 수 있는 곳이었다. 입대를 앞두고 있던 그는 몇 달 전부터 과도하다 싶을 정도로 불안해했다. 단지 앞으로 있을 군대생활에 대한 두려움 때문이었다기보다는 오히려 자신의 연인이었던 희주를 그대로 두고 떠나야 한다는 불안감 때문이었다고 보는 편이 옳았다. 녀석은 나를 믿었다. 다른 사람이라면 몰라도 나라면 그도 안심할 수 있었을 것이다.

당시의 나는 여전히 첫사랑을 잊지 못해 흔한 미팅 제의도 거절할 정도였으니 말이다. 그는 자대 배치를 받고 그녀에게 보낸 첫 편지에서 면회 오라는 부탁과 함께 꼭 나와 동행하는 것이 좋겠다는 추신을 달았다.

"면회 왔나 봐요? 평일 날 면회 신청하면 허탕 치기 십상인데."

빈자리를 옮겨 다니며 설탕을 채우던 고동색 원피스가 희주와 내가 앉은 쪽을 힐긋거리더니 어느 틈에 다가와 말을 붙였다. 진한 화장품 냄새가 코를 자극하자 나도 모르게 낯선 여자에 대한 경계심이 일었다. 희주는 테이블에 놓인 팔각형 모양의 성냥통을 두 손으로 감싸 잡았다. 아마도 닳고 닳은 코맹맹이 소리에 희주도 경계심이 일었던 모양이다.

"친구? 애인?"

어느 틈에 내 옆자리에 엉덩이를 걸친 그녀가 희주 쪽을 눈짓으로 가리키며 나에게 말을 걸었다. 그녀의 엉덩이를 피해 안쪽 구석으로 바싹 붙어 앉으며 힐긋 본 희주의 얼굴이 점점 굳어져 갔다. 그렇다고 기분 상한 티를 내고 자리를 물릴 수도 없는 터라 면회할 친구의 여자 친구라고 간단히 대꾸했다. 다리를 꼬고 뻐딱한 자세로 앉은 고동색 원피스의 어깨가 점점 내 쪽으로 기울며 가까워지자 깊게 파인 목선 밑으로 가슴 사이의 계곡이 더욱 선명하게 드러났다. 민망한 생각에 고개를 돌렸지만 역겨운 화장품 냄새는 어쩔 수 없었다.

"면회할 친구 소속이 어디야? 커피 한잔 사주면 알아봐 줄 수
도 있는데……."

"아니요…. 저희가 직접 알아보고 왔어요."

고동색 원피스가 시큰둥한 표정을 지으며 자리를 떠나고 나서
도 화장품 냄새는 한참 동안 그 자리를 맴돌았다. 희주의 표정이
조금 나아지긴 했지만 불편한 기색은 아직도 역력했다.

"희주씨 나갈래요?"

희주는 빠르고 짧게 고개를 한번 끄덕였다. 다방문을 나서는데
고동색 원피스의 코맹맹이 소리가 뒤꼭지에 부딪혔다.

"아갓씨, 고무신 거꾸로 신으면 안 돼. 우리 군바리 오빠 불쌍
하잖아."

이 바닥에서 닳고 닳았을 그 여자를 상대하기엔 희주도 나도 아
직 애송이에 불과했다.

부대 근처의 여인숙은 두 사람이 간신히 누울 수 있을 만큼 좁
았지만 생각보다는 비교적 깔끔한 편이었다. 느닷없이 비가 쏟아
지지 않았다면 걸어서라도 버스 차부가 있는 읍내까지 나갔을 것
이다. 읍내까지만 도착하면 어떻게든 서울로 가는 차편을 마련할
수 있었을 것이다. 아니면 차라리 면회소 위병에게서 훈련 복귀
시간이 예정보다 지연될 것 같다는 얘기를 들었을 때 면회를 포
기하고 서둘러 그곳을 나왔어야 옳지 않았을까.

면회가 이루어진 것은 저녁 여덟시가 거의 가까운 시각이었다. 그것도 비상훈련으로 전 장병의 면회 및 외박 금지 조치가 내려진 상황에서 특별히 주어진 배려였다. 희주는 아무말없이 면회실 창밖을 바라보았다. 멀리 얼핏 뛰어오는 그가 보였다. 비에 흠뻑 젖어 면회실로 달려오는 그의 모습을 확인한 희주의 입에서 알 수 없는 한숨이 새어나왔다.

"희, 희주야! 훈아!"

그가 면회실 문을 열고 들어서자 군복과 모자에서 주르륵 빗물이 흘러 바닥을 적셨다. 세상에 그렇게 나약해 뵈는 군인이 또 있을까. 아직은 차가운 봄비 때문이라고는 하지만 우물에 빠진 고양이처럼 퀭한 눈을 하고, 쓰고 있던 모자가 흔들릴 만큼 벌벌거리며 떨고 있는 녀석의 모습이 민망할 지경이었다.

"하필 오, 오늘 올 줄은 몰랐어."

정식으로 허락받은 면회가 아니어서인지 녀석은 희주와 나에게 눈을 고정시키지 못하고 자꾸 바깥쪽 눈치를 살폈다.

"현우씨 이거."

희주가 서울에서부터 들고 온 꾸러미를 받아 들면서도 녀석의 눈은 문밖 위병소 쪽을 불안하게 살피고 있었다. 빗물에 젖은 그의 군복 상의가 어깨선부터 손목까지 바람맞은 문풍지처럼 파르르 떨렸다. 나는 두 사람을 면회실에 남겨두고 밖으로 나왔다. 면회실 처마 밑에서 비를 그으며 담배를 피워 무는데 어느새 거세진 비바람에 불붙은 담배가 금세 젖어 버렸다.

"훈아! 위병소에 부탁해서 외박 좀 할 수 있게 해줘. 오늘은 내무반에서 도저히 못 견딜 것 같애."

면회를 마치고 나오는데 희주 몰래 나를 붙드는 그의 손이 여전히 떨리고 있었다. 하지만 나에겐 그의 부탁을 들어줄 힘이 없었다.

"희주씨 방을 따로 잡을 걸 그랬나 봐요."

"아니요 혼자 있으면 더 무서울 것 같애요. 그냥 이대로 첫차 다닐 때까지 있으면 돼요."

면회를 마치고 나왔을 때 부대 앞을 지나는 버스는 이미 막차가 끊어졌고, 쓰고 있던 우산마저 거센 바람에 자꾸 뒤집히는 통에 걸어서 읍내를 나가기에는 무리였다. 그나마 부대 근처 여인숙에 빈방이 있었던 게 다행이었다. 비바람이 창문을 때릴 때마다 방 안에 매달린 형광등이 껌벅거렸다. 예상치 못한 손님을 맞아 여인숙 주인이 뒤늦게 탄불을 넣은 탓에 방안은 썰렁하고 눅눅했다. 희주를 미지근한 아랫목에 앉게 하고 따뜻한 보리차 한잔을 주인에게 얻어다 발끝에 놓았다. 젖은 겉옷 그대로 무릎을 모으고 앉은 희주의 입술이 아직도 파르르 떨려왔다. 홑겹 이불을 어깨에 덮어주려 하자 잠시 멈칫하던 희주가 이불을 받아 자기 어깨를 감쌌다. 그리곤 한참 시간이 흐르도록 희주는 꼼짝도 하지 않았다. 그녀와 대각선으로 앉은 나는 아무말도 꺼낼 수 없었다.

두어 시간은 족히 지났을까. 아랫목부터 온기가 번지면서 내가 앉은 자리까지 제법 훈기가 느껴졌다. 신고 있던 양말에서 들큰한 고린내와 함께 모락모락 김이 올랐다. 점심도 허술하게 먹고 저녁도 굶은 터라 문득 갓 쪄낸 호빵 생각이 났다.

"군대라는 곳이 사람을 그렇게까지 만들어 버리는지 몰랐어요."

처음 앉았던 자세 그대로 눈을 감고 있던 희주가 말을 꺼냈다.

"아직 이등병이라 군 생활에 적응이……. 어쨌거나 오늘은 현우 위로해 주러 온 거니까 이해하세요."

"사실은 내가 위로받고 싶었어요. 현우씨가 외박을 시켜달라고 하기에 나랑 함께 있고 싶어서 그러는 줄 알았어요."

"듣고 있었군요……."

희주와 나 사이의 대화는 더 이상 이어질 수 없었다. 새벽녘이 되도록 그녀의 앉은 자세는 바뀌지 않았다. 피곤한지 이마를 무릎에 기대고 눈을 감기도 했지만 수시로 잔기침을 하는 걸 보아 잠이 들지는 않은 것 같았다.

"불을 끌까요?"

"아니요!"

고개를 숙인 채 대답하는 그녀의 목소리가 젖어 있다. 나는 내 몫의 이불을 걷어 조심스레 그녀의 어깨에 덮어주었다. 움찔하던 그녀가 이내 고개를 숙이고 다시 눈을 감았다. 비스듬히 뺨을 가린 머리카락 사이로 드러난 그녀의 옆얼굴, 하필 그 순간 잊고 지내던 첫사랑 혜연의 모습이 떠올랐을까. 곰곰이 따져보아도 희주와 혜연은 어느 한구석 닮은 곳이 없었다. 굳이 비슷한 면을 꼽는다 해도 웃을 때 살짝 치켜 올라가던 눈꼬리 정도 말고는 둘을 연결지을 만한 게 없었다. 외려 닮아 있는 것은 혜연과 희주가 아니라 그즈음 조금씩 흔들리기 시작했던 나의 마음이 아니었을지.

★ 하이에나

"나 취직했어. 한번 놀러와. 내 방도 따로 있으니까 하룻밤 자고 가도 괜찮고."

현우에게서 전화를 받은 건 그해 봄이었지만 그가 일하고 있다는 이태원의 업소를 찾아간 것은 이 학기 개강이 지난 가을 무렵이었다. 군대 생활을 일 년도 채 마치지 못하고 의가사 제대를 했던 그는 한동안 정신과 병원에서 입원치료를 받아야 할 만큼 피폐해져 있었다. 퇴원 후 그의 부모님은 학교에 복학할 것을 종용했지만 대인기피 증세를 보이고 있던 그에겐 불가능한 일이었을 것이다. 나를 비롯한 고교동창들도 그의 소식을 그의 어머니와의 전화통화로 들었을 뿐 제대 후 그를 직접 만난 친구들은 없었다.

어쨌거나 그가 나름대로 사회에 적응을 하고 취직까지 했다는 소
식은 반가운 일이었다.

〈꿈꾸는 하이에나〉, 뒷골목으로 한참을 돌아 들어와서야 그가
말한 간판을 찾을 수 있었다. 입구에는 자주색 카펫이 여기저기
얼룩진 채로 깔려 있었다. 지하로 이어지는 입구의 문을 열자 생
전 맡아보지 못한 비릿한 냄새와 함께 흐느적거리는 색소폰 음률
이 온몸을 휘감았다. 대여섯 개의 테이블은 비어 있었고 서너 명
이 앉을 수 있는 바에 두 사람의 뒷모습이 보였다.
"어떻게 오셨쑤?"
깡마른 체격에 꽁지머리를 한 사내가 경계의 눈초리를 감추지
않고 앞을 가로막았다. 현우의 이름을 대자 굳어 있던 사내의 얼
굴이 조금 풀렸다. 사내는 안쪽에 대고 소리를 질렀다.
"헤네시!"

"여기는 회원제 클럽이라 평소엔 손님이 없어."
현우는 나를 구석 테이블에 안내하고 맥주와 안주를 가져다 놓
으며 말을 붙였다. 현우의 얼굴이 예상했던 것보다는 훨씬 밝아
보였다. 군대에서 알게 된 선배라며 업소 사장에게 인사를 시키
는데 아까 그 사내가 두툼한 손을 내밀며 악수를 청했다.
"헤네시 친구 분 얘기 많이 들었어요. 편하게 놀다가요."

사내와 어색하게 인사를 나누고 둘이 남은 자리가 되자 현우는 나와 눈을 맞추지 않은 채 술잔 가득 맥주를 부었다.

"여기서는 헤네시로 통해, 일종의 익명을 위한 장치지."

나는 대답대신 마른안주를 씹으며 현우의 얼굴을 살폈다. 처음이자 마지막이었던 지난번 면회 때보다는 훨씬 건강해 보였지만 그의 눈은 여전히 불안하고 공허했다. 나는 잠시 어색해진 분위기를 모면하기 위해 진즉에 찾아오지 못한 핑계 삼아 그동안 있었던 학교생활에 대해 이야기했다. 그해 6월 종로와 시청일대를 뒤덮었던 대규모 데모행렬, 경찰에 연행되어 유치장에 끌려갔는데 서울 시내 유치장이 온통 만원이라 이곳저곳 경찰서를 돌다 결국 성남경찰서까지 가서 이틀을 자고 나온 이야기, 그리고 6·29선언으로 이어진 일정 부분의 승리에 대해 화제를 이었다. 하지만 그는 건성으로 대답을 할 뿐 더 이상의 관심을 보이지 않았다. 화제를 돌려 조심스레 군대에서 있었던 일에 대해 물었을 때도 그는 빈 술잔을 연거푸 채우며 이야기의 겉을 맴돌았다.

"피워볼래? 기분이 좋아져."

새벽녘이 되어 모두들 돌아간 뒤 업소문을 닫고 그가 숙식하고 있는 골방으로 자리를 옮겼다. 술이 담긴 박스와 집기들이 쌓여 있는 방은 두 사람이 간신히 누울 만큼의 공간이 남겨져 있었다. 이미 취기가 오른 그와 내가 한 이불을 덮고 벽에 기대 반쯤 누워 있는데 그가 장판 밑에 숨겨둔 담배 한 개비를 꺼내 불을 붙이며 말했다.

"한대를 다 피우면 공중에 둥둥 떠다니는 기분이 들어."

담배와는 전혀 다른 묘한 냄새가 코를 자극했다. 담배의 속을 비워버리고 거기에 대마가루를 넣은 말로만 듣던 마리화나였다. 필터가 타도록 알뜰하게 한 대를 다 피운 그가 천장을 바라보고 똑바로 누웠다. 눈을 꿈벅거리며 한참 동안 꼼짝없이 누워 있는 그의 입 끝에 가느다란 경련이 일었다.

"나는 여기가 마음에 들어. 이름도 멋있잖아 꿈꾸는 하이에나……. 하이에나에게도 꿈이 있거든."

마땅한 대답거리가 없어 그저 가만히 앉아 있는데 현우가 일어나 내 옆에 나란히 앉더니 장판 밑에서 마리화나 한 개비를 또 꺼내 불을 붙였다.

"야!"

나도 모르게 손이 휙 뻗어나가 현우가 물고 있던 마리화나를 잡아챘다. 동그래진 그의 눈이 나와 마주쳤다. 몇 년 만에 정면으로 맞닥뜨린 그의 눈빛, 분노도 원망도 아닌 아무런 의지도 느껴지지 않는 눈이었다. 그의 눈을 마주하는 순간 부끄러움이 확 끼쳤다. 무슨 자격으로 그의 취향에 간섭할 수 있는가. 나는 그의 마리화나를 분질러버리는 대신 천천히 내 입으로 가져갔다. 그리고 조심스럽게 한 모금 빨았다. 동그랬던 현우의 눈이 다시 아래로 깔렸다. 이번엔 좀 더 세게 입술을 모았다. 담배보다 훨씬 부드러운 연기가 기도를 따라 폐부로 스며들었다. 한 모금 더 피우고 반도막을 현우에게 건넸다. 그는 필터에 묻은 침을 닦지도 않고 연기를 알뜰하게 삼켰다. 범죄는 이렇게도 성립할 수 있는 거구나. 우리의 범법행위는 누구의 권리를 침해한 것인가. 혹시 담배인삼공사? 처음 피워본 마리화나 탓인지 머릿속이 혼란스러웠다.

"음악 틀까? 너 조용필 팬이지? 이래 뵈도 앰프시설만큼은 나이트클럽 못지않거든."

먹이를 찾아 산기슭을 어슬렁거리는
하이에나를 본 일이 있는가
짐승의 썩은 고기만을 찾아다니는
산기슭의 하이에나
나는 하이에나가 아니라 표범이고 싶다
산정높이 올라가 굶어서 얼어 죽는
눈 덮인 킬리만자로의 그 표범이고 싶다

자고나면 위대해지고
자고나면 초라해지는 나는 지금
지구의 어두운 모퉁이에서 잠시 쉬고 있다
야망에 찬 도시의 그 불빛 어디에도 나는 없다

이 큰 도시의 복판에 이렇듯

철저히 혼자 버려진들 무슨 상관이랴

나보다 더 불행하게 살다간

고흐란 사나이도 있었는데

……[12]

현우는 표범이기보다는 하이에나를 선택했구나. 야망으로 가득 찬 이 도시의 한 모퉁이에 스스로 철저히 유폐시킨 그의 삶이 자신의 귀를 잘라낸 고흐의 고독보다 덜하다고 말할 순 없을 터이니.

턴테이블 위에 돌던 LP가 A면을 다 마치기도 전에 그는 쉽게 잠이 들었다. 나도 술기운 때문이었는지 곧바로 잠이 들었다.

등 뒤에서 들리는 신음 비슷한 소리에 잠이 깬 것은 동이 틀 무렵이었을 것이다. 나는 단번에 녀석이 자위행위를 하고 있다는 것을 알아챘다. 같은 남자끼리 그 정도야 이해할 수 있는 일이고 내가 깨어난 줄 알면 녀석이 민망해 할 것 같아서 나는 그대로 잠든 체하고 있었다. 잠시 후 그의 거친 숨소리가 점점 더 가까이

---

12) 킬리만자로의 표범 중 나래이션 : 양인자 작사 김희갑 작곡 〈조용필 8집〉 앨범 수록

다가왔다. 딱딱하게 발기된 그의 성기가 나의 엉덩이 틈으로 바짝 밀착되어 왔다. 이 상황을 어떻게 받아들여야 할지 판단이 서질 않았다. 분명 아까의 마리화나와는 다른 국면이라는 생각뿐이었다. 급기야 녀석의 손이 나의 허리춤을 건너 팬티 속으로 들어왔을 때 나는 벌떡 몸을 일으키며 그의 뺨을 후려갈겼다.

"미, 미안해. 가만히 있길래."

"뭐야. 그럼 너 의가사 제대한 것도 이거 때문이었니?"

상세한 내용을 털어놓지는 않았지만 군대 선배라는 업소의 사장과 관련이 있는 것임에는 확실했다. 정신질환에 이를 만큼 고통스러운 일이었지만 결국 다시 그를 만날 수밖에 없었다는 녀석의 말을 나는 도저히 이해할 수 없었다. 고작 80년대 후반으로 접어든 그 즈음 나의 의식은 성적 소수자에 대해 이해할 만큼 앞서 나가 있지 못했다. 아니 나의 이성이 그것을 이해한다 해도 몸이 그걸 감당하기 어려웠을 것이다.

"혹시 희주 만나거든 나 여기 있다는 거 비밀로 해줘……."

나는 그의 말에 대답도 하지 않고 '꿈꾸는 하이에나'의 문을 거칠게 닫고 나왔다. 큰길로 이어지는 골목을 서둘러 내려오는 동안 엉덩이와 허벅지 주변에 돋아 오른 소름이 가시지 않았다.

★ 고독한 영혼

그 후 현우의 소식은 오랫동안 접할 수 없었다. 가끔씩 있는 동창 모임에서도 그의 얼굴은 보이지 않았고 나 역시 일부러 그를 찾아볼 만큼의 여유가 없었다. 학교를 졸업하고 그럭저럭 취업을 하고 사회에 적응해 가는 동안 그에 대한 기억은 엷어져 갔다. 한 여자와 연인 관계를 맺고 우여곡절 끝에 결혼에 이르게 되는 동안 아주 드물게 그의 얼굴이 떠오른 적도 있었다. 하지만 연이어 두 아이가 태어나 자라면서 나의 관심사는 자연스럽게 생활의 동선을 벗어나지 못했다.

현우의 결혼 소식을 접했을 때 나에게 가장 먼저 떠오른 느낌은 다행이다 싶은 안도감이었다. 몇 년 전이었던가. 동창 모임 자리에서 우연히 현우에 대한 이야기가 나온 적이 있었다. 그 자리에 참석한 친구들 중 누구도 당시 현우를 직접 보지는 못했지만 몇 단계 건너들은 이야기에 의하면 서른 후반에 접어들도록 아직 노총각 신세로 어머니가 해주는 밥을 먹고 있다고 했다. 친구들은 농담 삼아 동창 중 유일한 총각인 현우가 20세기가 다 가기 전에 결혼을 하느냐 못하느냐를 두고 내기를 하기도 했는데 대부분의 친구들은 후자 쪽에 패를 던졌다. 물론 내기의 예상 승률은 20세기 안으로 녀석이 결혼을 할 수 없을 것이라는 쪽으로 기울기는 했지만 나는 승률이 적은 반대쪽에 내기를 걸었다. 다음해 동창 모임에서 그의 결혼 소식을 접하고 친구들 사이에선 약간의 논란이 있었다. 2000년 10월 3일이 청첩장에 찍힌 결혼 날짜였다. 20세기와 21세기의 경계를 어디로 보느냐에 대한 엉뚱한 논쟁이 그날 모임의 화두가 되었다. 논리적으로는 20세기를 1991년부터 2000년까지로 보는 것이 타당하겠지만 년도에 이미 과거와는 다른 2000이라는 단위가 사용되면서 뉴 밀레니엄이란 개념이 적용되므로 올해부터를 새로운 세기로 봐야 하며, 실제로 세계 각국의 사례를 보더라도 2000년 1월 1일을 기해 대대적인 축제가 열리는 등 이미 20세기가 끝나고 새로운 세기가 시작되었다고 보는 것이 타당하다는 주장이 주류를 이루었다. 나는 물론 논리적인 측면을 강조하여 21세기의 시작은 분명 2001년부터 이며 아직은 20세기인 것이 분명하고 현우의 결혼 역시 20세기가 끝나기 두 달이나 남은 상태에서 치러지는 것이므로 이번 내기의 승자는 내 쪽이라는 주장을 폈다. 하지만 그날 모임의 대세는 이미 기운 뒤였다. 결국 그날의 술값은 소수의견을 냈던 나와 나머지 두 명이 물어야 했지만 어쨌거나 현우의 결혼 소식은 그 누구보다도 나에겐 반가운 소식이었다.

"현우 다음 달에 결혼한대."
"잘 됐네!"

저녁상을 치우고 오락프로그램을 보고 있던 아내는 텔레비전 화면에서 눈을 떼지 않고 대꾸했다.

"같이 갈래?"

"글쎄!"

아내의 눈은 여전히 화면을 떠나지 않고 있었다.

현우에게서 만나자는 전화를 받은 것은 결혼식을 일주일 정도 남겨둔 금요일 퇴근 무렵이었다. 신촌 근처 흔한 술집에 자리를 잡았다. 그날의 화제는 당연히 그의 결혼에 대한 것이었다.

"현우야 너 능력도 좋다. 서른여섯 살 노총각이 스물일곱 살 신부에다 그것도 속셈학원 원장님한테 장가를 들게 됐으니."

그는 별다른 대꾸 없이 빈 잔에 술을 따르고 안주로 시켜놓은 삼겹살을 이리저리 뒤잡거렸다. 나는 혹시나 화제가 예전의 어두웠던 이야기로 이어지지 않을까 우려도 되고 한편으로 결혼을 앞둔 그에게 경험자로서 도움도 될까하여 결혼생활에 대한 잡다한 이야기를 끄집어내어 늘어놓았다.

"내 선택이 올바른 방향일까?"

"무슨 소리야. 백번 옳은 일이지."

솔직히 말해서 나는 그날 현우와의 대화가 더 깊은 곳으로 진행되는 것을 원하지 않았다. 그의 말뜻이 어떤 의미였는지 어렴풋이 이해하지 못한 것은 아니었지만 그저 통속적이고 일반적인

선에서 그의 선택이 옳았음을 부추겼을 뿐이었다. 만일 그가 겪고 있던 고민을 깊이 헤아렸더라면 그날 현우와 그렇게 헤어지지는 않았을 것이다. 빈 소주병이 줄을 서도록 우리의 대화는 더 이상 깊이 들어가지 못하고 겉돌았다. 그래서 그랬는지 아직 술자리를 파하기에는 이른 시각이었지만 현우는 자리를 털고 일어섰다. 신촌 로터리를 지나 정류장이 있는 백화점 앞까지 오는 동안 그는 말이 없었다. 마침 도착한 버스를 핑계 삼아 먼저 그 자리를 피하려는데 현우가 나의 팔을 잡았다.

"훈아! 사실은 너한테 부탁이 있어."

그의 떨리는 목소리를 듣는 순간 올 것이 오고야 말았구나 하는 느낌이 들었다. 고개를 돌려 그를 바라보는 나의 눈빛이 조금은 날카로워졌는지도 모를 일이었다.

"꼭 한번만 희주를 만날 수 없을까? 꼭 한번만!"

잠시의 침묵이 마치 정지화면처럼 흘렀다. 나에게 그토록 길게 느껴졌던 그 시간이 그에게는 얼마나 더 길었을까.

"안 돼! 절대로."

곧이어 다음 버스가 정류장에 멈추었다. 내가 버스에 올라 차창 옆에 자리를 잡고 다시 버스가 움직이는 동안 떨어뜨려진 그의 고개는 꼼짝도 하지 않았다.

★ 재회

포장마차에 한두 명씩 손님이 늘기 시작하더니 어느 결에 옆으로 펼쳐놓은 테이블까지 빈자리를 채웠다.

"안주 좀 더 드릴까요?"

포장마차 주인의 상술은 능란했다. 자리를 비워달라는 이야기를 그런 식으로 우회적으로 표현할 수 있는 술집 주인이 얼마나 될까. 셈을 치르고 포장을 들추는데 휴대폰이 울렸다. 하지만 미리 도착한 친구들 중 한 녀석이 분명했으므로 받지 않았다. 대학병원으로 건너가는 신호등 앞에서 한 번 더 초록신호를 걸러 보내고서야 길을 건널 수 있었다. 횡단보도를 지나 병원 입구로 향하는데 휴대폰이 울렸다. 이번엔 아내였다.

"여보. 나야."

오가는 차들의 경적소리 때문에 아내의 목소리가 잘 들리지 않았다.

"여보세요. 뭐라구?"

"생각해 봤는데 나도 가봐야 할 것 같애……."

영안실 14호

살아생전 웃는 모습을 찾아보기 힘들었던 그가 네모진 틀 속에서 환하게 웃고 있다. 그의 아내와 까만색 양복을 입혀놓은 세 살

배기 아들이 빈소를 지키고 있었다. 아이의 무표정한 얼굴이 현우를 빼닮았다. 웃고 있는 현우의 사진을 향해 두 번 절을 하고 그의 아내와 마주 앉으니 나를 유심히 바라보던 아들 녀석이 제 엄마 품에 안겼다. 그의 아내의 얼굴은 지쳐보였지만 나름대로는 의연함을 잃지 않고 있었다.

"간암을 앓고 있는 줄 몰랐습니다. 미리 알았으면 일 당하기 전에 얼굴이라도 한번 보는 건데."

"그이 죽기 전에 많이 보고 싶어 했었어요. 그런데 굳이 연락은 못하게 하데요. 사람이 고집은 왜 그리 세던지."

딱히 다른 말을 하기에도 어색하여 웃고 있는 그의 사진을 바라보았다.

"영정사진도 그이가 직접 골라놓은 거예요. 웃는 얼굴로 기억되고 싶다고……. 웃으면서 찍은 사진이 없어서 결혼식 사진 중에서 하나 간신히 골랐죠."

다른 할 말이 없어 나는 아이의 어깨에 묻은 머리카락을 떼어내면서 어깨를 쓰다듬었다. 빈소에서 물러나 다른 친구들이 모여 있을 식당으로 자리를 옮기려는데 그녀가 나를 불렀다.

"저 희주씨는 같이 못 오셨나요?"

"집사람은 조금 있다가 따로 올 겁니다."

"다행이네요. 그이가 보고 싶어 했거든요."

나는 그 말에 짐짓 놀라 그녀의 얼굴의 똑바로 쳐다보았다. 하지만 그녀의 얼굴 어디에도 원망 혹은 냉소의 냄새는 묻어나지 않았다. 식당으로 올라가는 계단에서 나는 주머니 속의 휴대폰을 꺼내 단축번호를 누르려다 망설였다. 잠시 번호판을 엄지로 문지르다가 다시 주머니에 넣고 계단을 올라갔다.

★ 고백

#1 거실 (밤)

희주 : 아이가 아빠를 많이 닮았더라!

나 : 누구 말이야?

희주 : 현우씨 아이.

나 : 아이가 아빠 닮는 게 당연하지.

#2 방 (침실)

희주 : 사실은 그 뒤에 나 혼자 현우씨 면회 간 적 있었어.

나 : …….

희주 : 현우씨에게도 한번은 기회를 줘야 할 것 같았지. 당신과 밤새운 그 여인숙에서 같이 누웠는데……

나 : 그만하자!

희주 : 죽은 사람한테 질투하니?

나 : …….

희주 : 현우씨가 내 어깨를 꽉 쥐고 벌벌 떨다가 뭐라고 했는
지 알아?

나 : …….

희주 : 나더러 당신에게 가라고, 그래야 그리울 때 얼굴이라도
볼 수 있을 것 같다고…….

나 : 그래서 나랑 결혼했니?

희주 : 나는 현우씨가 자기 닮은 아이를 낳을 수 없는 줄 알았어.

3 주방 (식탁)

나 : (냉장고를 뒤지며) 소주 사다 놓은 거 없나?

희주(목소리) : 냉장고 안쪽에 내가 먹다 남은 거 있어.

꺼칠이
바보

이 세상 어디가 숲인지,
어디가 늪인지

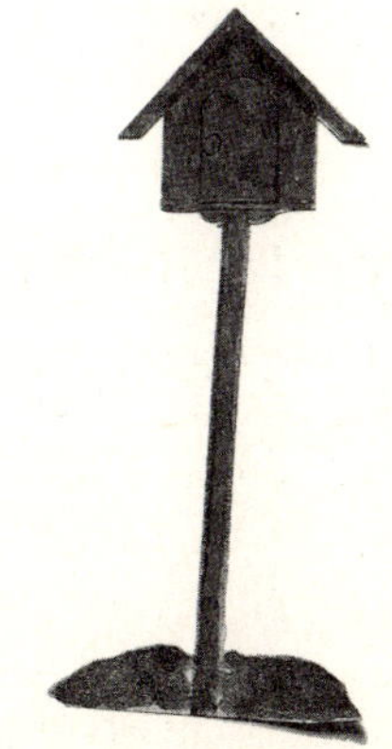

　쫓겨나듯 학교를 졸업하고 취직을 하고, 결혼을 하고 아이를 낳고, 그 아이가 조금씩 자라 뒤뚱거리며 일어나더니 '아빠' 하고 소리를 내어 온 식구를 까르르 놀라게 하는 통에 정신이 팔린 우리는 어느새 서른이 되어버린 줄도 몰랐다.

　지난 70년대와 80년대는 우리 모두를 치열한 싸움꾼으로 만들었지만 세기말로 치닫는 90년대 한복판에서 정작 누구를 향해 주먹을 뻗어야 하는지 알 수 없었다. 도망쳐버린 황제의 빈 궁전을 지키는 중세의 기사처럼 더 이상 누구를 위해 싸워야 할지 몰랐던 우리는 서로를 물고 할퀴다 결국 상처를 주고받으며 절망해 갔다. 더 이상 가야 하는 길을 알려주는 지도는 없었다. 생각해보면 '별이 빛나는 창공을 보고 갈 수가 있고 또 가야만 했던' 지난 스물 언저리는 얼마나 행복했던가.

　오래전 소리 소문 없이 사라졌던 이들이 하나둘 다시 모습을 드러내더니 저마다 비빌 언덕을 찾아 다시 숨어들었다. 감옥을 나온 친구는 학원 강단에서 예전 자신이 품었던 꿈을 팔았다. 현장으로 들어가 선반을 돌리던 친구는 거창한 자아비판을 거친 뒤 세계화의 전도사가 되었다. 그리고 나머지 대부분은 자유로부터 끊임없이 도피한 끝에 일상의 숲에 묻혔다. 숲속에선 숲을 보지 못한다. 모두들 제 앞의 나무만 파먹으며 햇빛을 가로막는 숲을 탓했다. 어디가 숲인지 어디가 늪인지도 모른 채 발을 디뎠다.

아직도 우리에게 남은 꿈이 있었던가.
화려하지만 모두에게 춥고 험하기만 했던 이 도시의 초라한 문턱에서 아직도 간절히 21세기를 꿈꾸는 이가 있었던가.

초라한 나의 어깨가 몇 개의 풍경 속에 비친다.

괴로울 땐 슬픈 노래를 부른다

★ 필름이 끊겨 다행이지

"제2의 중동 붐 가능성도 있고 하니까 당분간은 건설주가 상종이야. 좀 더 장기적으로 본다면 통신 관련 주식이 괜찮을 것 같고. 야! 너희들 월급 받아 한푼 두푼 적금 부어갖고 언제 집 장만 할래?"

불판에 듬성듬성 놓인 삼겹살에서 매캐한 탄내가 피어올랐지만 용석에게 쏠려 있던 모두의 시선은 움직일 줄 몰랐다.

"이번 문민정부에서 최우선적으로 내세우는 게 뭐냐? 세계화 아니냐. 세계화. 세계화라는 게 따지고 보면 국경을 없애겠다는 얘긴데 주식시장에도 국경이 없어진다고 보면 확실해. 이건 기회라구."

친구들 중 가장 먼저 과장 타이틀을 달게 된 용석의 승진축하를 겸한 모임이었다.

"용석아, 그런데 원래 증권사 직원은 법적으로 주식투자 못 하는 거 아니니?"

봉수의 뜬금없는 질문에 한바탕 웃음이 터지고 나자 용석은 대답 대신 안쓰럽다는 듯 봉수를 일견한 다음 다시 말을 이었다. 잠시 흩어졌던 시선들이 다시 용석에게 모여들었다. 그의 왼편에 앉아 있던 지하철 기관사이며 노조활동에 열심인 철환이의 얼굴이 이야기 중간 중간에 벌레 씹은 하마처럼 변하긴 했지만 주식시장에 대한 그의 분석은 꽤나 냉철하고도 논리적이었다. 그의 말이 얼마나 설득력이 있었는지 다른 좌석에 앉은 낯모르는 사람들까지도 힐금거리며 우리 쪽으로 시선을 보낼 정도였다. 봉수 앞에 놓인 술잔이 비어 있는 것을 알아차린 것은 화제가 국내를 벗어나 미국 증시에 대한 내용으로 옮겨갔을 때였다. 잔을 채우자 봉수는 기다렸다는 듯이 단숨에 잔을 비우더니 인상을 찌푸리며 불판 위의 안주를 뒤잡거렸다. 다시 잔을 채우며 문득 봉수가 구청의 말단 공무원이 아니라 사무관 정도의 고급공무원이었다면 내가 그의 빈 잔에 술을 따를 기회가 그리 많지는 않았을지도 모른다는 생각이 들었다.

"요즘도 공부 계속하니?"

"포기한 지 오래야. 아무래도 말단공무원으로 뼈를 묻어야 할 것 같다."

　대학 시절부터 십년을 넘게 기술고시에 미련을 버리지 못했던 봉수였다. 졸업 후 2차 시험에서 연거푸 두 번을 낙방하고도 희망을 버리지 않았었다. 이듬해 세 번째 시험을 치르고 나를 찾아와 이번에는 뭔가 될 것 같다는 자신감을 표현하기도 했지만 결과는 다르지 않았다. 만일 그가 지금의 아내 대신 고시원으로의 장기 입주를 선택했다면 결과가 달라졌을까. 봉수는 말단공무원을 선택한 대가로 그의 아내와 결혼할 수 있었다. 다른 남자와 선을 보겠다며 시위를 하던 그의 아내를 탓할 수는 없는 일이었다. 협박에 가까웠던 아내의 말에 따른 것이 결과적으로 현명했다고 볼 수도 있었다. 하지만 봉수의 미련은 결혼을 하고도 쉽게 사그라들지 않았다. 구청에 근무하면서도 비록 당장은 이룰 수 없게 되었지만 늘 들고 다니던 두툼한 가방 속에는 잠시 보류해 둔 꿈을 싸 짊어지고 있었으니 말이다. 그러던 봉수가 무거운 가방을 드디어 내려놓은 것이다. 솔직히 말해서 나로서는 조금 서운한 생각이 들었다. 봉수가 짊어지고 다니던 꿈이 현실적으로 이루기 어려운 것이었다면 그에 비해 당시 내가 꾸던 꿈은 더욱 터무니없고 허무맹랑한 것이었기 때문이었다. 그래도 한때는 고지를 코앞에 두었을 만큼 실현 가능성이 충분히 있는 꿈을 꾸었던 봉수. 그도 현실과 타협하는 마당에 나는 도대체 무슨 배짱으로 엉뚱한 글쓰기에 매달렸는지 스스로도 이해하기 어려운 일이다.

　"다우존스를 유심히 봐야 하는 이유가 거기에 있는 거야. 나스

닥도 마찬가지야. 지난 일 년 동안 나스닥과 코스닥의 상관관계를 유심히 보면 말이야……."

종업원이 불판을 갈고 새로 주문한 고기를 얹어놓도록 용석의 일장연설은 끝이 날 줄 몰랐다.

"훈아 나 먼저 일어날게. 우리 애가 감기가 걸려서……."

그 자리에 모인 누구도 봉수를 붙잡지 않았다. 나 역시 의례적인 인사말로 그를 보냈다. 카운터 입구에서 벗어놓은 신발을 찾지 못해 한참 동안 두리번거리는 봉수의 처진 어깨가 몇 차례 눈에 들어왔지만 우리들 중 아무도 관심을 보이는 사람은 없었다. 용석의 이야기가 주가지수 선물거래에 관한 내용으로 옮겨지며 분위기가 조금 시들해졌다. 몇 순배의 술잔이 더 돌고나서 용석이가 이차를 제안했다.

"근처에 괜찮은 단란주점이 있는데 말이야……."

만만찮은 술값을 미리 셈하고 있었던지 모두들 머뭇거리는데 옆에 앉은 성수가 용석에게 승진 턱 내는 거냐고 묻자 용석이가 선심이나 쓰듯 큰소리를 쳤다.

"좋아. 이차 술값은 내가 카드로 긁을 테니까 그중 절반만 너희들이 나누어서 계좌로 송금해!"

그 전에도 한두 번쯤 단란주점 출입을 안 해본 것은 아니었지만 용석이가 단골로 삼고 있는 곳은 수준이 달랐다. 바닥에 깔린 대리석이며 룸으로 이어진 복도에 야광을 입혀 놓은 아슬아슬한 반라의 사진들 그리고 룸의 문을 열었을 때 테이블위로 수백 개의 수정 구슬을 달고 은근한 조명을 비추는 샹들리에를 보는 순간 초저녁에 마신 술기운이 싹 가시면서 더럭 겁이 났다. 단란주점이라기보다 룸살롱에 가까운 분위기였다. 술값도 술값이었지만 뭔가 어울리지 않는 곳에서 느끼는 낯섦에 대한 두려움이었다. 이런저런 핑계로 술자리를 피한 녀석들을 빼고 결국 끝까지 남아 용석이를 따라 그곳까지 온 녀석은 은행원인 성수, 지하철 기관사이며 노조활동에 열심인 철환이 그리고 나 그렇게 셋이었다. 나와 처지가 다를 바 없었던 녀석들 또한 조금은 주눅 든 표정으로 자리를 잡았다. 은행원인 성수로 치자면 고교시절부터 크게 두드러지는 일없이 만사에 무난했던 친구였다. 그럭저럭 삼류를 면한 대학에 입학을 하고 졸업 후 은행에 취직을 하여 지금에 이르렀다. 굳이 걱정거리라면 곧 있을 승진평가에서 좋은 점수를 따는 일 정도였다. 반면 지금의 철환이는 학창시절 그의 모습과는 좀 다른 구석이 있었다. 비록 적성과는 상관없이 간판만을 따기 위해 들어간 대학이라고는 하지만 명색이 컴퓨터를 전공한 녀석이 지하철 기관사가 되겠다고 한 것도 그랬고, 대학시절 단 한 번도 데모에 참가해본 적이 없던 녀석이 느닷없이 노조 지회장을 맡은 것도 그랬다. 가끔 나와 용석이에게 학창시절에 읽었던 이념 서적들을 빌려다 읽을 만큼 녀석의 철지난 의식화는 좀 엉뚱한 데가 있었다.

용석은 웨이터를 불러 익숙한 톤으로 낯선 이름의 술과 안주를 주문했다. 나는 태연한 체했지만 푹신한 좌석이 불편했다. 모르긴 해도 나머지 두 녀석도 별반 다르지 않았을 터였다.

"아가씨 넣을까요?"

"당연하지. 늘씬한 애들로 선 좀 보여 봐!"

문득 용석의 아내가 떠올랐다. 노동현장에 들어갔던 용석이 수배령으로 피신 중이었을 때 그의 아내가 나를 찾아왔었다. 만삭에다 임신중독까지 겹쳐 얼굴이 축구공처럼 부어오른 그녀는 회사 근처 커피숍 구석자리에서 식은땀을 닦고 있었다. 옷가지를 챙겨 넣은 가방을 나에게 전하며 용석에게 전해달라고 부탁하던 그의 아내. 그녀는 지금 남편 모습에 만족하고 있을까. 기약도 없이 숨어 다녀야 했던 당시보다야 잘 나가는 증권사의 과장 사모님으로서의 지금의 처지가 그리 나쁘지는 않으리라.

"오빠, 술 한 병 더 시킬까?"

1리터짜리 양주가 바닥을 드러낸 채 쓰러져 있었다. 미스진이라고 했던가. 파트너 여종업원이 내 겨드랑이에 팔을 집어넣으며 한 손으로 빈 술병을 가리켰다. 고개를 들어 용석이 쪽을 힐긋 바라보았다. 얼굴을 제 파트너의 가슴에 묻고 한 손은 스커트 밑을 열심히 더듬고 있었다. 술 한 병을 추가할지 말지를 물어볼 만한 분위기는 아니었다. 은행원 성수 쪽도 별반 다르지 않았다. 철환이는 어느새 취해버려 파트너의 어깨에 기대 눈을 감고 있었다. 새로 양주 한 병과 안주가 테이블에 놓이고 나는 미스 진에게 노래를 청했다. 하지만 내가 청한 김수희의 노래를 그녀는 알지 못했다. 그녀가 불러주겠다던 최신가요는 내가 아는 곡이 아니었다. 나는 할 수 없이 마이크를 잡았다. 노래 제목과 번호가 적힌 색인북을 뒤적이는데 마침 〈꿈〉이 있었다.

저마다 간직했던 꿈을 잃고 헤매던 그 시기를 이 가사만큼 적절하게 이야기한 노래가 또 있을까.

화려한 도시를 그리며 찾아왔네.
그 곳은 춥고도 험한 곳.
여기저기 헤매다 초라한 문턱에서
뜨거운 눈물을 먹는다.
머나먼 길을 찾아 여기에 꿈을 찾아 여기에
괴롭고도 험한 이 길을 왔는데
이 세상 어디가 숲인지 어디가 늪인지
그 누구도 말을 않네. [13]

그날의 단란주점처럼 화려한 도시, 우리 모두들 나름의 머나먼 길을 떠나 꿈을 찾아왔는데. 춥고도 험한 빌딩 숲을 헤매고 초라한 골목에서 남몰래 뜨거운 눈물을 마셔야 하는 서른 살의 우리들. 가야 할 곳은 어딘지 이 도시의 한복판에 초라하게 뜬 저 별은 나의 꿈을 알까. 슬퍼지면 차라리 눈을 감지, 이 세상 어디가 숲이며 어디가 늪인지 누군가 말해 줄 수만 있다면……

목에 맨 넥타이가 서른 살 낡은 꿈을 조여 온다.

나의 노래가 끝났지만 박수를 쳐주는 사람은 감정노동자 미스 진 말고는 없었다. 은행원 성수가 윤수일의 〈아파트〉를 부르고 용석이가 제 파트너와 부둥켜안은 채 나훈아의 〈사랑〉을 불렀다. 철환이가 마이크를 들고 반주기 앞으로 나왔다. 분위기에 어울리지 않는 그 노래가 하필 철환이의 눈에 들어온 게 화근이었다. 철환이는 두 개의 번호를 반주기에 입력했다. 〈그날이 오면〉을 따라 부르는 동안은 조금 어색한 분위기가 만들어졌을 뿐 별 문제는 없었다. 그런데 연거푸 신청한 노래 〈광야에서〉를 부르는데 용석이가 기어코 한마디를 던졌다.

"야 새꺄! 지금이 시대가 어떤 시댄데 아직도 운동가요 타령이야?"

"뭐 새꺄! 그래서 잘난 너는 돈타령에 주식타령이냐?"

---

13) 꿈 : 조용필 작사 작곡 〈조용필 13집〉 앨범에 수록

동석했던 우리 네 사람 모두 공식적으로는 그날의 일을 기억하지 못한다. 삼겹살 안주와 함께 마신 전작에서 꽤 취했던 데다가 이차로 문제의 그 단란주점에서 일 리터짜리 양주를 두 병이나 마셨으니 필름이 끊길 만도 하지 않겠는가. 용석이의 깨진 안경이나 철환이의 부러진 앞니는 누군가와 치고받아서 생긴 게 결단코 아니었을 것이다. 그 정도의 상처는 술이 덜 깬 채 귀가하다보면 전봇대와 부딪혀 흔히 생길 수 있는 것 아니겠는가. 성수의 와이셔츠가 찢어진 것이나 내 양복 주머니가 뜯어진 것도 꼭 그 자리에서 싸움을 뜯어 말리다가 그랬다고 단정지을 수는 없는 일이다. 오히려 몇 천원 모자란 택시 요금 때문에 기사와 실랑이를 하다 생겼을 가능성이 높았다. 물론 그날 단란주점까지 함께했던 우리 네 사람은 필름이 끊기는 바람에 기억이 나지는 않지만 말이다.

다만 먼저 자리를 파하고 일어섰던 봉수가 집에 돌아가지 않고 근처 포장마차에서 혼자 술을 마시다가 우연히 우리를 보았다는 이야기를 다음번 모임에서 했지만 그날도 말단공무원인 그의 말에 귀를 기울이는 사람은 없었다.

친애하는 민형에게

가을입니다.

민형이 회사를 떠나고 어느덧 한 해가 지났군요.

지난 일 년은 임원들로부터 생산직의 말단 신입사원까지 회사에 남아 있는 모두에게 참으로 힘든 한 해였습니다. IMF 이후 급여를 동결하고 이전까지 지급하던 각종 수당을 삭감할 수밖에 없었던 회사의 사정이야 민형도 잘 알겠지요. 모두의 노력 덕택이었는지 다행히 회사는 위기를 넘겼습니다. 게다가 이번 추석을 앞두고 외환위기 이후 생각할 수도 없었던 상여금 지급이 결정되어 모처럼 직원들의 얼굴이 밝아지기도 했지요. 오늘 퇴근 후 오랜만에 우리 부서 회식이 있었습니다. 큰형님 역할을 변함없이 맡아 하시는 박 부장님부터 막내 수진씨까지 한자리에 모두 모여 정말 오랜만에 즐거운 시간을 보낼 수 있었지요. 이번에 주임으로 나란히 승진한 임 주임과 서 주임 그리고 민형이 하던 역할을 나름대로 잘 해내고 있는 명 대리 모두 서로의 그동안 노력을 치하하며 다같이 술잔을 들어 건배도 하였습니다. 그간 같이 고생해 주어서 고맙다는 말을 하며 일일이 잔을 권하는 부장님이 나의 어깨를 두드릴 때 문득 민형의 얼굴이 떠올랐습니다. 우리가 치른 고생이 아무리 컸던들 민형의 그것만 했겠습니까. 안주로 나온 돼지목살을 뒤집다가 나는 하마터면 민형의 이름을 꺼낼 뻔 했습니다. 돼지목살은 윗부분이 노릇노릇하게 살짝 변하며 기름이 흐를 때 뒤집어야 가장 맛있게 익는다는 것을 알면서도 나는 아직도 그 타이밍을 정확히 맞추지 못합니다. 한 입에 쏙 들어가도록 마침맞게 가위로 자르는 일도 쉬운 일은 아니지요. 회식 때마다 '목살재단사'라는 짓궂은 별명을 들어가면서도 항상 집게와 가위를 들었던 민형. 적당히 익은 고기를 한 점씩 앞 접시에 놓아주고 이마에 매달린 땀을 훔치며 〈위하여〉를 선창하던 민형. 나는 오늘도 돼지목살의 한쪽 면을 새까맣게 태우고 말았지요. 차마 입 밖에 내지 못해서 그렇지 내가 그랬던 것처럼 그 자리에 있던 모두들 거뭇하게 그슬린 고기를 보며 민형을 생각했을지도 모릅니다.

지난번 안산에 있는 거래처를 다녀오다가 민형을 보았습니다. 한참을 망설였지만 나는 민형을 부르지 못하고 그냥 되돌아오고 말았지요. 그래도 다행이라고 생각했습니다. 시멘트 포대를 어깨에 지고 공사현장을 오르는 민형의 얼굴이 비록 검게 그을리긴 했어도 눈가의 잔주름과 함께 지어지던 특유의 미소는 아직 남아 있었기 때문입니다. 락커가 꿈이었다고 했지요. 민형이 당당하게 자신의 꿈을 이야기할 때 나는 내심 놀랐습니다. 다른 곳도 아닌 신입사원 면접장에서 학창시절의 꿈이 무엇이었느냐는 질문에 그렇게 대답할 수 있는 사람이 그리 많지는 않을 것입니다. 적어도 면접관을 만족시킬 만한 대답은 아니었으니까요. 흔해 빠진 모범답안으로 판검사가 꿈이었다고 대답했던 내가 민형에게 묘한 열등감을 느꼈던 것을 이제야 고백하게 됩니다. 사실 민형에 대한 열등감은 두고두고 남아 나란히 영업부서에 배치를 받고 같은 사무실에서 근무하던 십여 년 동안 내내 계속되었습니다. 때론 질투심으로 때론 선의의 경쟁이라는 이름으로 포장되어 가끔 그 모습을 드러내기도 했었죠. 지금 생각해 보면 참 부끄러운 일입니다. 그해 승진인사가 발표되던 날 전전긍긍 내 앞에서 어쩔 줄 모르던 민형. 자리를 지키고 앉아서 직원들의 축하를 받고만 있어도 누구 하나 민형을 탓할 사람은 없었을 것입니다. 굳이 거래처에 갔다가 퇴근 무렵이 다 되어 사무실로 돌아오는 나를 회사 앞에까지 나와 기다릴 필요는 없었지요. 억지로 나를 끌고 근처 찻집으로 가서도 차마 혼자 승진했다는 말을 쉽게 꺼내지 못하고 빙빙 이야기만 돌리던 민형. 내가 참 속이 좁았지요.

"민과장 축하해! 나야 이 회사에서 과장 타이틀 달아보긴 글렀고 다른 일자리 알아봐야지!"

어떻게든 나를 위로하려는 민형의 본심을 몰랐던 것도 아닌데 자꾸만 나의 말은 엇나가기만 했습니다. 그날 저녁 민형의 승진 축하주로 시작된 술자리는 결국 나의 위로주로 바뀌어 자정을 넘기고 민형은 회사 앞 가로수 밑에서 밤새 먹은 술을 토해내는 나의 등을 두드리며 과장으로서의 첫날을 맞았지요. 혹시 그 일 때문이었나요? 일 년 전 민형이 결국 스스로 총대를 메게 된 진짜 이유 말입니다.

　며칠 전 한 차례 비가 내리더니 조금씩 찬 기운이 느껴지는군요. 해가 떨어지고 나면 반팔 남방에 드러난 팔뚝으로 으스스 소름이 돋기도 하는 게 가을비가 한 번 더 오고나면 회사 앞 가로수의 은행잎도 노랗게 옷을 갈아입겠지요. 부질없는 생각이겠지만 변하지 않는 건 회사 앞 은행나무뿐이란 느낌입니다. 우리가 면접을 치르던 날 초조한 얼굴로 그 은행나무 밑동에 담배꽁초를 수북이 떨구던 때부터 십년 가까이 우리를 지켜보던 그 나무는 민형이 떠나고 다시 계절이 바뀌도록 무던한 장승처럼 그 자리를 지키고만 있습니다. 작년 이맘때였지요. 은행나무 잎이 색깔을 조금씩 바꾸려 할 즈음. 민형이 결심을 굳히고 우리 부서 전원이 단합대회를 핑계로 떠났던 여행 말입니다. 기억하시나요? 가을을 코앞에 둔 대천 앞바다는 참으로 아름다웠습니다. IMF의 여파로 긴축에 긴축을 해오던 회사에서 결국 중견 사원을 대상으로 구조조정 명령을 내린 뒤였습니다. 최하 1명 이상의 대상자를 결정해야 했던 우리 부서. 명령이 떨어지고 부장님의 줄담배는 늘어만 갔고 사무실내 금연서약으로 한 번 흡연시마다 천원의 벌금을 내야 하는 규칙에 따라 부장님은 막내 수진씨에게 매일 만원의 상한선 정액벌금을 물어야 했습니다. 형님께서 하시는 사업을 돕기로 했다고 말했었죠? 민형이 사직서와 함께 꺼냈던 그 이야기를 우리 모두는 믿었습니다. 아니 억지로 믿고 싶어 했었습니다. 외환위기의 한복판에서 동생의 손을 빌려야 할 만큼 잘되는 사업이 도대체 무엇일까 한번쯤 민형에게 꼬치꼬치 물었어야 했는데, 솔직히 말해서 민형이 어렵게 굳힌 결심을 혹시나 다시 거둬들이지 않을까 하는 얄팍한 이기심이 자꾸만 발목을 붙들었습니다.

아! 가을을 코앞에 둔 대천 앞바다.

해 저문 백사장에 하얗게 부서지는 파도처럼 짜릿했던 노천카페의 맥주거품. 그리고 노란색 조명 아래에서 즉석으로 펼쳐진 노래와 춤. 그 순간만큼은 막내 수진씨부터 맏형 부장님까지 모두 형제가 되어 아름답게 취할 수 있었습니다. 부장님의 유일한 애창곡 〈사랑만은 않겠어요〉는 그날도 결국 장타령이 되고 말았지만 한껏 물이 오른 우리의 축제의 열기는 식지 않았습니다. 막내 수진씨가 좋아하는 최신가요를 제쳐두고 〈사랑밖엔 난 몰라〉를 부를 때 나를 덥석 끌어안고 블루스를 추기 시작한 민형 덕분에 간이 무대가 온통 남자들의 요염한 춤판이 되었던 기억이 새롭군요. 락커가 꿈이었던 민형의 노래는 역시 압권이었습니다.

푸른 언덕에 배낭을 메고
황금빛 태양 축제를 여는
광야를 향해서 계곡을 향해서

먼동이 트는 이른 아침에
도시의 소음 수많은 사람
빌딩 숲속을 벗어나 봐요.

메아리 소리가 들려오는
계곡속의 흐르는 물 찾아
그곳으로 여행을 떠나요
메아리 소리가 들려오는
계곡속의 흐르는 물 찾아
그곳으로 여행을 떠나요 [14]

우리 일행뿐 아니라 구경하던 주변 사람들까지도 무대로 올라와 트위스트 잔치를 벌이게 했던 민형의 신나는 노래가 후렴구부터 왠지 서글프게 들렸던 것은 나만의 느낌이었을까요.

"우리 바다에 한번 들어갈까?"
그날의 축제가 끝이 날 무렵 주섬주섬 짐을 챙기고 숙소로 향하려는데 명 대리의 조금 취한 목소리가 들렸습니다. 다들 취한 탓이었겠지요. 바다에 몸을 담그기에는 바람이 제법 차가웠지만

———

14) 여행을 떠나요 : 하지영 작사 조용필 작곡 〈조용필 7집〉 앨범 수록

명 대리의 뒤를 이어 임 주임과 서 주임이 썰물 때가 되어 폭이 길어진 백사장을 가로질러 뛰어나갔습니다. 팔을 잡아끄는 나의 손을 끝내 뿌리친 부장님을 제외하고 모두들 그 뒤를 이었죠. 파도소리가 선명하게 들릴 만큼 가까워졌을 때 우린 팬티까지 벗어 던졌습니다. 멀리서 막내 수진씨를 비롯한 여직원들의 비명인지 환호성인지 모를 소리가 들려왔지만 아무도 머뭇거리지 않았습니다. 달빛에 반사된 허연 엉덩이들이 검푸른 바다 위를 둥실거리며 떠다니고 우리는 차가운 줄도 모르고 바닷물을 서로에게 끼얹으며 괴성을 질렀죠. 광란과도 같은 시간이었습니다. 한참 뒤, 귀에 익은 목소리가 들렸습니다. 망설이던 부장님이 어느 틈에 팬티를 벗어 던지고 바다로 뛰어들었습니다.

"야 인마! 민 과장 잘 살아야 돼!"

파도소리에 섞여 잘 알아들을 수는 없었지만 부장님의 목소리가 어둠 속에서 들렸던 것도 같습니다. 옷가지를 챙기고 한기에 벌벌 떨면서 백사장을 걸어 나오는데 짠 바닷물 때문이었는지 모두의 눈자위가 벌겋게 달아올라 있었습니다.

오늘 이차로 자리를 옮긴 노래방에서 내 차례가 되었을 때 지난번 민형이 불렀던 〈여행을 떠나요〉를 내가 대신 불렀습니다. 나의 목소리가 민형의 그것과 비교되었기 때문인지 이미 취기가 올라 있던 부장님이 노래방을 나서는데 내 어깨를 치며 묻더군요.

"민과장은 연락 있냐? 한번 봐야 할 텐데."

목소리는 공허했습니다. 그동안 부장님의 주량도 많이 약해졌더군요. 모두들 돌아가고 회사 앞에서 택시를 잡으려는데 생목이 오르는지 몇 차례 걱걱대며 트림을 하던 부장님이 기어코 은행나무 밑동에 오늘 먹은 술이며 안주를 게워내고 말았습니다. 부장님의 등을 두드리는데 노르스름 색 바랜 은행잎 하나가 떨어지는군요. 엉뚱하게도 이제껏 우리를 지켜준 것이 회사 앞 이 은행나무가 아닐까 하는 생각이 들었습니다. 비록 우리는 그의 밑동에 먹다 지친 술과 안주를 토해 놓기만 하지만 그는 묵묵히 우리를 내려다봐 주는 아낌없이 주는 나무.

민형

당신이 닮고 싶어 했던 것이 바로 회사 앞 은행나무는 아니었나요. 택시를 잡아 부장님을 먼저 보내드리고 나무 밑에서 다시 택시를 기다리며 그런 생각을 했습니다. 어디서든 이 나무처럼 누군가 가만히 지켜봐 주고 있을 민형.

부디 행복하소서……

일편단심 민들레

총구는 대머리가 멈춰 서게 될 지점을 겨냥했다.

구소련 특수보병 출신 스나이퍼, 그는 소문대로 전문가였다. 대머리가 탄 승용차는 마치 약속이나 한 것처럼 사전답사에서 그가 점찍은 장소에 정확히 멈췄다. 스나이퍼는 독일 HK제 PSG-1에 장착된 6배율 고정 스코프에 눈동자를 고정시켰다. 표적과의 직선거리는 520m, 탄젠트가늠자는 이미 그 거리에서 명중률 최적으로 조정되어 있었다. 이제 대머리의 관자놀이가 스코프 중앙으로 들어오기만 하면 된다. 스나이퍼는 오른손 검지 끝마디를 천천히 방아쇠에 걸었다. 스코프 렌즈에는 어지럽게 출몰하는 검정 양복의 사내들이 잡혔다. 그리고 사내들의 어깨 사이로 은색 승용차가 들어왔다. 의열단21의 행동단원 C1은 휴대폰에 저장해 두었던 문자를 날렸다. 00-1, 문자를 받은 단원들은 각자 자신이 맡은 행동에 들어가게 된다. 그의 손을 떠난 문자는 의열단

21 소속의 A, B, C 그룹으로 동시에 전달될 것이다. 그리고 프로파간가를 책임진 B 그룹 단원들은 계획된 채널과 매체를 통해 순식간에 전국으로 그리고 전 세계로 의열단21의 생생한 모습을 전파할 것이다. 퇴로를 맡은 C2와 C3는 각각 오토바이의 시동을 걸고 로프를 당겼다. 총성과 함께 스나이퍼와 C1 요원을 하강시켜줄 로프는 단단히 튜닝된 콘트라베이스의 2번과 3번 현처럼 건물 벽면을 사선으로 베어내며 팽팽한 평행선을 그었다. 강변도로 입구 제1목 지점의 C4 역시 장애물 매트의 안전장치를 풀고 퇴로 확보를 위한 만반의 준비태세에 들어갔다. 이제 의열단21의 거사는 스나이퍼의 손가락에 달려 있다. C1은 안주머니에 손을 넣어 38구경 리볼버를 손에 쥐었다. 장전된 탄환은 두 개, 하나는 스나이퍼가 실패했을 경우 그를 제거하기 위한 것이며 또 하나는 C1 자신을 위한 것이었다. C1은 손을 안주머니에 그대로 둔 채 견착하고 있는 스나이퍼의 어깨를 응시했다. 그의 어깨에서 미세한 경련이 일었다. 소련 출신 전문 저격수는 표적에 명중하는 순간의 쾌감을 무엇으로도 표현할 수 없다고 했다. 긴장감이 최고조에 이르렀을 때 아랫배에 전해지는 싸르라한 통증 그리고 부신수질을 찢으며 화산처럼 폭발하는 아드레날린의 오르가슴.

　승용차의 문이 열렸다. 감색 정장을 말끔하게 차려입은 대머리와 그의 아내가 모습을 드러냈다. PSG-1 스코프 렌즈에 희끗희끗 뒤통수가 비쳤다. 스나이퍼는 서두르지 않는다. 스코프 정

중앙에 놈의 관자놀이가 정확히 들어오기를 기다린다. 승용차가 멈춘 골목은 초입부터 사람들로 찼다. 그의 골수 지지자들과 인근 주민들, 정복을 입은 경찰, 검정색 양복에 리시버를 꽂은 경호원. 대머리는 사람들을 향해 손을 흔들며 인사를 나눈다. 사람들의 질문에 대답하면서 고개를 끄덕이는 바람에 그의 관자놀이를 정조준하기란 좀처럼 쉬운 일이 아니다. 베테랑 스나이퍼의 손에 땀이 배어나온다. 방송 기자의 카메라가 들어오고 인터뷰가 시작되자 대머리의 움직임이 한 자리에 멈추고 스코프 렌즈 중앙에 그의 옆얼굴이 들어온다. 기자의 질문에 대머리가 대답한다. 그의 입놀림에 맞춰 관자놀이에 파르스름하게 돋은 동맥이 꿈틀거린다.

스나이퍼는 기회를 놓치지 않는다.

"기다려. 기다려. 기다려!"

C1 이 마음속으로 외쳤다.

잠시 후 총성이 울렸다. 빠르게 세 번.

관자놀이에 찍힌 세 개의 탄착군에서 피가 솟구쳤다. 감색 정장을 걸친 어깨가 움찔하는가 싶더니 어깨 위에 달려있던 대머리의 두개골이 형체도 없이 날아가 버렸다. 동시에 스나이퍼의 부신수질이 아드레날린의 압력을 견디지 못하고 폭발한다. 스나이퍼는 몸을 돌려 순식간에 로프를 타고 건물 외벽에 사선을 그

으며 오르가슴을 만끽한다. C1 역시 옥상 난간을 타오르며 한손
으로 로프 손잡이를 움켜쥐었다. 두발로 난간을 박차면서 나머
지 한 손으로는 준비된 문자를 날렸다. 00-0, 차가운 바람이 얼
굴에 끼쳐왔다.

이 순간 의열단21 명의로 〈원흉을 처단하며〉라는 제목의 메시
지가 화산재처럼 사방으로 뿌려지고 있을 것이다.

"소설이라고 보기엔 리얼리티가 떨어집니다."

내가 쓴 첫 작품 〈의열단21〉에 대한 평이었다. 신촌의 한 대학
에서 주최한 〈사회교육원 부설 사회인 소설창작 과정〉은 주로 수
강생이 쓴 작품에 대해 의견을 주고받는 합평회 형식으로 진행되
었다. 합평은 작품에 대한 첫 발언자의 평가 수위에 따라 그 분
위기가 결정된다.

"요인암살이라는 설정이 우리의 현실과는 거리가 있다고 봅니
다. 총기 소지가 엄격히 제한된 한국 현실에서 첩보 영화와 같은
설정은 독자들에게 사실감을 주기 어렵습니다. 헐리우드 영화를
너무 많이 보신 거 아니에요?"

지난번 수업에서 사춘기적 감상주의라는 혹평을 받았던 독신
녀의 목소리였다. 지난번 자기작품에 대해 다소 야박하게 지적했
던 나에게 앙갚음이라도 하려는 듯 지적질을 계속 이었다.

"마지막 묘사 부분도 지적하고 싶어요. 아무리 빠른 저격수

라도 관자놀이에 탄착군을 형성하도록 명중시킬 수는 없어요."

독신녀가 물꼬를 트자 다른 동료들의 따가운 지적이 줄을 이어
터져 나왔다. 그 내용은 대략 다음과 같은 것들이었다.

- 인물들의 캐릭터가 너무 정형화되어 있다.(남, 30대 회사원;
이 인간은 직장 상사의 비리를 까발리는 작품을 쓴 적이 있는데,
감정의 절제가 전혀 없어서 누가 보더라도 소설을 핑계로 개인적
인 불만을 터뜨린 것으로 평가할 수밖에 없었음.)
- 주인공 C1이 겪고 있는 인간적인 고뇌가 보이지 않는다.(여,
20대 후반 대학원생; 가족 간의 갈등을 주제로 글을 썼으나 나
중에 알고 보니 기성작가의 작품을 일부 인용한 것으로 드러남)
- 의열단21이라는 조직이 현실적이지 못하다.(여, 30대 국어
교사; 전형적인 국어선생님다운 작품을 쓴 적이 있음, 특별한 지
적은 없었으나 매우 재미없고 지루한 소설이었음)
- 마치 80년대 노동소설이 공상만화 버전으로 개작된 듯하다.
냉정하게 말해 이런 소재로는 등단하기 어렵다.(남, 30대 잡지사
기자; 수강생 중 가장 밥맛없는 인간으로 3년 전 신춘문예 최종
심에 올랐던 경력을 매우 자랑스럽게 여김)

"이 작품의 주제는 너무 선명하고 강렬합니다. 정치적 거래로
전두환, 노태우 일당을 사면한 현 정부의 한계를 드러내고 직접

행동이라는 극적인 방식을 보여줌으로써 가장 첨예한 방식으로 화두를 던진 작품으로 생각합니다. 작품 곳곳에 그에 대한 복선과 비유도 적절합니다. 그것만으로도 리얼리티는 충분하다고 생각해요. 물론 앞에서 지적하신 분들의 말처럼 주인공 C1의 캐릭터나 의열단21의 구성 등등 디테일한 묘사가 부족한 것은 좀 더 보완이 필요할 수 있습니다. 하지만 시대가 요구하는 주제를 강하게 밀고나갔다는 점에서 이 작품의 진가가 드러났다고 봐요…… 사실 이런 정도의 스케일은 기성작가들의 몫이죠. 실제로 요즘 잘나가는 작가들 어때요? 자기 집 베란다에서 시니컬한 독백만 씹고 있잖아요? 습작을 하고 있는 우리까지 그들을 닮을 필요는 없다고 생각합니다."

그녀는 첫날 상견례에서 한때 노동자였다가 지금은 백수로 지내고 있다고 자신을 소개했었다. 〈의열단21〉은 육 개월 간의 소설 창작과정에서 내가 완성한 유일한 작품이었다. 엄밀히 말자자면 육 개월은 공식적인 기간이었을 뿐 실제 수업에 나간 것은 절반도 못되었다. 게다가 나는 그날 〈의열단21〉에 대한 합평 이후 단 한 번도 수업에 출석하지 않았다. 대신 그녀를 만났다. 유영순. 나와 동갑인 그녀는 단당한 사람이었다. 즉 단단하고 당당한 여자였다. 그녀의 얼굴과 몸피가 그랬고, 말과 생각이 그러했다. 남녀를 불문하고 이제껏 만났던 사람 중에 그렇게 단당한 사람은 보지 못했다. 가령 그녀가 나에게 했던 다음과 같은 말들에서 나는 그녀의 단단하고 당당한 모습을 확인할 수 있었다.

"야 새꺄! 어깨 힘 빼"(서먹한 사이끼리 처음 말을 트고 마음을 여는 데는 야자타임이 최고라며 자기 멋대로 야자타임을 시작하고 던진 첫마디. 거의 중년에 접어들기 시작한 남녀가 야자타임을 갖는다는 것이 다소 어색하고 생뚱맞은 일이었지만 그녀의 이 한마디 덕택에 십년지기 못지않은 편안한 대화를 나눌 수 있었음.)

"방귀 뀌어 괜찮아"(연거푸 마신 막걸리 때문에 부글거리기 시작한 내 뱃속을 눈치 채고 그녀가 나에게 던진 말. 실제 이 말을 듣고 나자 거짓말처럼 뱃속이 편안해졌음.)

"내가 딴 남자랑 잤거덩"(이혼하게 된 결정적 이유를 물었을 때 그녀의 대답. 그녀는 파전을 먹으며 덤덤한 표정으로 이 말을 한 후 마침 어금니 사이에 낀 파뿌리를 손가락으로 끄집어내고 잠시 웃었음.)

영순은 '노출'이었고 전 남편은 '학출'[15]이었다. 대부분의 학출들이 90년대 중반 문민정부가 들어서면서 노동 운동을 떠나 다

시 대학으로 돌아가거나 전력을 문제 삼지 않는 사교육 시장에
몸을 담았다.

"언젠간 자기 자리로 갈 사람이었으니까."

신촌시장 근처 실비집에서 막걸리를 한 대접 비운 영순이 파전
을 우적우적 씹으며 내 질문에 대답했다. 그리고 시원스러운 소
리를 내며 길게 트림을 뱉어냈다. 야자타임이 말 벽만 허문 것이
아니었다. 낯설었다. 하지만 거부감이 들지는 않았다. 신선한 호
기심이라고 할까? 소설을 써보겠다 작정하고 습작을 시작했던
터라 나에게 그녀는 흥미로운 캐릭터로 느껴졌는지도 모른다. 그
녀의 전남편은 강남 학원가에서 이름만 대면 알만한 유명강사가
되어 있었다. 전남편에 대해서도 마치 자신과 무관한 먼 친척 이
야기하듯 말하는 그녀. 나는 그 모습을 가만히 보고 있었다. 문득
오래전 먼 세상으로 떠난 친구 김하빈의 얼굴이 떠올랐다. 그리
고 그의 아내, 그가 베라 자수리치를 닮았다고 자랑하던 걸쭉한
사투리의 촌색시가 연이어 떠올랐다.

"왜 웃니?"

---

15) 학출 : 80년대 학생운동에 몸담았던 많은 학생들이 스스로 학교를 떠나 노동
현장으로 뛰어들었다. 말하자면 스스로 학생이기를 포기하고 노동자의 삶을 선
택한 것. 노동계에서는 이들을 보통 학생운동 출신 노동자, 줄여서 학출이라고 불
렀다. 반대로 처음부터 노동자 신분으로 살아온 노동자는 '노출'로 줄여 불렀다.

김하빈과 그의 아내 그리고 앞에 앉아 파전을 씹는 영순의 얼굴이 동시에 겹쳐지면서 나도 모르게 내 표정에 웃음기가 번졌나보다.

"널 닮은 어떤 사람이 생각나서."

"날 닮았으면 엄청난 미인이겠네."

"그래 엄청난……."

싱거운 농담이 낯간지럽게 느껴졌는지 그녀는 막걸리 대접을 내려놓으며 몸을 부르르 떨었다. 어느새 오른 취기 때문이었을 것이다. 그 모습에서 잠시 여자가 비쳤다. 먹성 좋은 그녀 덕에 솥뚜껑만한 파전이 어느새 사라졌다. 두 번째 주문한 막걸리 주전자도 비스듬히 누웠다. 시큼한 냄새와 함께 트림이 솟았다. 꺼억— 그녀와 내가 거의 동시에 트림을 뱉었다. 내가 조금 짧았고 영순의 트림이 좀 더 길었다. 위장에서 분해된 술과 안주가 뒤엉켜 창자를 통과하면서 자꾸 엉덩이가 들썩거려졌다. 그녀 앞에서 호기롭게 방귀를 뀌어대고 싶었지만 사선으로 치켜 올라갔던 엉덩이는 설쩍게 부푼 풍선처럼 맥 빠진 바람 소리를 내며 제자리로 돌아왔다.

"다들 왜 사소한 일에 자존심을 거는 거니? 솔직하지 못하고."

"나 말이야?"

"뀔려면 시원하게 뀌든지."

자리를 털고 일어나려는데 그녀가 먼저 일어나 술값을 치렀다. 나는 굳이 말리지 않았다. 사소한 일에 자존심을 세우는 모습을 보이는 게 또한 자존심 상하는 일이기도 했기 때문이었다. 그따위 생각을 하고 있는 내 소심한 꼴이라니. 갑자기 얼굴이 달아올랐다.

신촌의 밤거리는 예나 지금이나 여전했다. 〈사회교육원 부설 사회인 소설창작 과정〉 수강생들도 뒤풀이 자리에서 욕설을 섞어가며 2차 합평에 열을 올리고 있을 시간이었다.

"자존심 상했니?"

신촌 로터리에서 동교동 방향으로 말없이 걷던 그녀가 말을 꺼냈다.

"아니……. 사실 좀 당혹스러웠어. 네가 속을 들여다보고 있는 것 같아서."

"발가벗으면 두려울 게 없다."

"무슨 소리야?"

"내가 만든 우리 집 가훈이야. 가훈을 물려줄 자식은 없지만."

그녀는 낡은 캐주얼화의 뒷굽으로 보도블록을 툭툭 차며 말했다.

"가훈치고는 도발적인데."

"자존심도 일종의 두려움에서 오는 거잖아. 맨몸을 들킬까 감추거나 과장하거나 하는 강박 같은 거."

"하긴!"

"특히 남자들은 사소한 것이라도 여자보다 나아야 한다는 강박이 있더라. 아까 너처럼 가령 트림이나 방귀 같은 것까지도 말야."

"……."

나는 대답 대신 보폭을 줄여 그녀의 발끝에 내 발끝을 맞추었다. 구령에 맞춰 행진하듯 두 사람의 오른발 왼발이 젓가락처럼 나란히 들락거렸다.

"예전에 그 사람이랑 '모던타임즈'를 같이 봤었어."

"찰리 채플린?"

"채플린이 컨베이어벨트에서 나사를 조이다가 나중엔 지나가는 여자 옷에 달린 단추를 보고 나사인 줄 알고 쫓아가잖아?"

"나도 기억나."

"그 사람은 영화 보는 내내 큰 소리로 웃어대더라. 그리고 나오면서 자본주의의 모순을 너무 잘 표현한 작품이라며 굳이 안 해도 될 설명을 장황하게 하는 거야. 지금 생각해 보니 그것도 남자로서 뭔가 한마디 해야 한다는 강박증이었나 봐."

"……."

어느새 그녀는 엇박자로 발을 내딛고 있었다.

"그런데 정작 나는 영화 보는 내내 울었어. 그 사람한테 들키는 게 자존심 상했어. 웃으면 눈물이 난다고 거짓말까지 했지. 그

즈음 나도 채플린처럼 공장일 마치고 길에 나서면 헛것이 보이
곤 했었거든."

"어떻게?"

"일하던 곳이 양복 공장이었어. 하루 종일 뜨거운 스팀 아이
롱으로 바지선 잡았는데 일마치고 막차 안에서 졸다가도 서 있
는 남자들이 입고 있는 기지바지만 보면 나도 모르게 손이 올라
가는 거야."

"눈물이 날만도 하네."

"그 사람은 껄껄 웃는데 나는 울음을 감추고……. 학출과 노
출의 건널 수 없는 차이지. 아무튼 나의 자존심은 그런 거였어.
그 사람의 자존심도 따지고 보면 결국 다르지 않을 거라는 생각
이 들어."

그녀와 나는 어느덧 동교동을 지나 홍대입구 쪽으로 접어들었
다. 대학생쯤으로 보이는 젊은 남자 셋이 펑퍼짐한 힙합바지 차
림으로 우리 곁을 지나쳤다. 허리 굽은 노파가 작은 손수레에 종
이 박스를 싣고 마주쳐 지나갔다. 떡볶이와 어묵을 파는 포장마
차와 조잡한 액세서리 노점을 연거푸 지나쳤다. 횡단보도 앞에서
'예수천국 불신지옥' 피켓을 든 사내가 메가폰을 들고 친절하게
도 지나가는 한 사람 한 사람을 붙들고 세상의 종말이 임박했음
을 알렸다. 세기말에 접어든 도시의 풍경은 이 빠진 퍼즐처럼 무
엇 하나 어울리지 않았다. 그녀와 나의 걸음도 짝이 맞지 않는 것

가락처럼 절뚝거렸다.

"이혼하고 나서 혼자 곰곰이 생각하다 가훈을 만들었어. 발가 벗었다 생각하니 두려울 게 없더라. 성격도 바뀌고. 말하자면 뭐든 내 꼴리는 대로 하는 거지."

"……."

"왜? 꼴릴 거시기나 있냐고?"

내가 키득거리고 그녀가 더 큰 소리로 껄껄거렸다. 이번엔 자존심이 상하지 않았다.

"왜 하필 소설을 하려고 하지?"

내 질문에 그녀는 대답 대신 길게 한숨을 내쉬었다. 그녀의 한숨이 나의 날숨과 섞였다. 위액으로 분해된 막걸리 냄새가 두 사람 사이를 메웠다.

"우리가 믿었던 게 '예수천국 불신지옥'과 뭐가 다를까?"

내 질문에 대한 대답으로는 핀트가 맞지 않는 독백이었다. 나는 말없이 엇박자 걸음을 디뎠다.

"투쟁천국 굴복지옥" 내가 말하고

"파업천국 잔업지옥" 그녀가 맞받았다.

"노동자천국 자본가지옥"

"혁명천국 분열지옥"

"취하면 천국 깨면 지옥"

천국과 지옥을 번갈아 왕복하는 동안 어느새 홍대입구를 지나 예식장이 밀집한 서교동 길에 접어들었다.

"싱글천국 커플지옥"

행복한 미소로 마주보는 신혼부부의 커다란 광고 사진 앞에서 우리는 게임을 계속 이어나갔다.

"불륜천국 부부지옥"

"이혼천국 결혼지옥"

천국-지옥 게임은 유치하면서도 은근히 중독성이 강했다. 정확히 네 박자에 맞춰 천국-지옥 게임을 하는 동안 그녀와 나의 왼발 오른발도 정확히 맞아떨어졌다.

"힘들었니?"

내가 게임을 멈추고 물었다.

"……?"

"결혼생활 말이야."

"아이를 세 번이나 지웠어. 세 번 다 그 사람 허락 없이 가진 아이였거든. 노동자 세상을 위한 설계도에 아이를 위한 공간은 없었지. 내가 설계도에도 없는 아기 방을 억지로 만들려고 했으니 부실공사가 될 수밖에……. 그런데 한참 뒤에 그 사람도 설계변경을 원하더라. 그땐 내 자궁이 아이를 담을 수 없는 지경이 되었는데"

"그게 진짜 이혼사유였구나?"

"아니, 좀 더 거창한 이혼사유가 있었어"

"그럼 역시 다른 남자와 잔 것 때문에?"

"아니, 그건 핑계였고 진짜는 소련의 해체 때문이야."

"……."

"그 사람 눈물 흘리는 건 그때 처음 봤어. 소주병을 줄 세워 놓고 하나씩 비우면서 꼬박 삼일을 울더라. 혁명의 꿈이 사라졌으니 부부 사이의 유통기한도 마감되고."

"사랑은 그렇다 치고 정이라도 남았을 거 아냐?"

마침 지나쳐 가는 술 취한 남녀 한 쌍을 보며 잠시 그녀가 웃었던가. 그녀 대신 내가 답했다.

"사랑 지옥 정(情)도 지옥?"

"사랑도 명예도 혁명도 해방도 내 것이 아니었어, 다른 사람들이 만들어 놓은 꿈을 내가 원하는 것으로 착각했던 거지. 아마 그 사람도 사흘을 울면서 그런 생각을 했었나봐. 지하 단칸방 구석에 꽁꽁 숨겨놨던 책들을 다 갖다 버리더라. 가방끈 짧은 내가 몇 년을 피똥 싸며 읽어낸 책들이었는데……. 그때는 정말 피똥을 쌀 지경이었어. 공장일 마치고 돌아와 책을 펴면 깨알 같은 글자들이 튀어나와 내 얼굴에 주근깨처럼 박힐 것만 같은 느낌. 마르크스, 루카치, 마오, 내가 읽고 접어놓은 책갈피를 들춰 숙제검사 하듯 확인하곤 했지. 그러던 사람이 그 책들을 내다버리고 대신 생전 들도 보도 못한 작자가 쓴 책들을 한보따리 사들고 왔어.
그때 내 머릿속에 두 가지 고민이 떠올랐지."

"……?"

"우선 한 달 생활비가 책값으로 다 날아갔구나, 그리고 나머지
하나는 새로 사온 저 책들을 또 피똥을 싸며 읽어야 하는 건가?
첫 번째 우려는 예상대로 적중했지만 두 번째 고민은 괜한 거였
어. 그 사람이 그 책들을 다 읽기도 전에 이혼했으니까."

마땅히 할 말을 찾을 수 없었다. 천국-지옥 게임을 다시 해볼
까도 생각했지만 네 박자에 딱 떨어지는 적절한 말이 떠오르지
않았다.

"왜 소설이냐고?"

그녀는 자신이 왜 소설을 쓰려고 생각했는지에 대해 장황하게
이야기했다. 그러나 그녀의 말은 명확하게 전달되지 않았다. 뒤
늦게 오르기 시작한 취기 때문만은 아니었을 것이다. 또한 그녀
의 짧은 가방끈 때문도 아니었다. 그것은 명료하고 정제된 언어
로 표현하려고 하면 할수록 뒤엉켜버리는 뭔가였다.

"뭐라고 말해야 할지 참 거시기하네."

"그럼 거시기스럽게 말해봐."

"그러니까 내가 시골에서 무작정 올라와 공장 시다노릇 할 때
뭔지는 몰랐지만 막연하게 세상이 좀 '거시기'하다고 느꼈던 거
야. 그런데 그 사람을 만나 학습하고 싸우고 하다 보니 '거시기'

가 무엇인지를 알겠더라고. 계급이니, 사회주의니, 혁명이니 내가 몰랐던 걸 알게 된 순간 세상이 왜 '거시기' 했나를 깨달았다고 생각했어. 마치 난생처음 거울을 마주 대한 것처럼 그동안 뿌옇고 모호하던 내 모습이 선명하게 보이는 거야. 드디어 내가 여기에 와 있는 이유를, 내가 추구해야 할 거시기를, 이 세상이 도달하게 될 곳을 그 거울이 명확하게 보여주었다고 생각했어. 하지만 착각이었지. 그 사람이 책 보따리를 갔다 버리는 걸 보면서 내 거시기가 그 거시기가 아니었던가 하는 느낌이 확 온 거야."

"그러니까 그 사람의 거시기를 마치 너의 것이라고 생각했었는데 소련이 붕괴되면서 그것이 진정한 너의 거시기가 아니었다는 것을 깨닫게 되었다 그 말이지? 소설거리이긴 한데 말로도 표현할 수 없는 그 거시기를 글로 보여줄 수 있을까?"

"그래서 내가 거시기하단 말야."

인간은 누구나 거시기를 욕망한다. 아니 거시기는 욕망의 대상이 아니라 마그마처럼 들끓는 욕망 그 자체이다. 어디로 번질지 아무도 모르는, 하지만 마그마는 세상 밖으로 나오면서 억압당한다. 마그마는 마음대로 세상 밖으로 튀어나가고 싶지만 이미 만들어진 세계는 이를 용납하지 않는다. 들끓던 욕망이 식으면서 현무암이 되고 용암동굴이 되어 그것이 애당초 자신의 '거시기'인줄 알고 그 자리에 머문다. 거시기를 뒤흔드는 또 다른 거시기가 돌출할 때까지…… 하지만 그것도 결국엔 자신의 거시기가 아니므로 스스로의 힘으로 꼴리지 못하는……. 허접한 생각이 꼬리를 무는데 그녀가 다시 입을 열었다.

"결혼식 마치고 신혼여행 대신 동료들과 뒤풀이를 했었거든. 주로 공장 사람들이었지. 신랑신부 노래를 시키는데 나는 '일편단심 민들레야'를 부르려고 했어. 아는 노래도 없었던 데다가 정말 일편단심 그 사람을 사랑한다고 생각했으니까."

"그런데?"

"그런데 막 노래를 시작하려니 그 사람이 얼굴을 찌푸리는 거야. 할 수 없이 그 사람이 하자는 대로 '철의 노동자'를 불렀지. 그 이후로 나는 운동가요만 불렀어. 당연히 내가 운동가요를 좋아하는 줄 알게 되고 말이야."

마땅히 할 말이 없었다. 나 역시 그녀와 별반 다를 게 없었다. 나의 노래방 애창곡 역시 직장 상사나 '갑'의 관계인 거래처 담당자의 기호에 맞춰져 있었다. 누군들 그렇지 않겠는가. 어린 아이의 꿈은 부모가 욕망하는 대로, 신입사원의 꿈은 회사가 요구하는 대로, 모두들 자신의 욕망이 아니라 다른 누군가의 욕망을 꿈꾸는 것을…….

"넌 왜 소설을 하려고 하니?"

그녀의 질문은 어쩌면 당연한 것이었다. 그런데 나는 할 말이 떠오르지 않았다.

"나도 말하자면 '거시기'를 찾고 싶어서겠지."

그 말을 하면서 나는 허접한 나의 첫 작품 〈의열단21〉을 생각하고 있었다. 구소련 출신 스나이퍼, 그가 겨누고 있는 대머리의 관자놀이, 헛헛한 웃음이 배어나왔다. 허황된 치기에 불과한 그것이 나의 거시기인가?

"의열단21 나한테 팔아라!"

"……."

뜬금없는 그녀의 말에 나는 눈을 껌벅이기만 했다.

"돈? 아니면 내 몸? 원하는 걸 말해봐. 공짜로 달라는 건 아니니까. 진짜 의열단21을 만들고 싶어. 어쩌면 네 작품이 나에게 주어진 탈주의 끈이라는 생각이 들었어. 해와 달 이야기에 나오는 동아줄 같은, 그것이 썩은 동아줄인지 아니면 나를 진짜 거시기한 세계로 데려다 줄 동아줄인지는 모르겠지만."

"그건 작품이라기보다 그저 낙서 같은 거였어."

"작품인지 아닌지는 내가 판단해. 원하는 걸 말해. 농담이 아니니까."

"원하는 것?"

치기에 불과한 습작품의 대가로 무엇을 원할 수 있을까. 나는 주변을 둘러보았다. 불을 밝혀놓은 광고판마다 익숙한 얼굴의 모델들이 환한 표정으로 웃고 있었다. 그 앞을 지나쳐가는 사람들의 표정은 하나같이 어두웠다. 천국과 지옥은 천연덕스럽게 서로의 얼굴을 외면했다.

"네 몸, 단당한 네 몸을 원해."

그녀가 소리 없이 웃었다. 그녀의 얼굴을 바라보며 나도 웃었
다. 치기? 욕정? 허위의식? 아니다. 나는 진짜로 그녀의 단당한
몸 구석구석이 궁금했다.

드림모텔 604호

하얀 시트가 깔린 침대 위에 그녀와 나의 겉옷이 대충 걸쳐져
있다. 욕실 문 앞에는 그녀의 스타킹과 내 양말이 뒤엉켰다. 욕실
안에는 그녀가 변기 뚜껑을 덮고 걸터앉아 있고 나는 그녀 앞에
쪼그리고 앉아 그녀의 발을 씻긴다. 샤워기 온도를 마침맞게 조
절하면서 대야에 물을 채웠다. 그녀의 다리는 종아리부터 복사뼈
까지 허옇게 각질이 돋아 있었다. 더운물을 뿌리고 양손으로 가
만히 그녀의 다리를 감싸 쓰다듬었다. 각질은 얌전하게 가라앉
는다. 군데군데 덴 자국이 성글어 있다. 그리고 복사뼈 근처에는
사흘을 넘기지 않았을 푸른 멍 자위가 남아 있었다. 발목은 생각
보다 가늘었다. 엄지발가락 주변에서 굳은살이 딱딱하게 만져진
다. 가뭄 든 논바닥처럼 갈라진 뒤꿈치는 더운물에 한참을 불려
야 굳은살을 조금이나마 벗겨낼 수 있을 듯싶다. 신산스런 삶의
알리바이가 그녀의 발 구석구석에 새겨져 있었다. 보디 클렌저를

듬뿍 짜내 양손으로 문질러 풍성한 거품을 만들고 그녀의 발 구석구석을 만져나갔다. 손가락 사이로 그녀의 작은 발가락이 미끈거리며 빠져나간다. 검지를 곧게 펴서 그녀의 발가락 사이사이를 뽀득뽀득 문질렀다. 물컹한 때가 시원하게 벗겨져 나갔다. 그때마다 그녀는 움찔거리며 웃음을 참았다.

"간지러우면 그냥 큰 소리로 웃어, 억지로 참으면 방귀 나와."

그녀는 여전히 새어나오는 웃음을 참았다. 하지만 방귀를 뀌지는 않았다. 양 손가락을 벌려 깍지를 끼듯 그녀의 발가락 사이에 넣고 힘을 주었다. 발가락 관절이 우두둑 소리를 냈다. 발가락과 발가락 사이는 모두 일곱, 왼발 새끼발가락이 보이지 않았다.

"그거 공장일 할 때……."

"쉿!"

나는 발가락을 문지르던 검지를 들어 올려 그녀의 말을 막았다. 잃어버린 새끼발가락의 행방은 굳이 그녀의 입을 통해 듣지 않아도 좋았다. 손으로 느껴지는 감촉을 통해 충분히 이해할 수 있었기 때문이었다. 발뒤꿈치와 엄지발가락 주변 굳은살도 한결 부드러워졌다. 갈퀴처럼 손톱을 세워 굳은살을 벗겨냈다. 물에 분 굳은살이 손톱 틈을 허옇게 메웠다. 뻣뻣했던 굳은살들이 부드러워졌다. 그녀와 나의 마음도 한결 부드러워진 것 같았다. 대야에 담긴 물을 바닥 하수구에 쏟아내자 허연 거품 밑으로 회색빛 땟물이 똬리를 틀며 빠져나갔다. 샤워기를 틀고 남은 비눗기를 씻어내는데 불그스름하게 낯빛을 바꾼 그녀의 발이 너무도 아름다웠다.

"몸을 원한다더니 내 발이었어?"

나는 대답 대신 타월을 꺼내 물기를 꼼꼼히 닦아냈다. 그리고 그녀의 왼발을 들어 올려 새끼발가락이 있었던 자리에 가만히 입을 맞췄다. 잠시 움찔했던 그녀가 이번엔 웃지 않고 콧물을 훌쩍거렸다.

"제비족이니? 아니면 변태?"

그렇게 묻는 그녀의 표정 어디에도 나를 향한 혐오스러운 기색은 보이지 않았다. 이번에도 나는 대답하지 않았다. 나도 왜 그랬는지 알 수 없다. 그저 그녀의 발을 씻겨주고 싶다는 충동이 들었던 거다. 그 또한 정제된 언어로는 설명할 수 없지만 한 인간에 대한 예의와 경외감 그리고 내 작품을 사겠다고 제안한 최초의 구매자인 그녀에게 표하는 감사의 의미였을 것이다.

"이젠 '일편단심 민들레야'를 불러도 되지 않을까?"

"누구를 향한 일편단심?"

"그동안 잊고 살았던 유영순 너의 진정한 거시기를 향한 일편단심. 말하자면 잃어버린 너의 새끼발가락 같은 거."

그녀는 침대 모서리에 걸터앉아 '일편단심 민들레야'를 천천히 불렀다. 가사가 기억나지 않는 부분은 홍얼홍얼 지나쳤지만 그녀

의 목소리에 제법 강단이 느껴졌다. 노래를 부르는 동안 발갛게
달아오른 그녀의 발에서 모락모락 김이 올랐다.

님 주신 밤에 씨 뿌렸네.
사랑의 물로 꽃을 피웠네.
처음 만나 맺은 마음 일편단심 민들레야
그 여름 어인 광풍 그 여름 어인 광풍
낙엽 지듯 가시었나.

행복했던 장미인생 비바람에 꺾이니
나는 한 떨기 슬픈 민들레야
긴 세월 하루같이 하늘만 쳐다보니
그 이의 목소리는 어디에서 들을까
일편단심 민들레는 일편단심 민들레는
떠나지 않으리라

해가 뜨면 달이 가고 낙엽 지니 눈보라치네
기다리고 기다리는 일편단심 민들레야
가시밭길 산을 넘고 가시밭길 산을 넘고
강을 건너 찾아왔소 16)

그 후 몇 달이 지나도록 그녀는 소식이 없었다. 나 역시 휴대폰에 저장된 그녀의 번호를 굳이 찾아 누르지 않았다. 서로 안부를 묻고 인사를 전하기엔 세기말 그해는 힘겨운 시기였으리라. 12월 첫 한파가 닥쳤던 귀갓길이었다. 현관 앞 우편함에 내 앞으로 된 우편물이 기다리고 있었다. 한 극단에서 보낸 공연 초대장이었다. 나는 무심히 봉투를 열어보았다. 극단 이름은 〈다국적 노동자극단 일편단심〉, 연극의 제목은 〈의열단21〉, 연출 유영순, 그리고 원작자란에는 내 이름이 적혀 있었다.

공단이 밀집한 안산의 노동지원센터 강당. 여느 연극 무대와 크게 다를 바 없었다. 다만 팸플릿을 나누어주는 입구에서 관객들은 자신의 이름과 주소 그리고 휴대폰 번호를 남겨야 하는 것이 좀 특이했다. 나는 인적사항과 연락처를 적은 후 비고란에 그녀에 대한 격려의 글을 남길까 잠시 망설이다 이내 팸플릿을 받아들고 강당 안으로 들어섰다.

객석엔 빈자리를 찾기 어려울 정도로 성황을 이루고 있었다. 관객 중 절반은 이주노동자들로 보였다. 연극의 막이 올랐다. 각색을 거치면서 몇몇 플롯이 바뀌긴 했지만 전체의 줄거리와 구성은 원작 그대로였다. 배우들의 국적도 다양했다. 막이 오르기 전

---

16) 일편단심 민들레야 : 이주현 작사 조용필 작곡 〈조용필 3집〉앨범 수록

에 얼핏 보았던 팸플릿에 의하면 극단 〈일편단심〉은 8개국 출신
의 이주노동자로 이루어진 '다국적 노동자 연대 극단'이라고 스
스로를 소개했다. 스나이퍼가 총을 겨눈다. 역시 이주노동자 출
신으로 보이는 훤칠한 키에 날카로운 눈매를 가진 배우였다. 내
가 상상했던 인물의 캐릭터보다 더 실감나는 연기가 돋보였다.
그녀의 탁월한 연출 솜씨에 저절로 미소가 지어졌다. 스나이퍼
의 총구는 객석을 겨눈다. 스코프를 노려보는 섬뜩한 그의 눈빛
이 객석을 압도했다. 나도 모르게 등줄기를 따라 소름이 돋아 올
랐다. 무대 배경 뒤에 설치된 스크린에는 20세기 동안 벌어졌던
잔혹한 학살의 기록 사진들이 찰칵찰칵 증폭된 초침 소리에 맞
춰 비춰졌다. 군홧발에 피 흘리는 시민, 울부짖는 철거민, 분신한
노동자, 한 쪽 팔이 잘린 이주 노동자, 앙상한 갈비뼈에 큰 눈을
껌벅이는 아프리카 기아의 모습이 찰칵찰칵 심장 박동처럼 스크
린에 흘렀다. 그리고 스나이퍼의 충혈된 눈, 무대와 객석은 함께
숨을 죽였다. 나 또한 숨을 죽이고 스나이퍼의 총성이 빠르게 세
번 울리기를 기다렸다.

　스크린은 스나이퍼의 시선을 보여준다. 원형의 스코프 렌즈,
열십자 모양의 가늠선, 그 속에 머리가 벗겨진 사내의 관자놀이
가 클로즈업된다.

　빵 – 빵 – 빵 –

　암전. 무대와 객석의 모든 불이 갑자기 꺼지고 시간이 그대로

멈췄다. 원작대로라면 대머리의 관자놀이에서 피가 솟구쳐야 한
다. 암흑 속에서 관객들의 웅성거리는 소리가 들렸다. 정전이라
도 된 걸까? 잠시 후 바지주머니 속 넣어둔 휴대폰이 부르르 떨
었다. 멈칫 놀라 주머니에 손을 넣으려는데 객석에 앉은 관객 모
두의 휴대폰이 동시에 진동했다. 미처 진동모드로 바꾸지 않은
휴대폰 알리미 소리가 여기저기서 터졌다.

객석에 수백 개의 휴대폰 불빛이 피어올랐다.

문자 메시지는 간결했다.

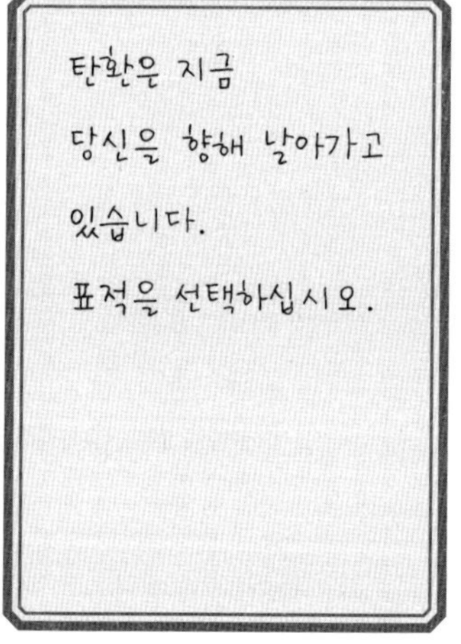

객석 한 구석에서 박수가 터지기 시작했다.

원작과 다른 결말. 문득 '일편단심 민들레야'를 부르던 그녀의

모습이 떠올랐다.

박수 소리는 점점 커지고 있었다.

꺼칠이
바보

ALBUM 05

여행을 떠나요
킬리만자로를 향해서

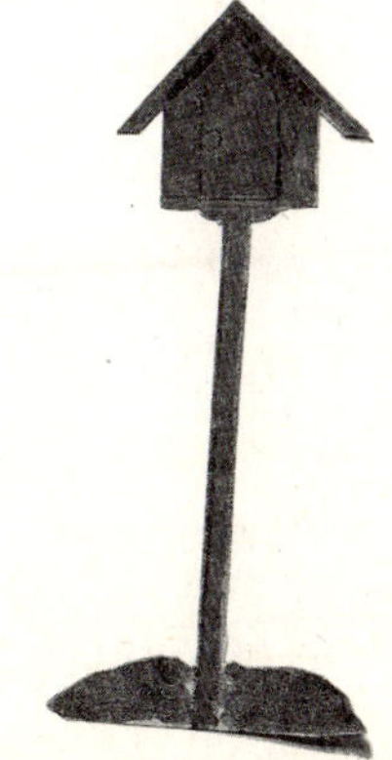

21세기, 그리고 다시 십년이 지나고 있다.

아주 오래전 달동네 만화방에서 빌려보았던 어린이 잡지에 21세기가 있었다. 달나라로 수학여행을 가고, 물만 부으면 자동차가 움직이고, 단추만 누르면 로봇이 힘든 일을 대신해주며, 먹을 것이 없어 굶거나 차별받는 이 없는 꿈의 나라. 그 때가 되면 나는 어른이 되어 있을 텐데, 아버지가 되어 있을 텐데. 21세기에 태어나 행복한 어린 시절을 즐길 수 없는 우리는 얼마나 불행한가.

21세기는 항상 꿈으로서 존재했다. 미래를 꿈꾸면 현재를 견딜 수 있다는 걸 알기에 모두들 '그날이 오면'을 되뇌었다. 그것이 꿈이요 희망이라고 말했지만 대부분의 사람들에게 21세기는 고통을 잠시 잊게 해주는 마취제이거나 당장의 불만을 잠재우는 묘약 아니면 마약이기도 했다. 어떠한 경우라도 21세기는 미래로서 그 존재 의미가 있었지 그것이 설마 현재가 되리라고는 아무도 생각하지 못했다.

　그런데 우리는 느닷없이 낯선 미래로 내던져졌다. 꿈이 아닌 현재로서의 21세기는 늘 낯설다. 미래형으로만 존재할 수 있는 말들이 있다. 내일, 내년, 이담에, 대학에 가면, 취업만 하면, 복권만 맞으면……. 21세기는 여전히 이런 말들과 유사성이 깊다. 내일이 오늘과 다르지 않다면, 내년이 지금과 별반 다르지 않다면, 대학에 들어가도 취업을 해도 지금보다 나아지기는커녕 지금보다 더 큰 고통을 감내해야 한다면. 그래서 우리의 아이들이 예전에 우리가 꿈꾸던 미래형 21세기를 상상조차 할 수 없다면……. 21세기에 태어나 허황된 꿈조차 꿀 수 없다면. 얼마나 불행한 일인가.

　이제 사춘기 언저리를 거쳐 가는 아이들, 좀 더 빠르게는 스무 살을 살아가기 시작하는 우리의 아이들. 이 세상이 미래 없는 현재라는 사실을 깨닫게 될 때, 나는 어떤 이야기를 해줄 수 있을지.

　여전히 미래 시제로 남아 있는 21세기의 풍경을 뒤적이며 미처 줍지 못한 꿈을 찾는다.

킬리만자로를 꿈꾸며

★ 짐승의 썩은 고기만을 찾는 하이에나

며칠째 고양이가 보이지 않는다. 늦은 저녁 집으로 돌아오는 골목 입구에 세워둔 옆집 남자의 자동차 밑에서 혹은 아내의 가늘게 뜬 눈을 피해 어슬렁어슬렁 대문 밖으로 나와 담배 한 개비에 불을 붙이며 올려다본 기와지붕 위에서 나는 녀석의 푸른 눈빛과 마주치곤 했다. 새까만 털에 예리하게 빛나던 놈의 눈동자. 그 눈동자는 한 번도 나와의 눈싸움을 먼저 피한 적이 없다. 마치 놈이 이 골목의 주인이고 내가 이방인이라도 되는 듯이 놈의 당당한 눈빛에 나는 번번이 먼저 시선을 돌리고 말았다. 비록 황량한 도시의 한 모퉁이에서 살아남기 위해 날카로운 이빨로 쥐를 사냥하는 대신 쓰레기봉투를 물어뜯고 있을지언정 녀석은 분명 제 스스로 부딪쳐 이 지구상에서 살아남을 수 있는 야생의 습성을 체

득하고 있는 놈이었다. 적어도 그깟 때 이른 가을비에 콜록콜록 기침을 해대며 앓아 누워버리고 마는 약해빠진 나 같은 인간과는 비교할 수 없을 만큼. 놈의 모습은 보이지 않았지만 골목 입구에 쌓아놓은 쓰레기봉투는 여지없이 찢겨져 있다. 음식 찌꺼기가 있는 부분을 정확하게 파내어 먹는 이 도시의 고양이 떼. 그들은 하이에나를 닮았다. 언제든 야생으로 돌아갈 수 있는 유일한 반려동물. 인간이 그들을 버린 것일까 아니면 그들이 인간의 사육을 거부하고 야생으로 되살아난 것일까. 잡아먹을 쥐가 사라진 도시에서 사람들은 더 이상 그들을 필요로 하지 않았다. 그들은 여전히 애교 섞인 가느다란 목소리로 먹이를 구걸하며 인간에게 기생(寄生)하는 것으로 목숨을 부지할 것인가. 아니면 인간과 결별하고 도시의 하이에나로 비바람과 눈보라에 정면으로 맞설 것인가를 두고 심각한 고민을 했을 것이다. 결국 제 몸 속에 흐르는 야생이 피를 어쩔 수 없었던 그들은 본능을 따랐고 비록 그들의 노리갯감이었던 쥐들이 하던 짓을 대신하게 되었지만 그들의 몸집은 더욱 커지고 무뎌졌던 송곳니는 다시 날카롭게 다듬어졌다. 더 이상 인간에게 아부할 필요가 없어진 마당에 야옹야옹― 하는 야시꺼운 내숭은 떨 필요가 없어졌다.

도시의 하이에나.

누가 그들에게 썩은 고기를 탐낸다는 이유로 욕할 수 있단 말

인가. 적어도 그들은 마음에도 없는 억지웃음을 짓거나, 가식에
찬 목소리를 만들지도 않는데……

　녀석은 오늘도 보이지 않는다.
　얼마 전 비 오던 날 새벽, 떼를 지어 골목과 지붕을 넘나들며
사나운 소리로 잠을 설치게 했던 사건과 무관하지 않을지도 모른
다. 하지만 그 역시 야생의 질서 중에 하나일 뿐, 하이에나의 생
존법칙은 변하지 않았으리라. 만일 녀석의 죽은 시체를 쓰레기더
미에서 발견하기라도 한다면 나는 고대의 이집트인처럼 놈을 추
모하는 의미로 눈썹이라도 밀어야 할까. 아니면 놈의 시체를 거
두어 미라로 만들어 보관하기라도 해야 하는가. 녀석을 다시 만
난다면 한번쯤 작정을 하고 놈의 날카로운 눈과 겨뤄보려 한다.
그러면 혹시 아직 내 무의식 속에 살아 있을지도 모르는 야생의
피가 솟구쳐 오르지 않을까.

　★　산정 높이 올라가 굶어 얼어 죽는 표범이고 싶었다.

　킬리만자로는 6,570미터 높이의 눈 덮인 산으로, 아프리카에
서 가장 높은 산이라고들 한다. 그 산의 서쪽 정상은 마사이족의
말로 '누가예 누가이'로 불리우는데, 이는 '하느님의 집'이라는
뜻이다. 서쪽 정상 가까이에는 미라의 상태로 얼어붙어 있는 표

범의 시체가 있다. 그런 높은 곳에서 그 표범이 무얼 찾고 있었는지 설명할 수 있는 사람이 이제까지 아무도 없었다.[17)]

헤밍웨이는 정말로 먹을 것이라곤 아무 것도 찾을 수 없는 그 산의 정상 가까이에서 얼어 죽어 있는 표범을 만나기라도 했단 말인가. 그렇지 않고서야 캠프 주위를 어슬렁거리며 상처로 썩어가는 그의 다리를 호시탐탐 노리는 하이에나처럼 주위를 맴돌며 서서히 목을 조여 오는 죽음으로부터 어떻게 자유로울 수 있었을까. 그렇지 않고서야 턱밑까지 다가온 죽음의 순간까지도 흰색으로 빛나는 저 킬리만자로의 네모진 정상을 어떻게 꿈꿀 수 있었단 말인가. 헤밍웨이는 자신이 그토록 꿈꾸었던 킬리만자로의 표범이 그랬던 것처럼 더 이상 아무런 꿈도 꿀 수 없었던 순간에 엽총의 총구를 입에 물고 방아쇠를 당겼던 건지도 모른다.

한때는 다른 세상을 꿈꾸었던 적이 있었다. 그 세상은 어쩌면 어린 시절의 내 친구들이 살고 싶어 했던 세계가 아니었을까. 부산으로 떠난 내 친구 준이, 뒷집 살던 계집아이 미순이, 르느와르의 '햇빛속의 누드' 같은 그림을 그리고 싶어 했던 용호. 그리고 벚꽃 잎 흩날리던 그 골목에서 아직도 수줍게 웃고만 있을 것 같은 나의 첫사랑 혜연, 그들이 꿈꾸었던 그 나라에는 더 이상 전쟁

---

17) 어니스트 헤밍웨이의 소설 『킬리만자로의 눈』 중에서

도 없고 굶어죽는 아이들도 없고 자신의 속내를 숨기고 억지웃음
을 지을 필요도 없는 그런 곳일 터인데. 21세기가 간절히 원했던
그 나라는 이 지구상에 아직은 없다. 달나라로 여행을 가고, 물만
부으면 자동차가 움직이고, 단추만 누르면 로봇이 힘든 일을 대
신해주며, 먹을 것이 없어 굶거나 차별받는 이 없는 꿈의 나라는
하지만 오늘 21세기의 지구상에는 없다. 다만 희미하게 남은 꿈
이 있을 뿐. 그리고 그 희미한 꿈을 꾸다 고흐보다 더 불행하게
죽어간 내 친구 현우, 형에게 빚진 삶을 다 갚지도 못하고 형이
원했던 세상을 느껴보기도 전에 그의 연인 베라 자수리치를 남겨
두고 떠난 친구 김하빈.

그리고 아직도 킬리만자로의 눈 덮인 산정 높은 곳에 누워 갈
수 없는 나라를 꿈꾸는 한 마리의 표범이 있을 뿐.

★ 사랑이 외로운 건 운명을 걸기 때문이지

사랑에 목숨을 거는 일 따위의 미련한 짓을 하는 사람은 이젠
없다. 만일 용케도 살아 있는 족속이 있다 해도 분명 21세기의
변화된 지형은 그들을 용납하지 않는다. 21세기 자연선택은 냉
정하다. 결국 그들은 멸종되어 버리거나 천연기념물로 남아 근근
이 살아가는 운명을 받아들여야 한다. 한낮의 시장보다 더 분주

한 이 도시의 밤. 매일 밤 불꽃놀이라도 벌이는 듯 온갖 모양으로 빛을 뿜는 조명에 취해버린 이 도시의 밤은 더 이상 한 사람을 향한 애잔한 설렘이나 자신의 운명을 송두리째 던져도 좋을 만큼의 무모한 사랑을 용납하지 않는다.

꿈·순정·애상·고독 그리움과 외로움 따위의 단어는 이제 지난 세기의 촌스러운 유물이 되어버렸고 아직도 그러한 단어에 집착하는 인간이 있다면 산으로 산으로 쫓기어 가다 끝내 멸종되고 마는 맹수처럼 이 세상과의 인연을 끊고 지난 세기를 회상하며 남은 생을 보내야 하리라.

하지만 생각해 봐.

지난 세기에 내가 사랑했던 한 여인이 이 지구상 어딘가에서 아직 숨 쉬고 있다는 사실을. 혹여 서로 눈빛을 나누었던 좁다란 골목길이나 눈을 감고 함께 감상했던 〈그 겨울의 찻집〉의 멜로디를. 지금은 까맣게 잊었을지라도 그만하면 지나간 나의 운명을 걸어도 좋을 만큼의 값어치는 충분하지. 몇 백 광년 떨어진 아주 먼 은하계에서 가느다란 별빛이 먼 세월을 날아와 아무도 모르는 사이에 우리 머리 위에서 반짝하고 한번 제 모습을 드러내듯이 비록 외로움에 몸부림 쳤을지언정 우리의 사랑이 한번쯤 누군가의 머리 위에서 반짝하고 제 모습을 드러낼 테니.

나는 오늘도 도서관 멀티미디어실에서 하루 종일 인터넷을 뒤져가며 킬리만자로의 이야기를 찾는다. 운 좋게도 〈드렁큰 하이에나〉라는 아이디를 쓰는 사내의 글을 찾아내었다. 그는 얼마만큼의 용기를 가졌기에 그곳으로 떠날 수 있었을까. 드렁큰 하이에나는 해발 3천 미터를 넘어서면서부터 휴식시간마다 맥박을 잰다. 1분에 95회 내외의 맥박수를 확인하고 나면 그는 안도한다. 해발 3천6백 미터를 넘어서면서 그와 다양한 피부색의 동료들은 고산병을 경험한다. 떠나온 도시에서는 경험할 수 없었던 끔찍한 두통, 발아래 깔린 구름의 바다를 내려다보며 그날 먹은 음식을 한바탕 게워내고서야 그의 고산병은 조금 누그러진다. 하지만 두통이 사라진 틈으로 어느새 도시를 떠나오며 미처 떨쳐버리지 못한 이름이 파고든다. 드렁큰 하이에나가 끝내 헤어지고 말았다는 여인의 이니셜은 MJ.

미진? 미주? 민지? 명주? 아니면 명자? 나는 드렁큰 하이에나의 허락도 없이 그녀의 이름을 '명자'로 부르기로 한다. 해발 4천2백 미터를 넘었을 때 드렁큰 하이에나는 두 명의 여자 일본인 등산객에게서 헤어지기 전 명자의 몸에서 맡았던 썬 크림 냄새를 느낀다. 그리고 느닷없는 성욕에 몸서리를 치며 허공에 대고 소리를 지른다. 드렁큰 하이에나를 탓할 수는 없는 일이다. 이미 부족해진 산소, 옆 사람과 몇 마디만 나누어도 숨이 턱밑까지 차오르는 킬리만자로의 산 중턱에서 자신도 모르게 꿈틀대는 성욕이란 아직 살아 있다는 유일한 존재증명일지도 모르기 때문이다. 드렁큰 하이에나는 코앞에 빤히 보이는 산장에 도달하기까지 숨을 헐떡대며 한나절을 걸어야 했다. 해발 5천 미터 산장 뒤뜰에 여지없이 토악질을 해대었지만 두개골을 깨뜨리고 말 것만 같은 두통은 사라지지 않는다. 말라리아가 아닐까 걱정해야 할 만큼 심한 몸살기운을 참으며 잠자리에 누우니 잠이 오질 않는다. 산장의 천장으로 조그맣게 낸 창문에 별빛 하나가 앉았다. 두통 덕분에 다른 상념은 사라졌지만 결국 창문에 앉은 희미한 별빛과 끝내 맞닥뜨리고 마는 그녀의 이름 〈MJ, 명자〉. 일상의 익숙함이란 누구에게나 폭력적이다. 얼마 전까지 그의 익숙한 일상이었을 MJ. 드렁큰 하이에나는 MJ를 털어내기 위해 적금을 깨고, 여권사진을 찍으며 억지웃음을 지었을 것이다. 비행기가 활주로를 박차고 떠오를 때 그는 일상을, MJ에 대한 기억을 버렸다고 생각했을 것이다. 하지만 익숙함의 폭력은 해발 5천의 높이를 아무렇지도 않게 넘나든다.

자정을 막 넘긴 시간 탄자니아인 가이드가 일행을 깨운다. 오늘의 목표는 킬리만자로 정상. 눈구멍 두 개가 뚫린 게릴라용 털모자를 쓰고 스키장갑을 꼈다. 그리고 타이레놀 두 알을 삼켰다.

일행은 아무 말 없이 달빛이 희미한 산을 오른다. 점점 가파르게 변하는 능선, 영하 17도의 한기, 약 기운에도 좀체 가시지 않는 두통, 목젖을 자극하는 거친 숨. 탈진하지 않으려면 물을 자주 마셔야 한다. 수통을 열고 주둥이에 입을 가져가자 입술이 쩍 달라붙는다. 물은 이미 얼어버렸다. 뒤를 돌아보니 마웬지 봉이 내려다보인다. 5,515m를 넘어섰다는 얘기다. 해가 뜨기 약 5분 전 5,600m의 Gilman's point에 도착한 것은 동쪽 하늘이 벌겋게 달아오른 즈음이었다. 정상에서 일출을 보아야 한다. 일본인 등산객 두 명 중 한 여자가 탈진하여 정상을 포기한다. 앞으로 두어 시간 남짓 남은 정상.

킬리만자로 정상에 오른 드렁큰 하이에나.

그는 구름과 만년설 그리고 몇 천 년 전에 생겼을지 모를 거대한 빙하와 함께 뒤엉켜 꿈틀대는 산들을 보며 울컥대는 가슴을 쓸어내린다. 킬리만자로의 정상에서 만나는 일출. 드렁큰 하이에나는 그의 헤어진 연인 MJ, 명자가 느닷없이 그리워서 떠오르는 태양을 똑바로 바라보지도 못한다.

드렁큰 하이에나의 킬리만자로 등정기는 여기에서 끝을 맺고 있다. 그가 혹시 하산 길에 굶어 얼어 죽은 표범의 시체를 발견하였는지는 알 수 없다.

드렁큰 하이에나를 킬리만자로의 정상까지 데려간 것은 정말 그의 용기였을까. 애초에 그의 용기를 운운했던 나의 질문은 그 무엇이 그를 이 도시에서 견뎌내지 못하도록 옭죄었기에 그곳으로 갈 수밖에 없었을까 라고 바꾸어 물어야 하는 것인지도 모른다.

나는 내일도 이 도서관의 멀티미디어실 구석자리에서 킬리만자로의 산기슭을 훔쳐볼 것이다. 언젠가 이 도시에서 더 이상 견뎌내는 일이 불가능해지는 날, 내 생애 마지막 여행지가 될 킬리만자로를 향해 떠나게 될 것이라는 나의 예감은 반드시 적중하리라. 그곳에서 굶어 얼어 죽은 표범을 만날 순 없을지라도 철저하게 야생으로 살아남은 하이에나 한 마리쯤은 만날 수 있지 않겠는가.

귓가에 조용필의 독백이 가물거린다.

묻지 마라!
왜 그렇게 높은 곳까지 오르려 애쓰는지
묻지를 마라
……

사랑이란

이별이 보이는 가슴 아픈 정열
정열의 마지막엔 무엇이 있나
모두를 잃어도 사랑은 후회 않는 것
…….

저 높은 곳 킬리만자로
오늘도 나는 가리 배낭을 메고
산에서 만나는 고독과 악수하며
그대로 산이 된들 어떠리. [18]

---

18) 〈킬리만자로의 표범〉: 양인자 작사 김희갑 작곡 1985. 12 조용필 8집에 수록

바람이 전하는 말

문자 메시지를 통해 부고를 받았다. 동창회 총무 꺼칠이가 보낸 휴대폰 단체 문자 메시지였다.

'김미순 동창 모친상. 경남 남해 ○○요양병원……'

빈소는 미순이 어머니가 암 수술 후 요양 차 지내던 요양원이었다. 적어도 하루에 다녀오기는 먼 거리였다. 하지만 미순이 어머니가 돌아가셨다면 당연히 가보아야 할 자리였다. 어린 시절 미순이네와 우리 집은 서로 등을 마주하고 앉은 앞뒷집 사이였던 데다 지난번 동창모임에서 미순이와 나눈 이야기도 있지 않던가.

"훈아! 문자 받았지? 너 언제 갈 거야?"

문자 메시지만으로는 안심이 되지 않았는지 꺼칠이 녀석이 곧바로 전화를 걸어왔다. 녀석은 늘 그런 식이다. 갈지 말지를 묻지 않고 언제 갈 거냐고 물음으로써 안갈 수 없도록 명토를 박아 놓는 게 녀석의 특기이기도 했다. 미순이 아버지 김씨 아저씨가 돌아가셨을 때야 소식을 몰랐으니 어쩔 수 없었지만 이번에는 꺼칠이 녀석의 닦달이 없었어도 꼭 가봐야겠다고 생각하던 차였다. 속보이는 녀석의 말 품새가 다소 거슬려 곧바로 대답하지 않고 머뭇거리자 녀석이 말을 이었다.

"동창회에서 봉고버스 예약했어. 내일 마침 일요일이니까 새벽에 출발해서 당일치기로 다녀오게. 너도 시간 맞춰서 나와. 알지?"

이번에도 말 품새는 여전했다.

"글쎄……."

"너무 멀어서 부조만 보낼라다가 미순이 생각해서 내가 특별히 힘쓴 거야. 미순이 걔, 나 아니었으면 어머니 간암 수술도 못 했어. 알지? 내가 암보험 들어라들어라 해서 간신히 들게 했잖냐. 지난번에도 큰일 치르기 전에 미리미리 상조보험 하나 들어라들어라 했는데, 미루고 미루더니 이게 뭐냐. 결국 객지에서 장례 치르게 됐잖니. 상조보험만 들었으면 서울로 모셔다가 번듯하게……. 알지?"

"나는 따로 갈게. 일이 좀 있어서"

더 이상 들을 수가 없어 꺼칠이의 말을 잘랐다. 조금 편하자고 봉고버스를 탔다가는 녀석이 취급하는 보험 상품은 물론 앞으로 나올 보험도 미리 예약해 두어야 할 판이었다.

무궁화호 1273 열차가 16시 43분 서울역을 출발하자 나는 곧바로 잠이 들었다. 아마도 열차가 한강철교를 건너는 도중이었을 것이다. 창측 좌석에 비스듬히 기대어 꽉 막힌 강변북로를 비스듬히 내려다보는 도중 눈꺼풀이 맥없이 내려앉았다. 63빌딩에 반사된 따가운 오후 햇볕이며 노량진 수산시장을 드나드는 트럭의 이미지가 기억 속에 남아 있지 않은 걸 보면 한강을 건너는 도중 잠이 든 것이 틀림없다. 진영역 도착 예정시간은 21시 49분, 깊은 잠을 청하기에도 충분한 시간이었다.

표를 끊고 역 광장으로 나가 담배를 한 개비를 피워 물 때부터 나른함이 밀려왔다. 광장의 풍경 때문이었는지도 모른다. 도시는 온통 나른했다. 커다란 여행 가방을 들고 계단을 오르는 여자, 택시 승강장에 비딱하게 줄을 서서 앞 사람 어깨 너머로 연신 고개를 내미는 코르덴바지 청년, 예수천국 불신지옥을 외치는 메가폰 사내, 아테네학당 계단에 널브러진 소크라테스처럼 역 계단에 비스듬히 누운 노숙자. 모두들 익숙하고 뻔뻔한 연기자 같았다. 내 옆에서 담배를 피우고 있던 나이키 신발에게 손가락 두 개를 펴 보이며 일어나 다가오는 소크라테스, 무언극을 하듯 빈 담뱃갑을 보이는 나이키, 아무렇지도 않은 듯 이번엔 나를 향해 손가락을 벌리는 소크라테스. 모두들 너무도 익숙하게 자신의 연기를 이어가고 있었다. 짐짓 익숙한 연기자인 척 나는 담배 한 개비를 꺼내 소크라테스에게 건넸다. 맡겨놓은 물건을 찾아가듯 다시 계단 아래로 내려가 비스듬히 누워버리는 소크라테스. 그리고 내 주변을 맴돌고 있는 소크라테스가 남긴 노숙인 특유의 냄새. 그 냄새를 맡으며 나는 나른하게 마른 하품을 토했다. 꿈을 꾸고 싶었다. 소크라테스처럼 비스듬히 누워 지루한 장편 영화를 보듯이 누군가의 긴 이야기를 무심히 바라보고 싶었다. 가급적이면 대사가 거의 없는, 손가락 마디가 매끈하면서 새하얀 여자 주인공이 나오는, 그리고 손가락 사이에 끼운 담배를 빨 때 새끼손톱에 칠한 검정 매니큐어가 가늘게 떨리는 장면에서 엔딩 크레딧이 화면을 채우는 영화. 그런 꿈을 꾸고 싶었다. 서울이 너무 익숙하고 나른하고 무엇보다도 도무지 뻔뻔해서 견딜 수 없었다.

날개를 펴고 몇 차례 허공을 저으니 몸은 쉽게 공중으로 떠올랐다. 멀리 구름 위로 하늘빛이 출렁거린다. 하늘을 나는 것이 이렇게 쉬운 줄 알았다면 진즉 날갯짓을 배웠어야 했는데 하는 짧은 후회가 들었다. 공중에는 크고 작은 여러 개의 애드벌룬이 떠다니고 있었다. 작은 것들은 대부분 시야 아래로 내려다보였지만 드문드문 엄청나게 큰 놈들이 태양계 행성처럼 궤도를 돌며 날개 옆을 아슬아슬하게 비껴간다. 몇 차례 위험한 순간도 있었다. 특히 목성만큼 덩치가 큰 행성 옆을 지날 때는 하마터면 놈의 중력장 속으로 빨려 들어가 몸뚱이가 산산조각이 날 뻔도 했다. 목성의 엄청난 중력은 나를 순식간에 빨아들였다. 좌우 날개를 바동거렸지만 소용이 없었다. 순간 우주선의 귀환궤도는 대기권과 적당한 사각을 이루어야 한다는 상식이 떠올랐다. 만일 이대로 있다간 거의 수직에 가까운 각도로 중력장에 사로잡히게 되고 곧바로 화염에 휩싸여 타버리게 될 것이다. 더 이상 날갯짓은 소용없었다. 거대한 목성 중력에 맞서 내가 할 수 있는 유일한 일은 다리를 바싹 잡아당기고 척추를 최대한 돌돌 말아 몸 전체를 둥근 공처럼 만드는 것뿐이라고 판단했다. 예상대로 바람은 거셌다. 난생처음 경험한 강력한 힘이 경추1번과 2번 사이를 강타하더니 그 충격이 도미노 골패가 순서에 맞춰 쓰러지듯 척추를 따라 차례차례 전이되었다. 경추7번을 지나 흉추1번부터 12번까지 그리고 요추1번부터 5번까지 훑어 내려가는 통에 뼈마디를 지탱하고 있는 연골 바킹이 튕겨져 나갈 것만 같았다. 그런데 충격이 허리를 지나 엉덩이 쪽 그러니까 천추1번으로 넘어가려는 순간 신기하게도 바람이 멈추었다. 그 순간의 느낌을 뭐라 설명할 수 있을까. 무중력 상태에서 유영해본 경험이 있는 우주인이라면 그 순간을 이해할 수 있을지도 모른다. 그것은 일종의 힘의 팽팽한 균형 상태였다. 외부의 물체를 빨아들이는 중력장과 극성이 다른 물질을 거부하는 반발력이 그 위치에서 균형을 이루고 있었던 것이다. 행성 표면과 거센 바람이 마찰하면서 자기장이 만들어진 탓이었다. 내 몸은 골뱅이처럼 동그란 자세 그대로 자기장의 반발력과 중력장의 흡입력 사이에 만들어진 힘의 비무장지대를 따라 스르르 미끄러졌다. 우주인이 롤러코스트를 타는 느낌이라고나 할까. 여하튼 좋았다. 뼈마디를 자극하던 고통이 그치고 공포감도 말끔하게 사라져 정말 놀이기구를 타는 기분이 들었다.

중력장과 자기장을 무사히 벗어난 나는 다시 날개를 폈다. 여러 개의 행성들 중에서도 역시 목성은 멀리서도 한눈에 알아볼 수 있을 만큼 강한 존재감을 과시한다. 목성이 두르고 있는 띠는 일종의 시위대의 메시지 같은 것인데, 붉은색 띠 한가운데 커다란 글씨로 자신의 정체성을 드러내고 있었다. 〈최고의 투자〉〈특별 분양〉 그러고 보니 궤도를 돌고 있는 행성들은 저마다 목소리를 내고 있었다. 붉은 얼굴의 화성은 부끄러운 표정으로 〈중도금 담보대출〉을 이야기하고, 가장 작은 궤도를 돌고 있는 수성은 〈최저이자 선착순〉이라는 기다란 꼬리를 매달았다. 무지개 색으로 치장한 지구 행성은 능청스런 표정으로 〈마감임박〉을 알렸다. 너나없이 부푼 욕망을 허공으로 띄워 올렸다. 하지만 팽팽하게 당겨진 밧줄에 의해 모두의 욕망은 억압되고 있다. 나는 두 날개를 기울여 행성들의 궤도 주변을 선회하며 각각의 욕망을 살폈다. 나를 괴롭혔던 목성이 부르르 경련을 일으킨다. 놈이 궤도이탈을 꿈꾸는 것인가? 욕망을 붙들어 맨 밧줄을 끊고 감히 탈주를 꾀하기라도 한단 말인가? 목성을 옭매고 있는 밧줄이 아무리 단단하다 해도 어딘가에 약한 고리가 분명 있을 터, 나는 그의 탈주를 돕기로 한다. 밧줄을 중심으로 좁은 동심원을 그리며 선회하던 도중 약한 고리를 찾았다. 있었다. 굵은 밧줄이 그물처럼 갈라지는 약한 지점이. 나는 밧줄에 달라붙어 부리를 쑥 내밀었다. 그리고 그걸 물고 늘어졌다. 팽팽하던 밧줄이 어이없게 툭 끊어진다.

마침내 목성은 둥실 떠오르며 정해진 궤도를 가로질러 탈주한다. 나도 날개를 털며 목성의 뒤를 쫓았다.

"이긴 얼만교?"

날카로운 사투리가 잠을 깨웠다. 뒤로 제쳤던 좌석 등받이를 세우고 뻣뻣해진 목을 좌우로 움직였다. 삐딱한 자세로 잠이 들었던 탓인지 꿈에서 느꼈던 것과 같이 경추와 흉추 부위가 뻐근했다. 차창밖엔 이미 어둠이 내려앉아 있었다. 여덟 시 사십일 분 이십오 초. 휴대폰 액정은 에누리 없이 정확한 시간을 표시하고 있다. 얼추 계산해도 네 시간 동안이나 잠을 잤으니 당초 원했던 장편영화 한 편을 감상한 셈이다. 비록 원했던 내용의 영화는 아니었지만.

"그긴 삼천오백언"

반사된 차창 속으로 홍익회 명찰을 단 카트맨이 캔 커피를 들어 보였다.

"뭐라꼬 그래 비싼교?"

"서타벅스아입니꺼. 세계적인 버랜드 서타벅스 모립니꺼?"

"서타복사?"

"이기 쎄번일레번 가먼 사천언썩 받심더"

"아까 그기 주이소"

파머머리의 촌로는 스타벅스 커피 대신 사이다와 삶은 달걀을 집었다. 거래를 마친 카트맨이 내 곁을 천천히 지나갔다. 삶은 달걀과 김밥은 아래 칸에 그리고 눈에 잘 띄는 위 칸엔 스타벅스 커피가 어색하게 동거하고 있다. 하기사 어울리지 않는 동거가 그 것뿐이랴. 서울역광장에서 보았던 노숙하는 소크라테스, 잠시 꿈에서 만났던 행성, 그리고 무작정 열차에 올라 웅크리고 앉은 내 꼬락서니. 따지고 보면 무엇 하나 어색하지 않은 게 없지 않은가. 다시 등받이를 젖히고 비스듬한 자세로 차창을 바라보았다. 차창 밖에는 드문드문 비껴가는 불빛 말고는 시선을 둘 만한 것이 없다. 불빛이 지나간 차창에 늙수그레한 얼굴이 비쳤다. 보고 싶지 않은 얼굴이었다. 더 이상 새치라고 우길 수 없을 만큼 무더기로 솟아나는 흰머리하며 그나마 몇 가닥 남지 않은 정수리 부근 머리칼, 늘어지기 시작한 눈 밑의 주름, 도착지까지 남은 한 시간 남짓의 시간을 굳이 차창에 비친 얼굴을 들여다보며 늙음을 확인하는데 쓰고 싶지 않았다. MP3 플레이어를 켜고 이어폰을 꽂았다. 그리고 다시 눈을 감았다. 아날로그 시대를 풍미했던 가수들이 디지털 기기 속에서 뻔뻔스럽게 노래를 부른다.

열차는 청도와 삼랑진을 거쳐 진영에 도착했다. 예정보다 오분 늦은 21시 54분. 열차에서 내려서니 바람이 제법 차게 느껴졌다. 진영역에서 내린 승객은 내 또래 중년 여성과 휴가 나온 군인 그리고 나를 포함하여 세 사람뿐이었다. 두 사람 모두 개찰구를 향해 빠른 걸음을 옮겼다. 나는 맨 끝으로 개찰구를 나섰다. 대합실을 거쳐 역사 밖으로 나서려는데 출입구에 노랑 바탕에 익숙한 얼굴을 새긴 현수막이 길게 걸려있다. 〈봉하마을 방문을 환영합니다.〉. 그러고 보니 이곳 진영은 얼마 전 1주기를 치른 전직대통령의 고향이기도 했다. 현수막이 걸린 것을 보니 1주기가 지나고도 여전히 방문객이 많은 모양이었다. 역사 밖 조그마한 광장으로 나섰다. 여행 가방을 든 중년 여성 승객은 역전 마당에 마중 나와 있던 비슷한 또래의 사내를 따라 승용차에 올랐다. 얼핏 들린 두 사람의 대화로 미루어 보건데 부부는 아닌 것 같았다. 또 한 사람의 승객인 휴가 군인은 군기 빠진 발걸음으로 역전 마당을 지나 어둠 속으로 묻혔다. 두 사람 모두 익숙한 배우처럼 느껴졌다.그리고 홀로 무대에 남겨진 이방인이 진영역 마당에 서서 두리번거린다. 미순이 어머니를 모신 장례식장은 진영 읍내에서 택시로 사십분 거리라고 했으니 넉넉잡아도 자정 전에 도착할 수 있을 시간이었다. 빈소를 찾아가기에는 적당한 시간이기도 했다. 그런데 생각해보니 혼자 이 시간에 빈소를 찾아가는 게 어쩐지 뻘쯤할 수 있겠다는 생각이 들었다. 문상을 마치고 바로 일어설 수도 없고, 미순이와 이야기를 나눌 수는 있겠지만 상주노릇을 해야 하는 사람을 밤새도록 붙들어 놓을 수도 없는 일. 게다가 꺼칠이 녀석한테 일을 핑계로 동행을 거절했던 터라 녀석보다 먼 저 자리 잡는 것도 모양새가 어색했다. 차라리 근처에서 여관이 라도 찾아보는 편이 나을 듯했다.

대부분의 지방 소읍이 그렇듯이 진영읍 역전 인근 구도심도 쇠 락해가고 있었다. 역 입구에 손님을 기다리는 택시 몇 대를 제외 하곤 흔한 포장마차 하나 불을 밝힌 곳이 없었다. 한때는 꽤나 번 성했었을 역 주변. 역전다방이 있었을 법한 건물 2층 자리엔 역 시나 역전커피숍으로 이름을 바꾼 간판이 붙어 있다. 역전커피 숍이 아니라 진짜배기 역전다방이 한창 주가를 올릴 때였다면 이 시간 이 일대는 불야성을 이루고 있지 않았을까. 짐작컨대 이 시 간이면 유흥주점으로 변신한 역전다방에는 읍내 화류계를 주름 잡았을 마담의 웃음소리가 간드러지고 뭇 총각들의 애간장을 녹 이던 김양, 조양, 홍양의 애교 가득한 목소리가 다닥다닥 붙은 테 이블을 넘나들고 있었을 게다. 낮 시간 본연의 업종으로 돌아온 역전다방에서는 앞말 처녀와 뒷말 총각이 수줍게 마주 앉아 맞선 을 보고. 그렇게 만나 이십여 년을 살아온 부부는 바로 같은 자 리에서 서울로 유학 떠나는 자식에게 날달걀을 동동 띄운 쌍화차 를 억지로 권했을 게다. 그리고 대여섯 해 더 지나 낯선 서울말의 처녀와 동행한 아들을 또 같은 자리에서 맞이하며 얼추 삼십 년 이 족히 지나도록 다방 한 구석을 장식하고 있는 밀레의 만종을 바라보았을 것이다. 인근의 크고 작은 역사를 고스란히 간직하고 있을 실록 역전다방. 하지만 쇠락한 역전커피숍은 고작 저녁 열 시를 갓 넘긴 시간에 고단한 듯 간판 불을 끄고 잠들어 있다. 어쩌면 불 꺼진 역전커피숍 주방 구석 쪽방에 이젠 그 누구도 홀릴 재간이 없는 늙은 마담이 화려하던 시절을 회상하며 뒤척거리고 있을지도 모른다.

휴가 군인이 사라졌던 방향을 따라 몇 발자국 걷다가 철길 건너편으로 이어진 작은 육교 계단을 올랐다. 한 계단 한 계단 오를 때마다 무릎을 허리 높이까지 치켜올려야 할 만큼 계단은 가파르다. 그깟 몇 계단 오르막에 숨이 거칠어진다. 육교 위에 올라 고개를 드는데 철길 건너편으로 화려한 불빛들이 보였다. 전혀 예상하지 못한 느닷없는 광경이었다. 건너다보이는 작은 신도시는 온통 화려한 간판들이 번뜩이고 있었다. 빨강색 교회 십자가를 중심으로 단란주점, 노래방, 24시간 해장국, 라이브카페, 모텔 간판이 최신 LED 조명으로 눈이 부시게 빛났다. 나는 육교 위에 멈춰 섰다. 그 생뚱맞은 광경을 어떻게 이해해야 할지 혼란스러웠던 거다. 사막 한가운데 지어진 환락의 라스베이거스. 쇠락한 역전다방 건너편에 환락의 라스베이거스가 버티고 있다니. 도저히 어울릴 수 없는 것들이 이렇게 버젓이, 능청스럽게, 뻔뻔하게 동거할 수 있을까. 노숙자 소크라테스, 욕망의 궤도에 사로잡힌 행성, 삶은 달걀과 스타벅스, 디지털 장치 속에서 노래 부르는 아날로그 가수 그리고 골방에 누워 세월을 곱씹고 있을 역전 다방 마담과 건너편 단란주점에서 탬버린을 흔들며 춤을 추고 있을 젊은 여인들. 어이없이 헛헛한 웃음이 터졌다.

육교 위에서 발길을 돌렸다. 숙소를 잡으려면 라스베이거스 쪽이 수월할 듯했다. 하지만 왠지 그곳은 지금의 나에게 어울리지 않을 것 같았다. 다시 역 광장으로 내려와 역전다방 앞을 지나쳤다. 택시기사 몇몇이 고개를 내밀고 호객을 했다. 나는 아랑곳하지 않고 내처 걸었다. 희미한 형광등 불빛의 〈용꿈여인숙〉간판을 발견한 것은 행운이라면 행운이었다. 원래 그랬던 것처럼 역전 주변 분위기와 어울리는 자리에 〈용꿈여인숙〉이 있었고, 나는 작정이라도 한 듯 용꿈여인숙 입구로 향했다. 불을 밝힌 창 하나도 없이 〈용꿈여인숙〉은 잠들어 있었다. 다른 일도 아니고 장례식에 참석하기 위한 여정 아니던가. 그런 와중에 화려한 네온으로 번쩍거리는 모텔에서 잠을 잔다는 것도 어울리지 않는 일이지 싶었다. 어쩌면 읍내 인근에서 가장 오래된 숙박시설일지도 모르는, 그래서 인근 사람들이라면 누구라도 한번쯤 묵어갔을지도 모르는 이곳 용꿈여인숙에서 하룻밤을 보내는 것도 나름 의미가 있지 않을까.

현관 손잡이를 밀자 문 위에 매달린 종이 딸랑거렸다. 놋쇠로 만든 작은 종이었지만 잠든 건물을 흔들어 깨울 만치 큰 소리를 냈다. 현관 안쪽에 마주한 카운터 방, TV를 켜둔 채 모로 누워 졸고 있던 여인숙 주인 여자가 부스스 일어나 고개를 내민다.

"주무실라꼬?"

파마기가 풀린 머리를 만지면서 나를 향해 턱을 치켜드는 주인 여자의 입에서 찌든 담배 냄새와 술 냄새가 섞여 나왔다. 허연 머리칼이 파뿌리처럼 밀고나와 그나마 염색기 남은 검은 머리칼이 두피 위에 떠 있는 듯했다. 주인 여자는 후하게 보아도 환갑을 넘기고도 한참은 되어보였다.

"신발 갖고 오소"

주인 여자는 내 대답을 다 듣기도 전에 복도 맨 끝 방, 1호실로 앞서 걸어 들어갔다. 족히 십년은 더 되었을 십사인치 TV와 작은 거울 그리고 선풍기 모양의 전기난로가 전부였다. 그리고 바닥에 깔린 이불엔 누군가의 신체부위에서 빠져나왔을 털들이 군데군데 들러붙어 있었다.

"얼마죠?"

"딸레미 보게?"

"테레비? 그야 당연히"

"사만언"

여인숙치고는 숙박비가 너무 비쌌다.

"무슨 여인숙이 모텔보다 더 비싸요?"

"딸레미 본다메"

"딸레미라뇨?"

"아가씨 긴밤"

"아니요. 잠만 잘려구……."

나름 부여했던 용꿈여인숙의 이미지가 훅하고 달아났다. 내려 놓았던 가방과 신발을 다시 집어 들까 망설이는데 밖으로 난 작은 창문으로 빗방울이 후두둑거리며 부딪쳤다.

"잠만 주무실라먼 이만언만 주이소"

"샤워는 할 수 있어요?"

"샤와? 더운물은 안 나와예"

온수도 안 나오는 여인숙이 이만 원이라니 비싸다 싶었지만 그냥 방을 잡았다. 청승맞게 비를 맞으며 숙소를 찾아 돌아다니 느니 이편이 나을 듯싶었다.

"대통렝 만날라꼬 왔소?"

"누구요?"

"대통렝."

"아니요……."

"딸레미도 안 본다 카이 대통렝 볼라꼬 와삔 줄 알았제."

지갑에서 꺼낸 만 원짜리 두 장을 날름 받아 챙기면서 스스로 도 조금은 염치없다고 생각했나보다. 주인여자는 굳이 필요 없는 말을 걸더니 방에서 나갔다.

이부자리를 발끝으로 들추니 먼지가 풀썩 일어난다. 주인여자를 다시 불러 이부자리를 바꿔달라고 할까 망설이다가 그냥 창문을 열고 깔려 있던 이불과 요를 털어냈다. 잠시 공중으로 부양했던 먼지 알갱이와 길고 짧은 털들이 고스란히 다시 제자리로 내려앉았다. 열린 창으로 빗방울이 튀어 들어와 들고 있던 이불에 점.점.점 박혔다. 용꿈? 이방에서 용꿈을 꾸리라 기대한 것은 아니었지만 개꿈을 꾸기조차 호사스러울 만큼 염치라고는 없는 방이었다. 지금은 누구도 거들떠보지 않을 붉그죽죽 연꽃무늬 벽지는 아래쪽으로 내려오면서 속 뒤집힌 시멘트 부대 색깔로 변했고 군데군데 짓이겨지면서 삐친 모기 먹물이 사방으로 삿대질을 해대고 있었다. 소읍 여인숙이 늙고 초라한 것을 어찌 탓할 수 있으랴만 미어진 속곳이라도 야무지게 기워 입을 수는 있는 법, 차라리 '용꿈'이라고 데름찬 문패나 내걸지 말든가. 불을 켠 채로 몸을 뉘었다. 낯선 이방인이 찌푸린 얼굴로 제 속살을 살피고 있는지도 모르고 용꿈여인숙은 다시 뻔뻔스럽게 잠에 빠져들었다. 바닥의 온기가 느껴지자 온몸이 군성거리기 시작했다. 찝찝한 기분에 이불은 허리춤까지만 덮었는데도 겨드랑이와 목 언저리까지 군성거림이 번졌다.

  이 방은 얼마나 오래되었을까? 붉은 연꽃이 바랠 대로 바래 화석처럼 벽에 붙박일 정도면 벽지만도 족히 십년을 넘었을 터이고, 만일 주인여자가 처음 손님을 받기 시작한 게 바로 이곳이라면 용꿈여인숙 1호실의 역사는 그보다 훨씬, 어쩌면 삼사십 년 넘는 세월을 거슬러 올라가야 할지도 모른다. 단지 오래되었다는 것, 특별할 것 하나 없이 한자리를 몇 십 년 지켜 왔다는 것만으로도 그 존재는 존중받아야 한다. 용꿈여인숙도, 늙고 초라한 주인여자도, 오래되어 잔털이 다 빠져나간 역전다방의 벨벳소파도, 용꿈여인숙의 오랜 단골일지도 모르는 역전다방 마담도 그리고 쇠락한 진영읍도.

나도 모른 사이에 군성거림이 멈췄다. 닳아버린 연꽃 문양 벽에 등을 기대고 이불을 끌어올려 가슴께까지 덮었다. 1호실 방은 그동안 수많은 객들을 품었던 것처럼 익숙하게 나를 품는다. 1호실 천장과 벽은 자신이 품었던 객들이 떨구고 간 삶의 미세한 편린들을 얼마나 기억하고 있을까? 입대를 앞두고 취기에 이끌려 이곳에서 총각 딱지를 뗐던 청년의 축축한 등줄기를 기억하고 있을까? 부모 몰래 상경했다 지치고 찢겨진 몸으로 귀향한 시골처녀, 그녀가 시골집을 코앞에 두고도 발길을 돌려 여인숙 1호실에서 움츠리고 밤을 새워야 했던 사연을 여적지 기억하고 있을까? 농협 빚으로 애지중지 키우던 송아지 열 마리, 개 값이 되어버린 탓에 영농후계자 청년이 그라목손 한 병을 통째로 들이키던 순간을 생생하게 떠올릴 수 있을까?

전직 대통령의 고향이라고? 어쩌면 용꿈 1호실 어딘가에는 대통령이었던 그의 흔적도 남아 있을지 모른다. 대처로 나가기 전까지 시골 총각에 불과했다고 들었으니 그가 경험할 수 있었던 유일한 도시는 바로 이곳 진영읍내였을 것이다. 용꿈 1호실이라고 그의 흔적이 없으란 법은 없었다. 입영전야, 아니면 첫 시험에서 낙방하던 날, 혹시나 지금은 미망인으로 홀로 남은 첫사랑 여인과의 초야를 치른 곳이 바로 이 방일지도 모를 일이다.

천장에 붙어 있던 연꽃들이 주위를 천천히 돌기 시작할 때 연거푸 하품이 터졌다. 몸을 웅크리고 모로 누웠다. 열차 안에서 잠시 들렀던 꿈속에서처럼 몸 전체를 골뱅이 모양으로 돌돌 말았다. 1호실 자궁에 양수가 차오른다. 연꽃들이 양수 위를 둥둥 떠다니고, 태아는 웅크린 채로 떠오른다. 자궁 속은 아늑하고 편안하다. 태아는 양수로 가득 찬 자궁 속을 천천히 움직이며 연꽃을 쫓고, 작은 창에 얼굴을 대고 비오는 골목을 내다본다. 그리고 작은 소리로 옹알이를 한다. 정말 용꿈이라도 꿀 듯이.

"할매요!"

까무룩하게 잠에 빠지려고 할 찰나였다. 현관문이 거세게 열리며 요란한 종소리가 용꿈여인숙 전체를 들쑤셨다. 이어 둔탁한 무언가가 바닥을 두드리는 울림이 전해졌다. 화들짝 잠에서 깨어난 건 아마도 그 둔탁한 소리 때문이었을 것이다.

"메칠이나 됐다고 또 왔노. 비가 이래 오는데 목발 짚고 자빠지면 으짤라꼬"

"할매 안아줄라꼬 왔제"

"문디자슥 말끝마다 할매가 뭐꼬 누야라꼬 해야제."

적어도 불혹은 훨씬 넘긴 사내의 목소리였다. 목발은 방으로 이어지는 복도를 따라 찔거덕 찔거덕 걸어 들어가더니 1호실과 마주한 4호실 문을 벌컥 열었다. 원래 목청이 큰 건지 아니면 일부러 호기를 부리는 것인지는 몰라도 다른 방 손님에 대한 예의는 전혀 찾아볼 수 없었다.

"목발은 거게 두고 드가그라!"

"와? 남의 다리를 한데다 두라 카는교."

"지난번 맹키로 들고 휘둘를깨비 그러제."

"어데에. 술 안먹었다카이 걱정 마이소."

"족발은 어데 빼뿌리고 왔노."

"할매요 무식허게 족발이 뭔교 어의족이제."

"어족인지 의족인지 족은 으쨌노."

"사타구니가 가려바서 빼뿌리고 왔제."

"쎄고 쎈 젊은 딸레미 냅두고 와 늙은 할매만 찾노."

"딸레미가 빙신 좆 좋다카나?"

"내 좋아서 오는 게 아이고?"

"퍼뜩 들어오기나 하소."

목발이 건너편 방문을 세게 닫는 바람에 이쪽 방문은 물론 반대편 유리창까지 들썩거렸다.

"샘에서 숭늉 찾나? 조매 기다리라."

공동욕실 문이 여닫히고 물 끼얹는 소리가 들렸다. 한데나 다름없는 욕실의 물은 얼음장 같을 텐데 끼얹는 물소리는 거침이 없었다. 욕실을 나온 슬리퍼가 종종걸음을 치더니 건너방문이 열렸다 다시 닫힌다.

"와 이제오노. 좆 빠질라칸다."

목발이 내지르는 소리는 여전히 요란했다.

"뒷물 쫌 했다."

목발이 뭐라고 구시렁거리는 소리가 들렸지만 알아들을 수 없었다. 작은 호기심에 나는 귀를 세우고 침을 삼켰다.

"보재이 동생 똘똘이가 와 이리 썽이 났노."

상상을 자극하는 소리가 전해져 왔다. 옷가지가 부스럭거리고 사내가 끙끙거리며 앓는 소리를 냈다. 힘을 주는 소리인지 신음 소리인지 모를 주인 여자의 목소리도 섞였다. 목발 사내의 숨소리가 점점 거칠어졌다. 그런데 건넌방 소리는 나의 기대와는 달리 전혀 외설스럽게 느껴지지 않았다.

"츤츤히 하그래이"

하지만 거친 사내 숨소리는 더욱 빨라지며 최고조를 향했다.

"에이 씨팔!"

절정의 순간 내지른 사내의 욕은 상스럽다기보다는 허전하고 쓸쓸했다.

"오야. 욕봤다."

거칠던 숨소리가 잦아들고 더 이상 아무 소리도 들리지 않았다. 십여 분 정도 지났을까. 목발 사내는 이내 코를 골기 시작했다. 잠이 아주 깊이 들었는지 코골음 소리는 편안한 간격을 유지했다. 잠시 뒤 코골이 사이로 주인여자가 흥얼거리는 노랫가락이 작은 소리로 섞였다.

자그라 자그라 가여운 아가야
도망간 각시도 잊어뿔고
자그라 자그라 가여운 아가야
도망간 다리 한 짝도 잊어뿔고
자그라 자그라 가여운 아가야
썽난 고치랑은 누야가 만져 줄꼬마
자그라 자그라 가여운 아가야
개꿈 꾸지 말고 용꿈 꿔라

나도 스르르 용꿈 속으로 다시 들어간다.

전날 내린 비 때문인지 아니면 공동욕실의 찬물로 세수를 한 탓인지 볼을 때리는 아침 공기가 차가웠다. 역전 근처에서 해장국 한 그릇을 비우고 택시 승강장으로 걸어 나오는데 찬바람이 얼굴을 때렸다. 밤새 비가 내리는가 싶더니 역시나 아침 바람이 제법 맵차게 변해 있었다. 해장국 첫술을 뜨면서 올려다본 시계가 아홉 시 언저리를 지나고 있었으니 지금쯤 출발하면 적당할 듯했다. 택시를 타면 장례식장 도착시간이 얼추 열시가 넘을 것이고 새벽에 출발한 꺼칠이 일행과는 앞서거니 뒤서거니 하는 정도일 것이다. 만일 내가 먼저 도착한다고 해도 밀양까지 고속열차를 타고 왔다고 하면 일부러 자기를 피했다고 생각하지는 않을 것이다. 승강장에는 택시 두 대가 앞뒤로 주차되어 있었지만 두 대 모두 기사가 타고 있지 않은 빈차였다. 주변을 둘러보니 멀찍이 역 광장 자판기 앞에서 모범기사 복장의 두 사람이 한손에는 종이컵 다른 한손에는 불붙은 담배를 들고 잡담을 나누고 있다. 손짓이라도 할까 하다가 그만두었다. 나도 담배 한 개비를 꺼내 불을 붙였다. 어느 틈에 바람이 잦아들었는지 담배 연기가 흩어지지 않고 향불을 피워놓은 듯이 뽀르르 똬리를 튼다.

'미순이 아부지. 향불 피워놓고 제사 지내는겨?'

어린 시절 벽을 타넘고 들려오던 미순 어머니의 질색하는 목소리였다. 김씨 아저씨가 취해 들어오는 날이면 늘 그 소리가 우리 집 안방까지 넘어왔다. 아마도 김씨 아저씨가 담뱃불을 붙이고 술기운이 올라 꾸벅꾸벅 졸고 있었던 게 분명했다. 김씨 아저씨가 취하지 않은 날이 가물에 콩 나듯 했으니 향불 피워놓고 제사지낸다는 말은 거의 매일 듣다시피 한 셈이다. 정작 그 말에 불안해하는 건 우리 어머니였다. '저놈의 주정뱅이가 저러다 불이라도 내것네.' 물론 우리 어머니의 목소리는 벽을 타고 건너갈 만큼은 아니었다. 기억이란 게 그 짧은 틈을 비집고 끼어드는 걸보면 뜬금없으면서도 절묘하기도 하다. 미순이 어머니 영전에 향불을 올려야 하나 말아야 하나.

"미안합니데이."

앞쪽 택시 기사가 달려와 운전석에 오르며 말했다. 사실 달려오는 시늉만 했을 뿐 엔간히 보폭 큰 사내 걸음보다 느린 속도였다. 미안하다고 말하는 것으로 보아 기사는 택시를 기다리고 있는 나를 이미 멀리서 보고 있었던 게 분명했다. 만일 급한 볼일이라도 있었다면 충분히 시빗거리가 되고도 남을 일이었다.

"어디까지 가십니꺼?"

미순 어머니의 빈소가 있는 요양원 이름을 대자 택시는 곧바로 움직였다. 불과 서너 번 액셀러레이터 밟았을 뿐인데 택시는 순식간에 읍내를 벗어난다.

"아까 해장국 드신 손님 맞죠?"

"아…. 예"

"그 집 모양은 허름해도 해장국이 기차게 맛납니데이."

나는 밋밋한 웃음으로 대답을 대신했다.

"서울서 왔능교?"

"예"

"요양원 면회 가시는 길인 갑네예."

택시 기사는 자꾸 말을 섞고 싶은 눈치다. 내가 별다른 대꾸 없이 창밖으로 시선을 두자 거뭇하게 돋아난 턱수염을 손으로 훑어 내리곤 라디오의 볼륨을 올린다. 귀에 익은 음악프로 진행자의 목소리가 차안을 메웠다. 가을걷이 끝낸 들에 백로 몇 마리 날아와 바닥을 쫀다. 그 뒤로 거칠지 않은 작은 봉우리들이 밀려난다. 미순 어머니가 서울을 떠나 연고도 없는 낯선 요양원으로 향하며 바라보았을 풍경들을 나도 무심히 바라본다. 바람이 한차례 불어와 논바닥 마른 풀 섶을 헤집자 바닥을 쪼던 백로 몇 마리가 바닥을 뜬다. 박자를 맞춘 날갯짓으로 나선을 따라 공중으로 공중으로 날아간다. 그들의 눈에는 지상의 사람들이 띄워 올린 애드벌룬이 낱낱이 보일 테지. 욕망을 얽어맨 밧줄의 팽팽한 긴장이 굴절 없이 곧이곧대로 들어와 망막에 박힐까? 굳이 백로가 아니더라도 맑은 눈으로 보면 추잡한 욕망쯤이야 훤히 들여다보이게 되어 있다. 품속에 감춘 애드벌룬이 부풀어 오르면 오를수록 그것은 더 훤히 들여다보이는 법이다. 차창 밖으로 지나치는 풍경은 능청스럽게 여겨질 만큼 여일하다. 하기사 그렇지 않을 이유가 있을까? 시간이란 세상이 무너진대도 멈춰 서는 잠깐의 예의조차 차릴 줄 모르는 법이거늘 낯모르는 이방인을 위해 레드카펫이라도 깔아놓을 줄 알았던가?

"저 건너가 데통렝 생가라예."

택시 요금이 오천 원을 넘어서려는데 택시 기사가 묻지도 않은 말을 꺼냈다. 기사의 말에 고개를 반대편으로 돌려보니 작은 마을로 이어지는 진입로가 보였다. 마을 입구 가로수에 노란색 리본 여러 개가 매달려 흔들렸다.

"아⋯⋯. 예."

"살아 계실 제 참 좋았제."

문득 죽은 전직 대통령과 미순이 어머니가 동갑이거나 엇비슷한 연배일거라는 생각이 들었다. 아주머니가 열예닐곱 살에 미순이를 낳았으니 충분히 그럴 수 있었다.

택시기사는 국도로 접어들고서도 좀체 속도를 높이지 않는다. 답답증이 일어 창문을 열었다. 바람이 분다.

"담배 태우시게예?"

"아니요."

다시 창을 닫으며 대답했다.

"지는예 담배 피고 싶다카는 손님한테는 맘 놓고 피라캅니데. 없으믄 지꺼라도 드립니데이. 그 냥반 가시기 전에 담배 한 대 못 드린기 한이라예."

참 오지랖도 넓은 택시기사다. 기사가 조금 속도를 높였다. 멀리 산 중턱으로 난 길 옆으로 요양원 건물이 보인다.

라디오 진행자가 신청곡을 소개했다.

내 영혼이 떠나간 뒤에

행복한 너는 나를 잊어도

어느 순간 홀로인 듯

쓸쓸함이 찾아 올거야.

바람이 불어오면 귀 기울여봐

작은 일에 행복하고 괴로워하며

고독한 순간들을 그렇게들 살다갔느니

착한 당신 외로워도 바람소리라 생각하지 마.[19]

그 노래는 나에게 두 영혼을 위한 레퀴엠으로 들렸다.

---

19) 바람이 전하는 말 : 양인자 작사, 김희갑 작곡 〈조용필 8집〉 앨범 수록

바람의 노래

출입문 옆 B01호 우편함 아가리가 쩍 벌어져 있다. 그 모양새가 꼭 게걸스레 먹이를 탐하는 펠리컨의 입을 닮았다. 벌어진 아가리 틈새로 각종 우편물과 광고 전단들이 꾸역꾸역 채워져 삼킬 수도 게워낼 수도 없는 난처한 펠리컨의 입은 아무 말도 하지 않는다. 어찌 보면 식탐에 빠진 펠리컨보다는 소화시키지 못한 음식을 끊임없이 되새김질하는 거식증 걸린 소에 비유하는 것이 더 적절할 수도 있다. 통큰 피자 한판, 후라이드와 양념 치킨, 원 플러스원을 크게 강조한 강력세제가 뒤엉키고 한 달치 전기요금, 가스요금, 전화요금, 카드대금 고지서가 빼곡히 들어차 있으니 프랑스 작가 라블레가 보여주었던 먹깨비 거인 가르강튀아가 몇 달을 굶은 채 덤벼들어도 그걸 게워내지 않고는 못 견딜 듯하다. 어느덧 대형마트 육년 차 베테랑 계산원이 되어 있는 김미순. 그녀는 지금 퇴근하고 있다. 마트 매출은 서너 배로 뛰어 전국 1

위 매장이라는 명예를 얻었지만 그녀의 팍팍한 삶에는 어떠한 명예도 주어지지 않았다. 하지만 그녀는 시급 오백 원 인상에도 고마워할 줄 안다. 말하자면 그녀는 자신이 겪는 어려움을 비정규직 노동자를 쥐어짜는 대기업의 횡포나 사회구조적 문제 때문이라고는 절대 생각하지 않는 착한 비정규직 노동자이다. 육년 동안 단 한 번도 근무시간을 어긴 적 없고 계산대에서 손님을 맞을 때 정해진 접객매뉴얼에서 한 치도 벗어나 본 적이 없다. 얼마 전 간암을 앓던 어머니가 돌아가셨을 때 회사에서 단 한 사람도 얼굴을 비치지 않았지만 전혀 서운해 하지 않았다. 오히려 객지에서 상을 치르느라 회사 규정보다 하루를 더 빠지게 된 것이 송구스러워 점장에게 고개를 숙였던 그녀였다.

비정규직 노동자 김미순이 퇴근을 하고 있다. 퇴근길의 그녀는 늘 한손으로 광대뼈와 볼 살을 주무른다. 근무 매뉴얼에 따라 근무시간 내내 얼굴에 미소를 짓다보면 볼 근육이 광대뼈 부근으로 올라붙기 때문이다. 하지만 그녀는 자신이 받는 급여에 얼굴에 미소를 만드는 비용과 퇴근길에 볼 살을 주무르는 노동력의 가치가 포함되어 있는지 따위의 의문은 갖지 않는다. 그래서 김미순 계산원은 착한 비정규직 노동자다. 착한 비정규직 노동자 김미순은 일을 마치고 돌아오는 길에 재래시장에 들러 두부 한 모와 콩나물 등 찬거리를 샀다. 발품을 팔더라도 마트 물건보다 재래시장 것이 싸고 양이 많다는 것을 누구보다 잘 알고 있는 그녀

다. 김미순이 빌라 출입문을 지난다. 지하로 이어지는 계단으로
한 발짝 내려딛는데 아가리를 벌린 우편함이 눈에 들어왔다. 그
걸 보는 순간 시큼한 생목이 식도를 타고 스멀거리며 올라온다.
밀린 의료보험료, 전기료와 가스비, 아이 학원비와 휴대폰 고지
서……. 고지서를 빼고는 대부분 버릴 것들이다. 광대뼈를 문지
르던 손으로 피자, 치킨, 세제 및 화장지 등 색색가지 인쇄물을
골라내는데 얇은 우편봉투 하나가 바닥에 툭 떨어진다. 굵은 청
색 펜으로 '김미순 귀하'라고 쓴 손글씨에 그녀의 눈길이 머문다.

　　구청 공무원 봉수와 여의도 증권사 펀드매니저 용석은 거의 동
시에 우편물을 받았다. 아마도 점심식사를 마친 직후였을 것이
다. 구청 공무원 봉수는 구내식당에서 짜장밥과 우거지 국으로
배를 채웠다. 몇몇 동료들이 청사 밖 먹자골목으로 떼지어나가는
뒷모습을 얼핏 보았지만 공무원 봉수는 여느 때처럼 구내식당으
로 이어진 지하계단을 내려갔다. 식사를 마친 후 제자리로 돌아
왔을 때 책상 위에 비스듬히 놓인 봉투 겉면에서 자기 이름을 발
견한다. 그는 곧바로 봉투를 열었다. 마침 트림이 시원스레 터지
는 바람에 봉투를 찢는 소리는 들리지 않았다. 짜장 소스와 된장
이 뒤섞인 국적불명의 냄새가 책상 주변을 머뭇거리는 동안 우
편물 봉투를 열었으므로 그 냄새가 봉수 자신의 목젖을 타고 넘
친 것인지 아니면 우편물 봉투 속에 동봉된 것인지 알지 못했다.

한편 펀드매니저 용석은 점심을 걸렀다. 홍콩증권거래소 (HKSE)의 오전 장 시황이 심상치 않았기 때문이다. 몇 주 전부터 항생지수가 제자리걸음이더니 오늘은 홍콩상하이은행과 차이나모빌마저 흔들리기 시작했다. 용석은 신입 인턴직원이 정리해 올려놓은 한 움큼의 우편물을 거들떠보지도 않았다. 그의 위장 속에서 헬리코박터균들이 꿈틀거리기 시작하는 동시에 마주보이는 모니터 화면 속의 깨알만한 점들 역시 브라운 운동을 시작했다. 뱃속의 헬리코박터균과 모니터 속 점들이 섞바꿔가며 안팎으로 자극을 보낸다. 펀드매니저 용석은 내시경 화면으로 자신의 위장 속을 들여다보기라도 하는 것처럼 모니터 화면에 집중하고 있다.

헬리코박터균과 홍콩 증시가 꼼지락거리는 동안 구청 공무원 봉수는 왼손에 전화기를 들고 오른손 검지와 장지를 꼼지락거리고 있었다. 머릿속에서는 동창 친구 몇몇의 전화번호가 헬리코박터균처럼 꼼지락거리며 줄지어 기어 다녔다. 공무원 봉수는 휴대폰 전화번호부 기능에 의존하지 않고도 필요한 사람들의 연락처를 정확히 기억할 수 있는 요즘 보기 드문 인종이다. 남다른 기억력을 가진 그였지만 그 능력을 자신의 삶을 풍요롭게 하는 데는 사용하지는 못했다. 늙다리 구청 공무원이 화학원소 주기율표를 암기하고 있을 이유가 뭐란 말인가. 만일 승진 평가에서 나트륨의 원자번호가 몇 번인지, 칼슘(CA)과 칼륨(K)이 알칼리성을 띠면서도 어떻게 다른지 설명할 기회가 있었다면 그의 삶이 지금보다는 더 나았을지도 모른다. 하지만 그의 남다른 능력은 쓸데없는 것을 기억하게 함으로써 도리어 상황 변화에 적응하지 못하는 부작용을 낳았다. 심지어 주변사람들로부터 왕따를 당해야 했던 적도 있었다. 특히 술좌석에서 있었던 대화를 빠짐없이 기억해내는 그의 남다른 능력이 그랬다. 구청공무원 봉수는 정밀 핀셋으로 세균 시료를 집어 올리듯 머릿속에서 꿈지락거리는 전화번호 하나를 집어냈다.

증권사 펀드매니저 용석은 모니터 화면을 닫고 자리에서 일어났다. 홍콩 쪽 오전 장이 마감되면 큰손들의 전화가 빗발칠 것이 뻔했기 때문이었다. 큰손들의 잔소리도 피할 겸 사우나에라도 다녀올 심산이다. 마침 휴대폰이 부르르 떨었지만 그는 못 본체 사무실을 나섰다.

"본부장님. 휴대폰⋯⋯" 눈치 없는 인턴이 그의 휴대폰을 들고 급하게 따라 나온다. 그가 턱짓으로 통박을 주자 신입 인턴사원은 어쩔 줄 모른다. 한참을 떨던 휴대전화가 진동을 멈추자 미세하게 떨리던 신입 인턴사원의 손가락도 경련을 멈춘다. 인턴사원이 들고 있는 휴대폰에 대한민국 정규직 구청 공무원 봉수의 전화번호가 부재중 전화 메시지 기록으로 남는다.

현우의 아내와 현우를 닮은 그녀의 아들은 세 뼘 남짓한 좁은 사각 식탁을 마주하고 한 시간째 대치중이다. 사각 식탁 위에는 뚜껑이 깨진 닌텐도 게임기가 널브러져 있다. 엄마와 아들은 동시에 게임기를 향해 눈총을 쏘고 있었는데 두 시선이 날카롭게 조우하고 있는 지점에서 불꽃이 파닥거리며 피어올랐다.

"내꺼야!"

현우의 아들이 게임기에서 시선을 떼지 않은 채 입을 열었다.

"이제 니꺼 아니야."

"아니야 내꺼야."

"하루에 한 시간만 하기로 약속 했잖아."

"내꺼야."

"누굴 닮아서 옹고집이야?"

현우의 아내가 언성을 높였다. 그녀의 시선이 아들의 미간으로 옮겨졌다. 좁은 이마와 가늘고 단호한 눈매, 보면 볼수록 오래전 죽은 남편 현우를 빼박았다.

현관 밑으로 우편물 봉투가 비집고 들어온 것은 현우의 아들이 현우의 아내를 바라보며 한마디 던진 순간이었을 것이다.

"엄마는 엄마 애인하고 살아!"

"그 변태가 내 애인이라고?"

같은 시간 유영순은 지하철 2호선 안에서 누군가와 큰 소리로 통화를 하고 있었다. 열차가 홍대입구에 진입할 때 그녀의 휴대폰이 울렸고 지금 열차는 합정을 지나 당산철교를 건너고 있으니 그리 길게 수다를 떨었다고는 할 수 없다. 열차가 지상으로 올라오는 찰라, 서편으로 기운 햇볕이 객실 안으로 치고 들어와 눈에 박혔을 때 유영순의 눈매가 잠시 찌푸려졌을 뿐 그녀의 목소리를 누그러뜨리진 못했다. 덕분에 유영순과 같은 객차에 타고 있던 승객들은 원치 않았던 그녀의 사생활 일부를 공유할 수밖에 없었다.

"아니야! 여관방에 가서 내 발만 닦아줬다니까."

승객들 중 일부, 특히 유영순과 엇비슷하게 갱년기를 넘기고 있는 사내들의 귀가 쫑긋 곤두섰지만 모두들 못들은 체 짐짓 딴청을 피웠다.

"그러니까 변태지. 뭔 짓거리를 해야만 변태니?"

갱년기 사내 몇몇은 헛기침을 하고 또 다른 몇몇은 울리지도 않은 휴대폰을 열고 지난 문자를 뒤적였다.

"하하하! 그걸 네가 어떻게 알았니? 눈치 하나는 짱이다."

중늙은이 승객 몇몇이 미간을 좁혔지만 유영순의 목소리를 가로막고 나서는 이는 없었다.

"사실은 같이 일하는 이주노동자 중에 하나 점찍어 뒀었어."

전동차가 철교를 건너 당산역에 정차하고 문이 열렸다. 몇몇 승객들이 내리고 마치 근무 교대를 하듯 비슷한 수의 승객이 탔다. 문이 막 닫히려는데 허름한 양복의 사내가 커다란 박스를 실은 카트를 밀면서 가까스로 열차에 오른다. 한때 락커를 꿈꾸던 민씨였다.

"아니, 아니. 그 사람 말고 다른 남자야. 네팔출신인데……."

"승객여러분 안녕하세요. 주부님들께서 가정에서 편리하게 쓸 수 있는 다용도 채칼을 소개드리려고 나왔습니다. 날이 선선해지고 가을바람이 불면 주부님들은 제일 먼저 김장 걱정을 하게 되지요? 제가 소개드릴 다용도 채칼은 손쉽게 무채를 썰 수 있는 것은 물론 평소에는 오이마사지나 ……."

"내가 일하는 인권단체에서 만났어."

"제가 무채를 한번 썰어보겠습니다."

"그런 건 상관없어."

"보셨죠. 어떻습니까?"

"응. 나만 좋으면 되지 뭐 상관이야!"

"다시 한 번 보여드릴까요?"

"됐네. 신경 쓰지 마."

당산역에서 잠시 정차했던 열차가 다시 땅 밑으로 빨려 들어가는 동안 유영순의 목소리와 한때 락커를 꿈꾸던 민씨의 목소리가 섞였다. 뒤섞인 목소리 때문에 승객들은 누구의 목소리도 정확히 들을 수 없었다. 두 사람의 주소지로 우편물이 배달된 것은 유영순과 민씨의 목소리가 뒤잡이를 하는 바로 그 시각이었을 것이다. 발신인은 유영순이 말했던 바로 그 변태였다.

　　SS자동차 제1공장 하체 생산2부 정규직사원 출신 해고노동자 권춘식은 오늘도 대낮부터 술에 젖었다. 권춘식의 주량은 정리해고 이후 눈에 띄게 줄어 이제는 소주 한 병을 채 비우기도 전에 다리가 풀리고 혀가 꼬인다. 공고 졸업 후 생산현장에서만 이십오 년. 정리해고 직전까지만 해도 회사 앞 단골 돼지 곱창집에서 소주 서너 병을 비우고 나서야 알딸딸한 취기를 느끼곤 하던 그였다. 일 년에 한두 번 정도 단란주점이나 불법으로 술을 파는 노래방에서 도우미를 불러본 적도 있지만 대부분의 술자리는 돼지 곱창집을 벗어나지 않았다. 직장 상사나 기업주는 물론 가족이나 친지들의 입장에서 보았을 때 권춘식은 누구보다도 성실한 노동자였다. 이십오 년이 넘는 근속기간 동안 단 한차례 결근과 지각도 없었으며 만삭이던 아내가 구급차 안에서 첫아이를 출산했을 때에도 근무시간을 정확히 지켰던 그였다. 87년 노동자 대파업 당시에도 권춘식은 홀로 생산라인을 지키며 머리띠를 두르고 파업현장으로 달려 나간 동료들의 작업복을 챙겼다. 불가피한 대소사를 제외하곤 이십오 년이 넘도록 그의 생활 동선은 변함이 없었다. 회사-곱창집-사원아파트, 세 개의 꼭짓점으로 이어진 폐곡선 위에 늘 그가 있었다. 누구라도 원하기만 한다면 미리 약속을 하지 않고도 폐곡선의 길목만을 시키는 것으로 권춘식을 만날 수 있다. 근무 교대시간에 맞추어 공장 입구에 잠시 서 있으면 커다란 덩치에 팔자걸음으로 출입구를 향해 걸어 나오는 호빵맨을 보게 된다. 만일 교대 시간을 놓쳤다면 길 건너 두 번째 골목으로 들어와 간판 없는 돼지 곱창집을 찾으시라. 주인은 두 번이나 바뀌었지만 최장수 단골손님 권춘식은 여전히 깡통화덕 연탄불을 끌어안고 있을 터. 만일 곱창집 화덕이 식어 있을 시간이라면 그 길로 곧장 십분 남짓 사원아파트로 발걸음을 놓으시라. 동과 호수를 몰라도 아무 상관이 없다. 아파트 공터 한가운데서 '권춘식' 아니면 '권 반장'하고 부르거나 그의 세례명 '안드레아' 또는 별명 '곤드레아'를 부르시라. 그러면 곧바로 불콰한 얼굴의 호빵맨이 웃으며 반길 터이니. 하지만 지난 이십오 년 동안 그의 폐곡선 궤도로 무작정 끼어든 이는 아무도 없었다. 그리고 이제 골이 파일만큼 닳고 닳은 폐곡선 궤도는 꼭짓점을 잃고 흐느적거린다.

"곱 사장! 뱀 주사위 놀이 알아?"

곤드레아 권춘식이 불콰해진 얼굴로 곱창집 주인에게 말을 건다. 곱사장이 곱창집을 인수한 지 십이 년을 넘겼으니 두 사람의 인연도 그만한 세월만큼 곰삭아 있었다.

"알지. 운 좋게 주사위 빨 잘 받으면 고속도로 타고 올라갔다. 재수 없이 뱀한테 몰리면 바닥으로 미끄러지는 거."

"생각해 보면 우리는 고속도로 한 번 못 타보고 무식허게 한 계단 한 계단 걸어 여기까지 왔는데 말년에 뱀에 물려 버린 인생인 거야."

뭉툭뭉툭 썰어놓은 당근을 안주삼아 소주잔을 기울이면서 권춘식이 말을 받았다.

"권 반장은 그래도 평생 기술자로 살았으니 혹시 알어? 말년에 고속도로가 기다릴지……."

"기술자? 물고기도 물에 있어야 헤엄을 치지……."

권춘식은 동료 기술자들을 떠올렸다. 집단 정리해고 이후 불과 이 년 사이에 열 명이 넘는 동료가 자의 또는 타의로 죽음을 택했다.

"권 반장, 매일 깡소주여? 그러다 속 버려. 곱창 몇 가닥 구울까?"

곱창안주를 주문해본 지가 언제였는지 기억조차 가물거린다. 정리해고 바람이 휩쓸고 지나간 후 곱사장의 사정 역시 녹녹치 않을 게 뻔하다.

"곱 사장!"

곱 사장은 춘식의 말을 뒤로 하고 주방으로 한걸음 옮겨 냉장고 문을 열었다.

"권 반장. 괜찮아 부담 갖지 마. 그동안 당신네들이 나 먹여 살렸잖여."

곱 사장 말에 침이 고였지만 밀린 외상값만해도 곱 사장에게 고개를 들지 못한 처지라 권춘식은 이내 자리를 털었다. 공장 앞에서는 오늘도 동료들의 농성이 계속되고 있을 터. 하지만 춘식은 이내 집으로 발길을 돌렸다. 사원 아파트를 비우고 근처에 월

세 집으로 이사한 지가 꽤 되었는데도 취한 그의 발이 자꾸 익숙한 폐곡선으로 접어든다. 아직도 해는 중천인데 그의 얼굴은 곰팡이 핀 호빵처럼 여기저기 흠집과 주름으로 가득하다. 좀체 기울지 않는 해를 야속하게 올려다보는데 집배원 오토바이가 그의 옆을 가까스로 비껴간다. 오토바이 콘솔 안에는 권춘식 앞으로 배달될 봉투가 실려 있다.

오랜만에 플로터 석대가 동시에 바쁘다. 정용호는 열 평 남짓한 실사 출력소 사무실 겸 작업장 안을 하루 종일 바삐 움직여야 했다. 세 대의 플로터 헤드는 정용호보다 더 바쁘다. 서너 시간을 쉬지 않고 왕복운동 중이다. 지익ー 지직, 지익ー 지직. 정용호는 출력기 헤드가 움직이는 소리를 가장 좋아한다. 헤드의 움직임에 따라 조금씩 현수막을 토해내는 출력기의 활기찬 모습 또한 보기 좋다. 특히 요 며칠 사이 기대도 하지 않은 주문이 밀려들었다. 보통 행사가 많은 봄. 가을에 주문이 몰리고 초겨울로 접어든 요즘은 비수기이지만 올해는 달랐다. 몇 달째 시내 도심에서 집회가 열리면서 낯선 얼굴의 단골도 늘어났다. 중고등학생들부터 지긋한 노인층까지 고객층도 다양했다. 요즘만 같으면 실사 출력소 사업을 시작한 게 엄청난 횡재라고 해도 좋을 만하다. 그렇다고 경쟁관계에 있는 인근의 실사 출력소들이 모두 호황을 누리는 것은 아니다. 정용호가 운영하는 출력소는 남들이 갖지 못한 남다른 영업 포인트가 있기 때문이다.

출력기 석대 중 가장 형님벌인 T-210이 움직임을 멈췄다. 토해놓은 현수막이 기다랗게 혀를 내밀고 있다.

"여보! 퀵서비스 불렀어?"

"아까 불렀는데 아직 안 오네. 내가 막음질하고 포장할 테니 커팅해서 넘겨줘요."

정용호의 아내는 막음질의 달인이다. 처녀시절 가리봉동 봉제 공장에서 미싱만 십년 넘게 밟았으니 현수막 막음질이야 눈감고도 뚝딱 해치우는 게 당연지사이고 커팅된 실사지를 여러 장 겹붙여야 하는 대형 현수막도 한 치의 빈틈없이 맞물림이 가능했다. 그녀 역시 플로터 헤드가 움직이는 소리를 가장 좋아한다. 그리고 드르륵 박히는 전동 미싱의 시작음도 좋아한다. 다만 하얀 현수막 천에 그림을 토해 놓는 플로터를 보며 가끔 남편 정용호의 오래전 모습을 떠올리는 때가 있다.

그녀가 가리봉동에서 제일가는 미싱사였다면 용호는 인근에서 제일가는 그림쟁이였다. 가리봉동 일대는 물론, 조금 과장을 보탠다면 영등포 역전을 비롯한 서울 서남부 지역을 통틀어 용호가 그린 극장 간판만큼 맛깔난 볼거리는 없었을 것이다. 당시 서울 중심가에 위치한 개봉관들은 나은 편이었지만 변두리 동시상영 재개봉관의 홍보용 간판은 조잡하기 이를 데 없었다. 가령 홍콩 액션 배우 성룡의 날렵한 동작을 그린다고 그린 것이 지나가는 사람들의 눈에는 영락없는 영구의 헛발질로 보였다. 당대 최고의 에로 배우 안소영의 요염한 상반신은 헤벌쩍 입을 벌린 젖소부인의 모습으로, 코트 깃을 올린 국민배우 안성기는 뒷골목을 해갈하는 바바리맨이 되어 극장 간판에 걸리곤 했다. 하지만 용호가 그린 극장 간판은 누가 보더라도 다른 삼류극장의 간판과는 달랐다. 화장실 낙서 때문에 고등학교 시절 퇴학을 당했던 용호. 조금 늦게 태어났더라면 그래피티 아트 예술가로 명성을 날렸을지도 몰랐을 그는 아쉽지만 가리봉동 삼류극장의 간판그림 조수로 그림에 대한 열망을 이어갈 수 있었다.

처음에야 당연히 종영작 간판에 흰색 페인트를 덧바르는 일이 고작이었지만 늙수그레한 미술반장이 일찍이 용호의 재능을 알아본 덕분에 남들보다 먼저 페인트 붓을 쥘 수 있었다. 극장 간판은 포스터 그림과 가급적 똑같이 그리는 것이 가장 좋다. 우선 기본 바탕에 포스터와 배율을 맞춘 격자를 그려 넣고 밑그림을 안정적으로 잡아야 한다. 밑그림이 포스터와 다르면 전체 그림은 망가지게 마련이다. 그리고 페인트 색을 배합하는 일도 매우 까다롭다. 만일 용호가 배율에 맞춰 포스터와 똑같이만 그리려고 했다면 그 역시 다른 간판그림쟁이들처럼 장국영의 얼굴을 용팔이로 그려놓는데 그쳤을지도 모른다. 하지만 그의 예술적 감각은 여전히 살아 있었다. 무엇보다도 용호는 그림을 바라보는 사람의 시점을 고려할 줄 알았다. 인쇄된 영화 포스터와는 달리 극장 간판을 바라보는 시점은 밑에서 위를 향한다. 그에 따라 주인공의 하체와 상체의 비율은 달라야 하며 클로즈업된 얼굴 또한 하악골과 광대뼈 그리고 이마 부위의 비율이 다르게 표현되어야 한다. 용호는 그러한 원리를 적절히 활용할 줄 아는 그림쟁이였다.

가장 까다로운 작품은 역시 에로영화. 액션영화 등 보통의 작품은 주인공의 얼굴 인상을 제대로 잡으면 대체로 무난했지만 에로영화는 달랐다. 특히 여주인공의 눈빛을 표현하는 일은 가히 화룡점정에 비유한다 해도 과장이 아니다. 영화 〈채털리부인의 사랑〉. 이 영화는 용호의 화룡점정을 유감없이 보여 준 전설이 되었다. 가리봉과 영등포 일대의 크고 작은 극장들은 이 영화가 시내 개봉관에서 종영되기 한 달여 전부터 '개봉박두'를 외치며 분위기 몰이에 나섰다. 애마부인을 능가하는 당시 최고의 하드코어. 성인들은 물론 중고등학생들도 가발을 빌려 쓰고라도 꼭 보고 싶어 했던 영화. 단지 영화를 보았다는 것만으로도 같은 반 친구들 사이에서 우상으로 군림하게끔 만들었다는 바로 그 영화 〈채털리부인의 사랑〉이었다. 가리봉과 영등포 일대 극장에 일제히 간판이 걸렸다.

"아그야 뭣 허냐? 딴 디는 시방 간판 죄다 올렸는디."

사장의 닦달에도 용호는 뜸을 들였다. 물론 밑그림을 비롯한 모든 준비는 마친 상태였다. 남은 것은 주인공 실비아의 눈동자 그리고 그녀의 속살. 정용호는 마지막 화룡점정을 찍기 전에 경건한 마음으로 가리봉과 영등포 일대 극장들을 돌아보았다. 그리고 수십 차례 보았던 포스터와 예고편 하이라이트 장면을 다시 반복해서 돌려보았다. 문제는 오르가슴 순간의 실비아였다. 용호는 한참의 장고 끝에 드디어 붓을 든다. 인근 극장들 역시 실비아의 절정 순간을 다루었던 것은 물론이다. 하지만 실비아의 눈빛을 너무 강하게 표현하여 마치 쌍심지를 돋우고 싸우려고 달려드는 모습이 되거나 반대로 너무 게슴츠레한 눈빛이 되어 술 취한 퇴기 월매의 표정이기 일쑤였다. 게다가 반라의 주인공 실비아의 속살은 붉은색이 너무 강해 은밀한 가슴 계곡을 정육점 살코기처럼 시뻘겋게 떡칠해 놓은 게 대부분이었다.

드디어 정용호가 붓을 들었다. 붓은 거침이 없었다. 만일 금당 벽화를 그린 담징이 용호의 붓놀림을 보았다면 천오백 년을 훌쩍 건너 자신의 도플갱어로 부활한 것으로 착각할 만했다. 실비아의 가슴살이 물컹거리며 살아 숨쉬기 시작한다. 그리고 용호는 마지막 화룡점정을 찍었다. 간절하면서도 미세한 경련으로 파르르 떨리는 실비아의 눈빛. 보는 이의 가슴이 철렁 내려앉는다.

새벽을 넘기고 동이 틀 무렵이 되어서야 간판이 올라갔다. 그리고 다음날 아침. 가리봉 전철역에서 공단으로 이어지는 극장 앞 출근길은 때 아닌 정체를 빚었다. 소문에 의하면 공단에 입주한 공장들마다 지각사태가 벌어졌고 그 후로도 영화가 상영되는 기간 동안 각 공장 노무담당자들은 결근과 무단 조퇴자들을 찾기 위해 극장 앞에서 진을 쳤다고 한다. 인근 남녀 고등학교의 사정도 크게 다르지 않았다. 극장을 끼고 도는 좁은 골목에는 학생들에게 가발을 빌려주는 보따리 장사가 등장하는가 하면 주말 시내 개봉관 근처에서나 볼 수 있는 암표장사까지 법석을 떨었다고 한다. 아이를 데리고 외출한 엄마들은 극장 간판 앞에서 아이의 눈을 가리면서도 정작 자신은 간판에서 눈을 떼지 못했고, 넥타이를 맨 회사원들은 고개를 비틀고 용호의 작품을 감상하느라 마주 오는 사람과 정면충돌 후 멱살잡이 하는 일이 다반사였다고 전해진다. 전설이란 시간이 지날수록 덧붙여지고 과장되게 마련이지만 정용호의 전설은 달랐다. 〈채털리부인의 사랑〉이 기록한 유료 입장객 수는 개관 이후 최고의 기록이 되어 극장이 문을 닫을 때까지 극장 관계자들과 주변 상인들의 입에 회자되었으니 말이다. 그리고 정용호의 전설을 직접 경험했으며 그의 그림에 반해 종영되던 날 마지막 회를 포함하여 〈채털리부인의 사랑〉을 다섯 번이나 보았던 가리봉동 미싱 달인 용호의 아내가 그 전설을 생생히 기억하고 있으니 말이다.

대형 멀티플렉스가 생겨나면서 변두리 재개봉관들은 하나둘 문을 닫기 시작했다. 가까스로 살아남은 극장들도 더 이상 손 그림 간판을 걸지 않았다. 가리봉동 공장들이 안산으로 시화로 이전을 하고 재개발을 거쳐 디지털단지로 이름을 바꾸면서 정용호의 전설도 땅속 깊이 묻혀 갔다. 지금 그때의 전설을 기억하는 사람은 용호와 그의 아내 단 두 사람뿐. 하지만 용호의 예술 감각은 여전히 살아 있다. 몇 해 전 빚을 내어 실사출력소를 시작할 때만 해도 그의 감각이 쓸모를 발휘할 줄은 몰랐다. 정용호의 전설은 이제 현수막 속의 그림으로 되살아나 각종 행사장과 시위 현장에서 펄럭이고 있다.

보는 이의 눈을 번쩍 뜨이게 하는 멋진 현수막이 필요하다면 정용호의 실사출력소를 찾으시라. 실비아의 농염한 눈과 그녀의 살아 움직이는 속살에 버금가는 감동으로 그대를 설레게 할 터이니.

"아따. 나가 좀 늦어 뿌렸소 잉. 잘난 놈으 KTX도 사정읎시 연착을 해뿌네."

문이 열리면서 사투리만큼이나 걸진 중년 여인이 들어선다. 김하빈의 아내 베라 자수리치다.

"지난번 오셨던 광주 손님이시죠? 다 됐습니다."

용호의 아내가 미싱을 멈추고 반갑게 웃는다.

"아따 좋은 세상이요잉. 광주서 이메일 때리고 서울 도착해 곧바로 찾으니."

"그러게요. 이번에도 시청 광장인가요?"

"아니어라. 이번 참엔 광화문이어라. 이참에 쥐새끼 덜 확— 밀어 뿔고 청와대까지……"

용호 부부가 플로터 너머 눈을 맞추며 잠시 웃는데 김하빈의 아내 베라 자수리치의 휴대폰이 울린다.

"어이! 아그들은? 뭐라? 영등포라고라? 참말로 미쳐불것네. 상경투쟁 처음이간디? 차라리 제 발로 짭새헌티 찾아가 길 쫌 갈 차달라고 해뿌러."

그녀는 항상 분주하다. 전화를 하면서도 한손으로 짐을 받아들고 동시에 용호의 아내에게 눈인사를 하면서 바쁘게 문을 연다. 그때 가게 앞에 오토바이가 멈춘다. 그녀가 나가면서 미처 달지 못한 문으로 집배원이 '정용호씨'를 부르며 들어선다. 아마도 같은 시각 광주 그녀의 집 앞에도 빨강 오토바이가 멈추어 섰을 것이다.

"야! 훈아. 드디어 알아냈다."

전화의 목소리는 꺼칠이었다. 그네들에게 우편물을 발송하기 며칠 전이었다. 머그잔에 커피 한 스푼을 넣은 밍밍한 블랙커피를 타서 책상에 막 앉으려는데 휴대폰이 요란하게 떨었다.

"야! 정말 찾았구나?"

"내 예상대로 준이 그 자식 여태 부산에 살더라."

"그래 수고했다. 주소 불러봐라."

"야 인마. 너도 알겠지만 이게 생각처럼 쉬운 일이 아니야. 요즘 개인정보 보호니 뭐니 해서 보통 어려운 줄 아냐. 알지?"

필요한 정보를 얻기 위해서는 꺼칠이의 공치사쯤은 감수해야 하리라.

"완전 서울에서 김 서방 찾기지. 증말 뺑이 쳤어 인마. 알지?"

"그럼 알지. 그런데 주소는?"

"내가 우리 회사 부산사무소 하고 아는 경찰까지 총동원하지
않았으면 어림도 없어. 알지?"

"그러게 주소는?"

"이게 보통 인맥 가지고는 엄두도 못내는 일이라구……."

꺼칠이의 공치사는 계속 이어졌다. 밖으로 나가 담배 두 개비
를 다 피우고 이층 계단을 올라 다시 자리로 들어왔는데도 녀석
의 사연은 그칠 줄 몰랐다.

"지난번에 말했지만 훈이 너 이번 참에 새로 나온 보험 하나
들어라. 이번 연금보험 신상품은 너처럼 수입이 불규칙한 작가
나 학원 강사한테는 딱이야. 바로 너를 위해 나온 상품이라고.
알지?"

"알았어. 그런데 주소 좀……."

"암튼 그렇게 알고 지금 내가 지금 바쁘니까 좀 이따가 다시
전화할게. 알지?"

"그놈의 알진지 알자지인지……. 그만하면 네놈 자지 알 꽉찬
자진 줄 아니까 적당히 좀 해라 알지야."

전화가 끊긴 것을 확인하고서야 목젖까지 올라왔던 말을 혼잣
말로 내뱉었다. 어쨌든 꺼칠이가 아니었다면 애당초 불가능한 일

이었다. 그러니 녀석이 생색을 낼만도 했다.

새 우편 봉투를 꺼내 준비한 내용물을 넣으려는데 나도 모르게 손이 머뭇거린다. 새삼 오래된 기억을 떠올리도록 하는 게 옳은 일인가. 낯설었을 서울 달동네 골목. 그리고 준이로서는 결코 떠올리고 싶지 않을 기억들. 어쩌면 어렵사리 아문 서울 살이의 상처를 들쑤시는 것은 아닐까. 갑자기 귓불이 화끈거렸다. 내가 지금 계획하는 이벤트가 한낱 치기라는 생각이 들었다. 여태 사춘기를 벗어나지 못한 미성숙 중년의 마스터베이션 말이다. 서랍 속에 보관하고 있던 봉투를 모조리 꺼냈다. 한껏 겉멋을 부린 손글씨체가 가시처럼 목젖을 찔렀다. 미순이와 용호, 춘식, 현우, 용석, 봉수의 얼굴이 떠오른다. 나는 무슨 권리로 그네들의 기억을 내 것인 양 들쑤셔대는가. 연달아 민형과 유영순의 목소리가 귓가에 쟁쟁거렸다. 현우의 아내 그리고 김하빈의 아내에 이르러서는 고개를 들 수 없는 지경이 되었다.

"내가 무슨 짓을 하고 있는 거지."

그때 휴대전화가 부르르 떨지 않았다면 꺼내 놓은 봉투를 모조리 찢어버렸을지도 모른다.

"나야! 준이 주소 받아 적어라."

꺼칠이의 목소리는 여전히 바빴다.

"꺼칠아, 그런데 이게 잘하는 짓인지 모르겠다."

"아 새끼. 소심하긴…… 어이 소설가 선생! 그러니까 그 나이

먹도록 무명작가 신세 못 면하는 거야."

"애들이 안 좋아할 수도 있을 것 같아서 그래."

"그러게 내가 뭐랬냐! 책 나온 다음에 다들 불러놓고 뭐시냐 그
거 출판기념회. 알지? 그거 하라고 했잖아."

"그런 건 안한다니까."

"요즘은 뭘 하든 영업마인드가 있어야 돼. 기왕에 내 말대로 출
판기념회로 바꿔. 초등학교 동창부터 대학동창까지 싸그리 연락
만 해. 내가 두당 열권씩 사게 만드는 건 일도 아니니까. 이제는
마케팅시대야. 마케팅. 알지?"

"그게 아니고 내 말은……."

"야! 지금 고객 전화 왔으니까 일단 끊을게. 다시 생각해봐.
참! 준이 주소는 문자메시지로 넣어줄게. 알지?"

"……."

이번 소설을 탈고한 후 출판사로부터 약간의 선인세를 받은 게
일의 발단이었다. 몇 푼 안 되는 돈이지만 난생 처음 선인세라는
것을 받고 나름 의미 있게 써보고 싶은 생각이 들었다. 그리고 이
번 작품에 등장하는 인물들 대부분이 나와 이런저런 관계를 맺
었던 친구들이고보니 그들에게 미안한 마음도 있었다. 말하자면
그네들은 자신들도 모르는 사이에 내 소설에 출연진으로 캐스팅
되어 자신들의 치부를 드러내놓게 된 셈이다. 나로서는 마치 오
래전 찍어놓은 몰래카메라를 공개하는 파파라치가 된 셈이다. 그

렇다고 꺼칠이의 입질처럼 출판기념회는 너무나 낯간지러웠다.

휴대전화가 부르르 떨면서 문자메시지 도착을 알렸다. 메시지는 준이의 주소에 이어 꺼칠이의 몇 마디가 덧붙여져 있었다.

-고민 그만하고 원래 하려던 계획대로 해. 그게 가장 너다워. 그런데 나는 그날 선약이 있어서 못 간다. 알지?-

'나답다'. 그것은 녀석에게 각인된 나의 전형 또는 정체성일 터인데 그렇다면 달동네 좁은 골목에서 만들어진 틀거리 안에서 이제껏 한 치도 벗어나지 못했구나. 정체성이란 자신의 의지가 아니라 자신을 둘러싼 수많은 타자들과 그들의 프레임을 규정하는 대타자에 의해 정의된다는 사실을 녀석이 새삼 깨우쳐 주었다. 나 또한 소설을 빙자하여 어떠한 의지도 없는 이들을 불러내 프로크루스테드의 침대에 눕힌 셈이다. 기억이란 공유할 수는 있으되 그 누구도 규정할 수는 없는 법 아닌가. 결국 각자의 틀거리로 기억의 조각 그림을 맞추도록 할밖에. 꺼냈던 봉투를 다시 서랍에 넣었다. 타 놓고 잠시 잊었던 커피잔을 기울였다. 이미 식어버린 블랙커피가 서걱거리며 목젖을 타고 넘어 간다.

콘서트 시작은 한 시간이 넘게 남았는데 늘어선 줄은 스타디움 주변을 한 바퀴 휘감고도 남을 만큼 길었다. 공연을 찾아온 사람들의 행렬은 아무렇게 풀어 던져놓은 넥타이처럼 뭉쳤다 풀리기를 반복하며 기다랗게 이어졌다. 주변 광장에는 아름드리 은행나무가 줄지어 섰는데 온통 노랑 잎으로 치장하고 사람들의 행렬과 어우러져 만국기처럼 펄럭인다. 하나둘. 혹은 떼를 지어 모여드는 사람들. 늦가을의 한가운데로 사람들이 모여든다. 공연장이 난생처음인 사람의 걸음걸이는 다소 어색하다. 과감하게 피켓을 들거나 단체로 티셔츠를 맞춰 입은 이들은 마치 해방구를 차지한 듯이 파안대소를 터뜨린다. 눈가 주름이 역력한 오빠부대가 커다란 깃발을 올렸다. 자칭 안산지부 팬클럽 회장인 중년 여인이 노랗게 물든 은행나무 아래서 깃발을 흔들며 노래를 부른다. 그녀가 부르는 〈모나리자〉는 고음 부분에서 여지없이 갈라졌다. 하지만 아무도 그녀의 가창력을 탓하려 하지 않는다. 때마침 불어온 바람에 희끗거리는 그녀의 머리칼이 얼굴을 덮는다. 다시 바람이 분다. 노랑 은행잎이 열광적인 박수 소리가 되어 흩어진다. 잘못 본 것인지 모르겠으나 안산지부 팬클럽 회장인 그녀의 눈이 순간 젖었다. 그녀는 바람을 탓하며 어색하게 웃는다. 하지만 그녀를 보고 있는 사람들은 말하지 않아도 안다. 지금 이곳이 가을의 끝자락이라는 사실을. 샛노랗게 옷을 갈아입은 은행나무가 불어오는 바람에 몸을 맡기고 노란 이파리를 사방으로 흩뿌리는데 그 아래서 한때 모나리자를 꿈꾸었던 중년이 눈물 한 방울 찍어내기로 그 누가 그녀를 탓하리오. 목덜미를 시큰하게 핥는 바람, 그리고 거기에 실리는 그의 노래. 다시 바람이 분다. 멀리 청춘으로부터 건너온 바람은 각자의 잊었던 기억과 상처를 욱신거리게 한다. 이 공연을 찾아온 관객 하나하나, 그 누군들 저마다의 이야기가 없을까. 누구든 살짝만 건드려도 주르륵 눈물을 쏟아낼 사연 가득한 물풍선 하나쯤 품속에 감추고 있으리라. 안산지부 팬클럽 회장이 다시 노래를 부른다. 이번엔 코맹맹이가 되어 오래된 히트곡 〈단발머리〉를 부른다. 비록 중년이 되어버린 파마머리의 안산지부 팬클럽 회장, 하지만 그녀는 지금 단발머리를 찰랑이던 소녀가 되어 노래를 부른다. 공연장 입구에서부터 줄지은 사람들의 행렬이 조금씩 꿈틀거리기 시작했다. 나도 행렬 뒤쪽으로 걸음을 옮겼다. 안산지부 팬클럽 회장의 갈라진 목소리는 코맹맹이 소리와 절묘한 조화를 이루며 여전히 자리를 지킨다.

〈3층 C열 다24〉좌석은 통로와 나란히 붙었다. 나는 바로 옆 좌석 〈3층 C열 다23〉을 아내의 몫으로 비워두고 통로 쪽 좌석에 앉았다. 퇴근했을 아내에게 전화를 넣으려는데 마침 늦는다는 메시지가 도착한다. 사람들이 좌석을 찾느라 웅성대는 동안 나는 내 자리에 앉아 주변을 살폈다. 무대 바로 앞 그라운드 객석에 밀물처럼 사람들이 들어찬다. 건너편 1층과 2층 그리고 마주보이는 3층 좌석도 다양한 색깔로 물든다. 아직 해가 저물지 않았지만 본격적으로 공연이 시작되는 시각이면 형광빛을 내는 막대조명이 온 객석을 채울 것이다.

난생처음 출판사로부터 받은 선인세로 무엇을 할 것인가 한참을 고민했었다. 그러다 문득 떠오른 생각이 내 소설에 등장하는 인물들을 콘서트에 초대하자는 데 미쳤다. 마음을 먹고도 잠시 머뭇거리기는 했지만 이것이 가장 탁월한 선택이라는 확신은 변함이 없다. 본인들의 의사는 묻지도 않았을 뿐더러 정작 자신들이 내 소설에 등장한다는 사실조차 모르고 있을 그들. 그들이 나의 초대에 기꺼이 응해 줄지는 미지수이지만 유일하게 나다운 방식의 이벤트는 이것 말고는 떠오르지 않았다. 말하자면 내가 그들에게 할 수 있는 가장 나다운 최선의 배려인 것이다. 꺼칠이의 말대로 출판기념회를 생각해 보기도 했지만 역시 나다운 방식은 아니었다. 서로 일면식도 없는 사람들 혹은 안면은 했다고 해도 서먹한 사람들을 한자리에 모아 어색한 악수를 나누게 하기엔 내가 너무 뻔뻔하게 느껴졌다. 그저 모두의 교집합을 찾고 싶었다. 비록 얼굴을 마주보고 악수를 나눌 수 없다 하더라도 다함께 공감할 수 있는 시공간이 필요했다. 마침 조용필콘서트를 떠올린 것은 내가 생각해도 너무도 대견한 상상력이었다. 같은 공간에서 함께 노래를 듣는다는 것, 그리고 각자의 추억 속에서 저마다 오래전 자기 자신과 재회한다는 것. 그보다 더 좋은 이벤트는 없으리라. 그의 노래를 들으며 몇몇은 씁쓸한 기억을 떠올려도 좋다. 또 몇몇은 잠시 첫사랑 누군가를 추억해도 좋다. 또 몇몇은 '오빠!'를 소리쳐 부르며 발을 동동 구르는 짜릿함과 재회할 수 있다면 더욱 좋다. 나의 치기어린 이벤트는 오로지 그네들을 위한 것이니까.

　준비해간 망원경을 꺼냈다. 맞은편 3층 객석이 뿌옇게 렌즈를 채운다. 배율을 높이면 초점이 흐려지고, 초점을 맞추면 배율이 어긋난다. 〈3층 G열 마12〉 미순이의 좌석을 찾기가 쉽지 않다. 그보다 아래쪽 〈3층 G열 아25〉에 누군가 자리를 잡았다. 자주색 스웨터가 도드라져 어렵지 않게 눈에 띈다. 그 옆엔 꼬마 관객이 풍선을 들었다. 현우를 닮았다. 하지만 그것은 나의 짐작일 뿐 아이의 얼굴은 렌즈 밖으로 자꾸 벗어난다. 문득 망원경을 들고 있는 내 꼬락서니가 부끄러워 슬그머니 손을 내렸다. 주변에는 나처럼 망원경을 들고 있는 사람도 꽤 있었지만 그들의 렌즈는 모두 무대를 향해 있었다. 망원경을 가방에 챙겨 넣고 괜스레 멀쑥하여 애먼 객석 배치도를 폈다. 내가 앉은 왼편 A열에 공무원 봉수와 부산 친구 준이가 앞뒤로 나란히 앉아 있을 테고, 오른편 C열에는 락커를 꿈꾸었지만 지금은 지하철 행상으로 살아가는 민형과 하빈의 아내 베라 자수리치 그리고 피우지 못한 화가의 꿈을 현수막에 그리고 있는 용호의 자리가 마련되어 있다. 그 옆으로 D열 앞쪽으로 펀드매니저 용석 그리고 이주노동자 애인과 동행한 유영순이 어깨가 닿을 듯 말듯 자리하고 그 뒤에서 SS자동차 해고노동자 춘식이 첫사랑 여인을 떠올리며 헛기침을 하고 있을는지도 모른다. 〈3층 C열 가11〉 내가 앉은 자리에서 맨눈으로 비스듬히 내려다보이는 좌석은 아직 비어 있다. 가장 늦게 그것도 여러 번 예약과 취소를 반복한 끝에 마감을 임박하여 예매한 좌석이었다. 우편 봉투에 손글씨도 여러 장의 파지를 내고서야 완성할 수 있었다. 수취인의 주소지는 김포 소재의 한 중학교. 처음 청색 볼펜으로 흘려 쓴 수신인의 이름이 왠지 어울리지 않아서 봉투를 구겼다. 검정색 네임 펜으로 쓴 봉투를 바라보다가 유난히 굵게 도드라지는 그녀의 이름이 어색해보여 다시 봉투를 움켜 구겨 쥐었다. 중간 굵기의 플러스펜은 기분 좋게 손에 잡혔다. 수신인 이름의 마지막 받침을 멋을 부려 치켜 올렸는데 이번엔 너무 작위적으로 보였다. 다시 펜을 움켜쥐는데 너무 힘이 들어가 펜 심이 파르르 떨면서 푹 꺼져 버렸다. 결국 뭉툭한 청색 글씨로 멋없이 봉투 겉면을 채운다. 수신인 진혜연. 공연의 시작이 임박했는데 아직 그녀를 위한 자리는 비어 있다. 올까? 온다면 내가 보낸 두 장의 티켓 중 다른 하나는 누구의 몫일까. 차라리 좌석을 보이지 않도록 멀리 잡을 걸 그랬다는 후회가 밀려왔다. 어느새 객석에는 어둠이 앉았다. 무대에 환한 조명과 대조되어 객석은 관객들이 흔드는 조명봉 말고는 아무것도 가름할 수 없을 만큼 깊이 내려앉는다. 바람이 분다. 에드벌룬을 매단 밧줄이 똬리를 틀면서 몸을 뒤채는데 무대 위에 안개가 깔린다. 노랑색 조명으로 치장한 안개가 바람을 타고 꿈틀거리며 객석으로 기어올랐다. 다시 바람이 분다. 일층, 이층, 삼층 아직 주인을 만나지 못한 그녀의 빈자리에도 안개가 들어찬다. 안개가 걷히며 오프닝무대가 열렸다. 객석을 채운 관객들은 모두 손을 움켜쥔다. 다시 암전. 무대와 객석은 한순간 어둠에 묻힌다. 모두들 숨죽인 어둠. 여기저기서 조심스럽게 말풍선들이 하나둘 피어오른다. 조명타워에서 쏘아올린 스포트라이트가 허공을 한참 돌고 다시 객석을 돌더니 무대 왼편에 꽂혔다. 밴드 '위대한 탄생'의 리드기타가 조용히 선율을 건넨다. 그 뒤를 베이스가 따르고 피아노가 화음을 밟기 시작한다. 드럼주자가 라이드 심벌과 플로어 탐을 동시에 터뜨리면서 모든 악기가 화산처럼 터져 나오는 순간 스포트라이트에 조용필 그가 모습을 드러낸다. 도가니가 온통 뜨겁게 달아오르는데 그녀의 좌석은 여전히 주인을 기다리고 있다. 콘서트가 진행되는 내내 조용필의 노래는 관객들 한 사람 한 사람의 가슴에 날아와 에로스의 화살처럼 꽂혔다. 그때마다 사람들은 오랫동안 감춰두었던 각자의 이야기를 말풍선에 달아 허공에 띄운다. 노래 한 곡이 끝나면 객석 여기저기에서 크고 작은 말풍선이 불 밝힌 풍등이 되어 피어올랐다. 무대에서 권춘식의 애창곡 〈꽃바람〉이 흐르는데 허공을 돌던 말풍선 하나가 내 앞에 잠시 멈추고 말을 건넸다. 녀석도 나처럼 한 여인을 떠올리고 있었나보다. 또 하나의 풍등이 내 곁을 스쳐지나간다. 부산 친구 준이가 나를 보고 웃는다. 미순이의 말풍선은 여전히 여리고 부끄럼이 많다. '이 세상 어디가 숲인지 어디가 늪인지 그 누구도 말을 않네.' 노래 〈꿈〉이 무대를 채우는 동안 락커 민형과 현수막 아티스트 정용호의 삶이 말풍선이 되었다. 〈킬리만지로의 표범〉은 펀드매니저 용석과 공무원 봉수가 겪었던 삶의 흔적을 풍등에 매달게 했다. 유영순의 말풍선은 새로 만난 애인 덕분에 솜사탕처럼 달콤하다. '친구여 꿈속에서 만날까' 현우와 김하빈이 환하게 웃는다. 뒤늦게 도착한 아내가 좌석을 찾느라 헤맸는지 투덜대며 내 무르팍을 비집고 들어왔다. 좌석에 앉아서도 여전히 잔소리가 이어진다. 아내는 이번 이벤트를 달가워하지 않았다. 선인세를 가장 의미 있게 쓰는 방법은 이런 이벤트 말고도 매우 많다며 목청을 높였다. 홈쇼핑에서 오래전부터 점찍어두었던 진주목걸이나 겨울용 모직 원피스 같은 구체적 사례를 선인세의 올바른 사용례로 들었지만 나의 계획을 바꾸진 못했다.

다시 바람이 분다. 그리고 무대는 여전히 뜨겁다. 투덜대던 아내는 어느 틈에 일어나 발로 박자를 맞추며 무대에서 들려오는 노래를 따라 부르고 있다.

살면서 듣게 될까.
언젠가는 바람에 노래를
세월가면 그때는 알게 될까
꽃이 지는 이유를
나를 떠난 사람들과 만나게 될 또 다른 사람들
스쳐가는 인연과 그리움은 어느 곳으로 가는가.

나의 작은 지혜로는 알 수가 없네
내가 아는 건 살아가는 방법뿐이야
보다 많은 실패와 고뇌의 시간이
비켜갈 수 없다는 걸 우린 깨달았네
이제 그 해답이 사랑이라면
나는 이 세상 모든 것들을 사랑하겠네 [20]

셀 수 없을 만큼 많은 말풍선이 한꺼번에 쏟아져 허공을 채운다. 하고 싶은 말은 입에서 맴도는데 내 몫의 말풍선에 무엇을 채울지 나도 알 수 없다. 무대가 잠시 뿌옇게 굴절되었다. 다행이도 아내는 여전히 무대에 열광하고 있어 그 모습을 들키지 않을 수 있었다. 눈앞에 작은 별들이 피어올라 시야를 가로막는데 내 앞에 멈춘 풍등 하나가 말없이 나를 내려다본다.

그녀가 왔나보다.

콘서트의 정해진 순서는 끝이 나고 무대에는 세 번째 앵콜곡이 흐르고 있다. 나는 끝내 그녀의 좌석으로 고개를 돌리지 못했다. 대신 고개를 치켜들고 객석 위로 한없이 피어오르는 수만 개의 조용필 키드 이야기를 한참 바라보았다.

---

20) 바람의 노래 : 김순곤 작사 김정욱 작곡 〈조용필 16집〉앨범 수록

어느 잃어버린 시절의 Back Ground Music

- 청춘으로의 초대장, 〈hello 조용필 키드〉

- 서정민갑(대중음악의견가)

　모든 시간, 모든 삶에는 BGM이 있다. 대중음악이든, 클래식이든, 한국 전통음악이든 상관없다. 누군가의 어떤 순간 꽂혀버린 음악은 그 시간을 대변한다. 아니, 결국 그 시간이 된다. 즐거워서이건, 쓸쓸해서이건, 슬퍼서이건, 화가 나서이건 그 순간과 정확하게 조응한 음악은 그 순간 엄습한 정서의 밀도를 더욱 높여주고 그 사건과 순간을 더 오래 기억하게 해준다. 마르셀 프루스트의 소설 《잃어버린 시간을 찾아서》에서 홍차에 적신 마들렌을 입에 넣는 순간, 어린 시절을 보낸 마을 콩브레의 기억들이 순식간에 밀려왔듯 어떤 음악들은 그 순간들을 단번에 떠올리게 하는 마법 같은 효과를 발휘한다. 신기하게도 음악은 그 시간의 공기마저도 그대로 되살려낸다. 그래서 그 음악을 들으면 언제라도 그 시간을 생각하지 않을 수 없게 된다. 음악은 시간이고 삶의 기억이다. 특히 감성의 근육이 아직 말랑거리는 청소년기에

들은 음악은 평생 간다. 인간의 기억력은 그렇게 작동한다. 그리고 그만큼 음악의 울림이 큰 것이다. 처음의 경험은 이후 데자뷰처럼 숱하게 반복된다.

클래식이나 한국 전통음악보다는 아무래도 대중음악이 더 오래, 더 자주 기억날 것이다. 그것이 대중음악의 특징이다. 특별히 공부하거나 귀 기울이지 않아도 늘 곁에서 흘러 다니는 음악이니까, 그러다가 잊혀지기도 하지만 그러다가 내 안으로 졸졸졸 흘러들어오기도 하는 것이니까. 그래서 우리는 세대마다 다른 대중음악의 BGM을 갖고 있다. 7080이라는 세대의 기표가 곧장 특정한 음악을 가리키는 것만 봐도 확실하지 않은가. 영화 〈건축학개론〉에 전람회의 노래 '기억의 습작'이 강력한 장치로 사용되고, 드라마 〈응답하라 1997〉이 90년대 생들의 열광적인 호응을 끌어낸 것도 마찬가지이다.

그렇다면 1980년대 생들에게 조용필만큼 강력한 스타, 강력한 BGM이 있을까. 물론 사람에 따라서는 다른 가수, 다른 음악이 더 힘을 발휘했을 수도 있지만 1980년대는 조용필의 시대였다. 1980년 TBC 최우수 주제가작곡상, TBC 최우수 가요상, TBC 최고 인기가수상, TBC 최고 인기가요상, 서울국제 가요제 금상, MBC 10대 가수 가요제 가수왕상, MBC 10대 가수 가요제 최고

인기 가요상, MBC 10대 가수 가요제 작곡상 수상. 1981년 한국
연극영화대상 영화주제가 작곡상, KBS 방송가요대상 최우수 남
자가수상, KBS 방송가요대상 골든 디스크상, KBS 방송가요대
상 전국 PD 선정 최우수 가수상, KBS 방송가요대상 주제가 작
곡상, MBC 10대 가수가요제 가수왕상, MBC 10대 가수가요제
최고인기가요상, MBC 10대 가수가요제 작곡상 수상. 아아, 이
제 그만 적자. 1982년, 1983년, 1984년, 1985년, 1986년이라
고 다를까. 오죽하면 조용필이 1987년 즈음 방송사의 연말 가요
시상식에 그만 나가겠다고 선언했을까.

그 때는 TV만 틀면 조용필이 나왔고, 그래야만 사람들이 좋아
했다. 도처에 그의 노래가 공기처럼 둥둥 떠다녔다. 그리고 거의
모든 사람들이 그의 노래를 좋아했다. 남녀노소가 따로 없었다.
소녀들이 꺅꺅댔고, 아저씨들이 그의 노래를 따라 했다. 아줌마
라고 달랐을까. 지금으로서는 상상이 가지 않는 풍경이다. 이제
는 세대마다 성별마다 좋아하는 노래가 확연히 갈리는 시대 아
닌가. 서태지와 아이들 이후 한국 대중음악은 나이로 확연히 갈
라져버렸다. 기성세대는 서태지가 내놓은 음악의 BPM(Beats
Per Minute)을 도저히 따라갈 수 없었다. 반면 신세대들은 그
음악의 BPM을 제 심장 박동처럼 호흡하며 자신들을 이전 세대
와 구별했다. 조용필은 그렇게 한국 대중음악시장이 10대들에게

점령당하기 전, 국민가수라고 불린 최후의 뮤지션이었으며, 최고의 뮤지션이었다.

그것은 지금처럼 대중가요를 대중음악이라고 부르지 않던 시절, 그냥 유행가라고 쉽게 알던 시절 조용필이 자신의 음악으로 예술가연하지 않았기 때문일 것이다. 그는 그냥 사람들이 좋아하는 노래를 했다. 그는 항상 자신이 밴드 출신이며 록을 지향한다고 밝혔지만 그의 음악이 밴드의 음악, 록 하나뿐이었던 적은 한 번도 없었다. 그는 트로트도 했고, 록도 했고, 팝도 했고, 가곡도 했고, 동요도 했고, 민요도 했다. 거의 모든 유행 음악의 흐름이 그의 음악 안에 다 담겨 있었다.

그는 대중이 좋아한다면 어떤 음악이든 할 수 있다는 주의였다. 그것이 대중음악인 혹은 연예인의 운명이라고 생각하는 듯했다. 그 덕분에 조용필은 전 세대를 아우르는 뮤지션이 될 수 있었다. 그렇게 다양한 음악을 내놓았기 때문에 인기를 끈 것이지만 인기를 가능하게 했던 힘은 조용필의 음악적 능력과 엄청난 연습 덕분이기도 했다는 것을 모르는 이는 없을 것이다.

안덕훈의 장편소설 《Hello 조용필 키드》는 그렇게 1980년대를 조용필과 함께 통과한 이의 소설적 기록이다. 주인공 훈과 다

른 등장인물의 삶을 통해 어렸을 때부터 사춘기와 청년기, 중년
에 이르기까지 성장과 시련, 기쁨과 슬픔으로 어울렁 더울렁 깊
어가는 삶의 굽이굽이마다 조용필의 노래가 함께 있었음을 소박
하고 진솔하게 그려내고 있는 작품이다.

이 소설의 미덕은 단지 조용필의 노래가 나온다는 점이 아니
다. 안덕훈은 조용필의 음악이 얼마나 가까이서 얼마나 깊이 함
께 있었는지를 증언하면서도 결코 음악으로 소설의 서사를 대신
하지 않는다. 자전적 소설이라는 느낌이 들만큼 작가와 주인공
의 이름도 유사하다. 소설 속의 사건들은 생생하고 보편적이다.
한 사람이 태어나 성장하고 자라면서 경험할 수밖에 없는 사건
들, 특히 1980년대를 거치며 성장한 이들이라면 다 같이 경험하
고 그래서 동감할 수밖에 없는 사건들을 아득한 그리움으로 호출
해내고 있기 때문이다. 대도시에서 전학 온 친구, 사우디아라비
아로 파견 나간 아버지, 성당의 성탄 전야제와 첫 사랑, 학사주
점, 학생운동, IMF 구제 금융 등의 사건은 바로 1980년대 생들
의 현대사이자 미시사이다.

하지만 작가는 이러한 사건들을 섬세하게 복기하면서도 결코
부풀리거나 미화하지 않는다. 지나온 삶은 누구에게나 부끄럽기
만 한 것이기 때문일까. 어느 한 순간도 완벽하거나 완성되지 못

한 인간으로 통과할 수밖에 없었음을 부끄럽고 뼈아프게 고백하
는 소설은 독창적이고 철학적인 성찰 대신 소박한 휴머니즘의 태
도를 버리지 않는다. 영웅적이고 위대한 인물 대신 아주 특별하
지 않더라도 결코 함부로 살아오지 않은 삶들을 등장시키고, 그
들을 연민하고 이해하는 소설은 그래서 읽는 이 누구에게나 공감
을 얻어내는 설득력이 있다.

바로 대중음악 같고 조용필의 노래 같은 소설이다. 모두가 겪
었고 모두가 공감할 수 있는 일들, 그만큼 보편적이고 통속적인
유행가 같은 일들이 당시의 유행가였던 조용필의 노래와 함께
펼쳐지는 것이다. 그래서 이 소설을 읽다보면 조용필의 노래를
BGM으로 다시 그 시간으로 돌아가게 된다. 그 시간을 살았고,
그 노래들을 인생의 BGM으로 기억하고 있는 이들이라면 이 소
설은 분명 다큐멘터리 같은 울림으로 다가올 것이다.

조용필의 콘서트에 가보면 안다. 지금은 머리가 벗겨진 아저씨
가 되고 배가 나온 아줌마가 되었다고 하더라도 그리움과 설렘마
저 낡은 것은 아니다. 조용필의 콘서트에서 만난 그들은 항상 나
이를 잊고 그 시절로 되돌아간다. 조용필 역시 그들의 마음을 제
마음처럼 알고 있기에 무대 위에서 혼신의 힘을 다해 노래하면서
도 편안하고 자연스럽기만 했다. 그렇게 사랑하는 팬들과 함께

나이 들어가면서 한결같이 노래하는 이가 있다는 것은 얼마나 행
복한 일인가. 그렇게 오래도록 되새기며 삶으로 부를 수 있는 노
래가 있다는 것은 얼마나 다행스러운 일인가. 우리는 이제 조용
필의 노래와 함께 읽을 책 한 권을 얻게 되었다. 책이 아니라 청
춘으로의 여행 초대장, 추억 초대장이다.

　그의 공연을 보러 갔다. 여름에서 가을로 접어들 무렵이었다.
대형 스타디움에 마련된 무대에 불이 켜지고 시간여행의 시동이
걸렸다. 그의 노래가 나를 기억의 정류장에 내려놓는다. 그곳엔
오래된 얼굴들이 있다. 공연이 이어지는 동안 나는 그들의 흔적
을 쫓았다. 노래에 숨어 있던 기억의 파편들이 튀어오를 때마다
나는 몸서리를 쳤다. 주변의 그 누구도 눈에 들어오지 않았다. 무
대에서 〈단발머리〉의 전주가 흐르는데, 옆자리에 동행한 여인이
쿡- 울음을 터뜨렸다. 나는 과거의 우물에서 빠져나와 옆을 돌아
본다. 그녀도 시간여행 도중 오래된 퍼즐 한 조각을 만났나 보다.
손수건을 건넸다. 슬쩍 닿은 그녀의 손이 파르르 떤다. 그제서야
내 눈에 과거가 아닌 현재가 보이기 시작했다. 객석에 사람들이
형광봉을 어색하게 흔들며 '이젠 그랬으면 좋겠네'를 따라 부른
다. 후렴구에서 각양각색의 목소리가 얽혔다. 굵은 남자 목소리

에 날렵한 소프라노가 섞이더니 카랑카랑한 쉰 목소리가 엇박자로 비벼졌다. 도대체 이들 정체는 무엇일까. 7080? 그건 주민번호만큼이나 건조하다. 386 혹은 486세대? 이건 정치적이기 이전에 폭력적이다. 학번 없이 살아온 이에게 침묵을 강요하는 억압이며 몰염치이다. 이들을 무엇으로 규정할 수 있을까.

공연장을 나서는데 문득 '조용필 키드'가 떠올랐다.

소각장으로 보내질 운명이었던 원고가 책이 되어 나오기까지 애써준 이들이 많다. 하지만 일일이 출석을 부르지는 않으련다. 그들 역시 조용필 키드이므로.